大 美 中 国

青苍末了

耿立 **著**   云南民族出版社

图书在版编目（CIP）数据

青苍未了 / 耿立著. -- 昆明：云南民族出版社，
2014.4
　　（大美中国）
　　ISBN 978-7-5367-6085-1

Ⅰ. ①青… Ⅱ. ①耿… Ⅲ. ①散文集－中国－当代
Ⅳ. ①I267

中国版本图书馆 CIP 数据核字 (2014) 第 044801 号

书名	青苍未了
作者	耿　立著

策划	高力青　赵和平
主编	柳　岸
责任编辑	张一龙　杨浩林
责任校对	张京宁
装帧设计	吴楚人
出版发行	云南民族出版社
	（昆明市环城西路 170 号云南民族大厦 5 楼　邮编：650032）
邮　　箱	ynbook@vip.163.com
印　　制	南京汇文印刷有限责任公司
开　　本	787mm×1092mm　1 / 16
印　　张	15.25
字　　数	218 千
版　　次	2014 年 3 月第 1 版
印　　次	2014 年 3 月第 1 次
印　　数	1～5000
定　　价	32.8 元
书　　号	ISBN 978-7-5367-6085-1 / I · 1160

本书若有印装错误，请与承印厂联系调换。

总 序

美丽中国！中国美丽！

这种美只能是一种大美，一种大气、大化、大写之美：既有杏花春雨的优美，又有骏马西风的壮美；既有肃穆山岳的静美，又有奔腾江河的流美；既有高楼广宇的华美，又有边村野寨的淳美；既有椰林蕉风的自然美，又有秦关汉月的人文美；既有古色古香的经典美，又有日新月异的时尚美；既有乡风民俗的人情美，又有大餐小吃的风味美……不同美的形态，体现了不同的文化特征；不同的文化特征，又造就了不同的文化地域：江南、西北、塞外、中原、湖湘、岭南、青藏、川渝、皖赣、齐鲁……大体上便组成了中国的文化地域版图。

深入中国的文化地域版图，了解不同地域的文化，或许是我们许多人都有的愿望，因为中国文化的这条大河虽然宽阔而绵长，但它毕竟是由一条条支流汇集而成的；唯有深入这些支流，才能了解中国文化的来龙，当然也更能把握其去脉，以及其特质、品位和优势，以至懂得如何珍惜，如何利用，如何发展。

因为是深入支流，自然面临的或许是更小的支流，甚至是一条条文化的毛细血管，所以我们选择以散文的语体来叙写——唯有散文的语体，可以或记叙，或描写，或议论，或抒情，使作者自由书写、多方地揭示；唯有散文语体，最平实，最亲切，最生动，最自然，使读者可读、可感、可思、可叹；唯有散文语体最能与实地印证，与实物比读，与实景对照，使读者"读万卷书"后，方便"行万里路"。

　　本丛书的十位作家,都是生活在各文化地域中的一流实力散文家,老、中、青三代,各书都是他们有关本地域文化散文的精品力作。全书采用图文并茂的版式,精编精印,以期为读者提供一套精品文化读物。

　　我们期望你通过本书的阅读,能更加了解"中国的美丽",进而更加热爱"美丽的中国";

　　我们期望你读完放下本书后,能走出书斋,就此踏上人生"行万里路"的征程,去追寻更广阔的世界;

　　我们期望再次回到现实的你,能为自己的人生书写出更丰富、更美丽的篇章,也为"美丽中国"增添上新的美丽。

柳　岸

2014 年 3 月 20 日

目　录

风景风物 *之美*

华北平原上，从长城到长江南北数千里，从燕山到太行到桐柏到大别山，这些连绵千里的大山以东，又有哪个山丘能与泰山比肩？这是我们民族的一块硕大的印章，有了它，江山就安妥就稳固。如果说长江和黄河是我们民族不竭的动力，我们民族的巨轮远航出海的压舱石就是泰山。这些老百姓懂，帝王更懂，无论是秦皇还是汉武。

风雨风流 *之美*

我总以为，在某些时候，"响马"也许是悲壮的正道，他们代表着另一种公正，即使最后鱼死网破，斧钺临颈，也绝不尿洒裆里，为了诺言可以捐弃生命，为了名誉可以饮刀求快，但现在这种品性和血性越来越稀薄了。

风致风韵 *之美*

那一场大雪飘在八百年前。那雪是下得紧，如掌如拳，如片片的鹅羽。从远处来了一个人影，走近了才看清，此人"豹头环眼，燕颔虎须，八尺长短身材"，人是从戴敦邦绘《水浒人物谱》逸出的吧。多么传神写照的一幅"夜奔"图啊：毡笠腰刀，花枪葫芦，斜身蹿行。身外四周虽没怎么点染，却让人觉得雪紧风劲。也唯林冲这样的孤独者才配得上这样的空间，耸肩缩首，负冤衔屈，苦寒中另有一股英气。

风俗风味 之美

　　故乡是一种容器,故乡是收藏我们童年哭声的地方,一石一础、一草一叶、井栏榆树,那都是我们的见证,那里勾留了我们的年轮,涂抹了黄昏时我们读书的影子,还有那塞满草的窗子,当我们夜晚背诵课文的时候,常仰着脖颈望着窗外的星空,像是背诵着夜。现在那里的夜还是那样纯净吗?没有一丝的阴翳,没有污染没有毁容。

风景风物 之

华北平原上,
从长城到长江南北数千里,
从燕山到太行到桐柏到大别山,
这些连绵千里的大山以东,
又有哪个山丘能与泰山比肩?
这是我们民族的一块硕大的印章,
有了它,
江山就安妥就稳固。
如果说长江和黄河是我们民族不竭
的动力,
我们民族的巨轮远航出海的压舱石
就是泰山。
这些老百姓懂,帝王更懂,
无论是秦皇还是汉武。

暗夜的灯盏烛光

曾多次到曲阜拜谒孔子,总有一种朝圣的味道,我知道一句话:斯文在兹。

我常常为穆斯林麦加朝圣的虔敬和青藏高原那些虔诚的藏族同胞用五体投地的方式行走到拉萨去的至诚所感动。

每次到孔庙孔林我都是在早晨或者黄昏,为的是在静寂中,表达自己的一种虔敬,怕啸扰扰乱自己,也怕嘈杂惊扰了沉睡的夫子的灵魂。

人们说孔庙在建筑上可以和北京故宫的太和殿比肩,但它雄伟的建筑和精美绝伦的石雕并不能撼动我,另有一种大音希声的精神笼罩着我,使我艰于呼吸,就像自己想和一种恩遇邂逅,那巨大震撼的幸福突然降临,我无法用语言描写那份感动。

孔庙始建于公元前478年,即孔子去世的第二年,鲁哀公便将孔子生前居室改建为庙,"岁时奉祀"。那以后的帝王们踵事增华,像一个接一个的比赛孝敬,不断地对祭祀孔子的庙堂进行规划、设计、扩建,

孔庙晨韵

到了明、清两代便有了现在的模样。孔庙纵长600米,宽145米,前后有八进庭院,殿、堂、廊、庑等建筑共620余间。前三进都是遍植柏树的庭园,第四进为奎文阁建筑组,第五进为碑亭院,第六、第七进为孔庙主要建筑区,第八进为后院。孔庙占地近10公顷,相当于14个标准足球场大。

如一篇文章有起承转合,那孔庙前三进就是起的部分,布置有金声玉振牌坊、石桥、棂星门、圣时门、弘道门和大中门,这是孔庙的前奏。它用横向的墙垣,把纵深的空间分隔成大小不同的院落,各院落内古柏葱翠。自大中门起才是孔庙本身,平面长方形,周围有院墙,四角有角楼,仿宫禁制度。自大中门入内经同文门,为一座两层楼阁——奎文阁。阁高24.7米,是孔庙的藏书楼,建于明弘治十七年。

奎文阁至大成门之间为碑亭院落。其中隔一横街,东、西有两侧门,东称毓粹门,西称观德门。道路两旁,左右对称地布置有历代帝王所立的石碑和碑亭。碑亭共十三座,皆重檐高阁,形体宏大,金、元各一座,余为明清所建。

进入大成门即为孔庙的主要建筑区,包括大成殿、寝殿、圣迹殿以及两侧的东庑、西庑等。这部分的规模布局,明代以前已经形成,明中叶曾改建,清代又加修建,这就如文章的承接,是华彩的部分。

大成殿是供奉孔子的大殿,正中供祀孔子像,两侧配祀颜回、曾参、孟轲等十二哲像。殿始建于宋天禧元年(1017年),明重建,清雍正二年(1724年)再建成现状。殿面宽九间,进深五间,重檐歇山顶,覆黄色琉璃瓦。殿建在两层石砌高台上,规制相当于故宫保和殿。据记载,大殿高七丈八尺六寸,阔十有四丈二尺七寸,深七丈九尺五寸。实测尺寸为:殿内地面至正脊上皮24.80米,面阔45.78米,进深24.89米。殿的外檐柱都用石料琢成,为明代遗物。正面十根石柱刻有蟠龙,上下两龙对翔戏珠。柱脚一周刻假山石图样,山石下刻莲瓣一周。再下为柱础皆刻重层宝装覆莲,所有雕刻意态浑朴。殿内柱用楠木;天花错金装龙;彩画五色间金,富丽堂皇;中央藻井蟠龙含珠,如太和殿形制。

大成殿前露台宽阔,为祭祀时舞乐之处。殿前相传是孔子讲学的所

孔庙大成殿

在,建有"杏坛"亭,周围保留了年代久远的柏树,环境安静肃穆。大成殿后
为寝殿,供奉孔子夫人。两侧庑殿则祀奉孔门弟子及历代先贤名儒的牌
位。再后为圣迹殿,明万历二十年(1592年)建,现存仍为原物,殿中有孔子
周游列国的线刻石画120幅。

　　在孔庙穿行,与其说是在空间移动,不如说孔庙给我们一个走进历史
穿越历史的纵深,她给了我们一次亲近历史触摸历史呼吸的机会。那些老
的砖瓦、柏树,那些石头和窗棂,都弥漫着宋、明、清的气息。这是雕塑的云
集,也是书法的云集,是能工巧匠的集合,也是古代艺术的竞技场,那些绝
美的构图,那些浮雕,那些飞禽走兽,或卧或坐,或飞或翔,或双戏,或单飞,
多姿多态,各有神妙。

　　这是一份历史的感动,你穿行在那些从汉代到民国的碑林中,你抚摸
一下那汉柏树的遒劲,你像已经触摸到了汉朝,也许这柏树康熙摸过,乾隆
摸过。历史记载,汉高祖、东汉光武帝、唐高宗、唐玄宗、宋真宗以及清圣祖
康熙、清高宗乾隆等都曾驾临曲阜,祭祀孔子。其中,乾隆帝曾八次到曲阜
祭祀孔子,更有甚者,他还在曲阜的古泮池边竖立了一块自己手书的"检

讨"碑,以揭示自己读书不细,想当然的过错。碑上写道:"甚矣,读书之忌粗疏浮过,不沉潜深造,博综详考,执一为是,譬为禾者,鲁莽耕而鲁莽获,确乎其弗可也。"

由于这些年沉浸在书法里,我知道所说的"魏碑第一"的张猛龙碑就在孔林内,有次当我亲眼看到这碑的时候,我通过那些沧桑,看到了千年前马背民族的铁骑正飒然而过。那是北朝的实物,那种大气磅礴绝非宣纸上所能传达的,只有经历风雨的石头才留下那风雨的剥蚀与韵律。

现代的游人太张扬,不知道虔敬和肃穆,即使面对孔子。其实还有更甚者,想到"文革"中孔子墓的被掘,那种野蛮,那种对祖先的羞辱对文化的戕害,我的心像被划开一样,血涌如柱。这个民族怎么了?这样作践自己的精神的来路和自己的文化。你看到现在社会的乱象,你就知道,礼义廉耻的缺失,道德的滑坡,你就会感到孔子被推倒后的悲凉和必然。

是孔子的儒家一脉塑造了我们中国人,这是文化的、道德的,也是人格的DNA。虽然有时这些基因会变异,变得连我们自己都搞不清,但是仔细分辨,我们民族记忆的深处,我们的肌肤,我们的言谈咳唾,我们的一举一动,无不有这些因子的影子。

我以为有这四端是儒家给予我们民族精神注入的人类基因图谱里最本质的东西:

一是对国家民族的拳拳不舍的情怀,无论怎样打压,都顽强生存;

二是担当的情怀;

三是仁的呼唤与实践;

四是理想贯骨。

儒家虽然后世被统治者拉拢为合作伙伴,但在孔子和孟子时代,却是霉运连连,有志不得申。那是一个山崩地解的时代,是礼崩乐坏的时代,在夫子梦中朝阳旭日一般的"吾从周"的周王朝这时则变得气息奄奄,日薄西山。那是公元纪年前6世纪到前5世纪,东周天子的威风再也抖不起来了,只是龟缩在现在洛阳那一小块地方,唉声叹气,靠原来诸侯的残羹冷炙才能过活。那是一个乱得不能再乱的时代,如现在春运时的火车站,到处吵

吵嚷嚷,到处拳脚,到处烽烟,人们和周公说再见,和礼乐说分手,即使孔子所处的鲁国,那些如公鸡一样骄傲的贵族倨傲地把国君使唤过来使唤过去,国君成了孙子,后来干脆把鲁君赶跑,撵到齐国去,季氏这个家族,居然在家里光天化日之下用八八六十四个人跳舞,也就是"八佾",季氏的家庙里的音乐,居然奏的是《雍》,《雍》是"天子穆穆",这原本是只有天子才能独家享用的舞蹈和音乐,如此的招摇出格,国君和秩序成了尿溺,大有吾取而代之的意味,如现在有的地方官员把自己的办公楼盖成天安门的模样,在一个二三流的城市广场里树立华表,看到如此模样,孔子的内心的苦痛和煎熬可想而知,孔子留下了句非常著名的话:"是可忍,孰不可忍"。

当时"弑君三十六,灭国五十二",九鼎乌有踪迹,暴力当道,阴谋变成阳谋,混乱成为主流,理想萎地,瓦釜高鸣,那是一个没有最坏只有更坏的时代,刀光剑影、流血漂橹,杀人盈城、杀人盈野,地上的白骨掩盖了青草与野粟,原野上的夕阳滴下的是如血的颜色和泪水,于是心有不忍的孔子出发了,他怀着满腔的悲愤和理想,"兴灭国,继绝世,举逸民",他要寻找梦可以实现的地方,他要在大地上复活"郁郁乎文哉"的西周,刀要锋锐必须有石块的砥砺,没有了公理,那就重建一个出来,没有了仁义,那就做给人看,在人欲的废墟上,重塑精神的高标。

狄更斯的《双城记》开头的第一句就是孔子所处时代最好的注脚:"这是最好的时代,这是最坏的时代,这是智慧的时代,这是愚蠢的时代;这是信仰的时期,这是怀疑的时期;这是光明的季节,这是黑暗的季节;这是希望之春,这是失望之冬;人们面前有着各样事物,人们面前一无所有;人们正在直登天堂;人们正在直下地狱。"

也许是礼乐的荒漠与荆棘,人心的堕落与挣扎唤起孔子的怜悯之心、不忍之心,于是孔子的牛车从曲阜出发了,登车揽辔,澄清天下,他要实现他重建秩序的理想。虽然车上或者车后的徒弟们未必知晓夫子的心事,他们也许说风凉话也许呼呼大睡,但孔子这种知其不可为而为之的精神,虽然有那种悲剧的色彩,但还是令我等后辈心生崇仰。

孔子的眼睛是很亮的,他双目炯炯,自信目标就在牛车的车辙下,就在

前方,其实他的前方就是后,是已经过去的周公时代。时间是不能倒流的,孔子的车子不会超越光速,注定孔子是返回不了西周了。

孔子奔波了,他失败了,夫子先后到过卫国、齐国、陈国、曹国、宋国、郑国,但机遇从来就没光顾这可怜的老人,虽然他也短期当过大司寇这样的官,但他所受的掣肘太多,牵扯太多,无用功太多,最终理想只是蓝图。夕阳下山了,孔子也老了,最后在63岁的时候,也就是鲁哀公六年,他在外面流落了14年后,最后还是回到了他的故乡鲁国。夫子太疲倦了,当他在一条小河边休憩时,渊澄取映,夫子从平静的水面中惊见自己斑驳的两鬓,"甚矣,吾衰矣"。两千年后的我读到这句话,还感到后背隐隐作冷,夫子也开始服老了,也抗不过肉体的衰减,在中年时候的理想到现在还在燃烧吗?唉,我怎么衰老得如此厉害啊。夫子的烈士暮年还壮心不已吗?也许从这句话里,我们读出的是心酸和冰凉。天道渺渺,人生藐藐。过去了,都过去了,"逝者如斯夫!不舍昼夜"。

到了鲁哀公十四年,夫子听说鲁国在西边的大野狩猎捕获到了麒麟,孔子悲哀到了极点,麒麟的出现不是好兆头,同一年,他最好的学生颜渊也死了,他很悲哀地说:"凤鸟不至,河不出图,吾已矣夫?"再过了两年,鲁哀公十六年,就是公元前479年,他就在悲哀中去世了。

孔子一生中都在颠簸中,为了心中的梦,顾炎武说"孔子,一旅人也"。顾炎武自己也像旅行家一样游历中国,他有诗句叫"常把牛角挂汉书"。孔子在外奔波14年,等他回家来的时候他老婆死了,第二年他独生的儿子也死了。但我感觉鲍鹏山先生概括的孔子

插图

正合吾意——"孔子是个抒情者"。有深情,对这个苦难的世间不放手,对恶有批判,对再丑恶的世间没有折身而退,从孔子喜爱音乐到他晚年删改诗经,我们看孔子是一个诗意的老人;当孔子面对着流水的时候,他不像西方人讲"人不能两次踏进同一条河流"那样充满哲理的话,而是非常感性地描述和抒情的一句话"逝者如斯夫,不舍昼夜"。还有他与学生在交谈理想的时候,孔子的理想是什么呢? 暮春时节,几个人到沂河里去洗澡,洗完澡以后唱着歌回来。(暮春者,春服既成,冠者五六人,童子六七人,浴乎沂,风乎舞雩,咏而归!)

孔子是一个对自然对人生有大爱的人。春秋无义战,可以用东汉末年的一句诗来表现"白骨露于野,千里无鸡鸣"。攻城掠寨,流血白骨。面对着如此的江山,面对着蝼蚁般的百姓,孔子横空出世,他要用他的理想,他要用悲悯的情怀来拯救民生。所以概括孔子有句话"天不生仲尼,万古如长夜!"我们的民族就似在黑暗的隧道里摸索,孔子就像那照亮了黝黑隧道的矿灯一样,透过一道光亮,"为了看一看阳光,我们来到世上。"我们可以改变这句话:"为了让这片多灾多难的土地能有一丝阳光,孔子来到了世上。"

当时人曾把"丧家狗"的称号送给孔子。一天,当孔子和他的学生走散,他的学生找孔子,有人说有个像丧家狗一样的人是不是你老师啊? 学生告诉孔子,说人家说你老人家是丧家狗,孔子笑着说:"确实是这样,确实是这样。"(孔子适郑,与弟子相失,孔子独立郭东门。郑人或谓子贡曰:"东门有人,其颡似尧,其项类皋陶,其肩类子产,然自要以下不及禹三寸,累累若丧家之狗。"子贡以实告孔子,孔子欣然笑曰:"形状,末也。而谓似丧家之狗,然哉! 然哉!")但是我感觉"丧家狗"的"丧家"概括得非常之好,因为我们中华民族到春秋战国时确实脱离了正常的轨道,孔子就像是为我们民族找家的一个人,是我们的引路者。

我们大家都有行路的经验,也都有问路的经验。鲁迅先生说过"最可怕的是梦醒时无路可走",这可不是"走别人的路让别人无路可走,穿别人的鞋让别人无鞋可穿"。鲁迅在《两地书》中绘声绘色地描述了他自己面对

歧路的态度,他说:"'歧路',倘是墨翟先生,相传是恸哭而返的。但我不哭也不返,先在歧路头坐下,歇一会,或者睡一觉,于是选一条似乎可走的路再走,倘遇老实人,也许夺他的食物来充饥,但是不问路,因为我料定他并不知道的。如果遇见老虎,我就爬上树去,等它饿得走去了再下来,倘它竟不走,我就自己饿死在树上,而且先用带子缚住,连死尸也决不给它吃。但倘若没有树呢? 那么,没有法子,只好请它吃了,但也不妨也咬它一口。"这里,鲁迅把古代《哭歧路》的故事归于墨子名下,是先生记忆出了错,但他在歧路面前的那种从容乐观、敢于选择与义无反顾的态度,绝对不是当年恸哭于歧路的杨朱可比的。还有像阮籍的"穷途而哭",阮籍常常是黄昏的时候驾着车在荒原上跑,跑到没有路的时候哭着回来。

当孔子为这块土地的民众寻找路的时候,寻找理想抱负的时候,各国的诸侯表面上非常厚待孔子,但是一谈治国的方略他们都友好地拒绝了。后来孔子碰到了隐士,我们知道我们中国有种人生状态叫做隐士,而孔子不是,孔子是满怀热情的入世者。得孔子真传血管里流淌着原教旨血液的曾子说过这样的话:"士不可不弘毅,任重而道远"。孔子就是抱着一个救世的仁者的情怀。我们看《论语》里讲得最多的是仁,"仁者爱人",带着拯民众于水火,解民众于倒悬的入世者的热忱,为这个民族开药方。

他是这个民族的寻路者。有一天,周游列国的孔子迷了路,走到河边找不到渡口了,就让子路去问路。两个隐士正在耕地。"先生,请问渡口在哪儿?"长沮说:"那个拿着车子缰绳的人是谁?(夫执舆者为谁?)"子路说:"为孔丘。""是鲁国的那个孔丘吗?""是的。"长沮说:"既然是鲁国的孔丘,他那么有名气,那么有智慧,那他应该是知道渡口在哪里的。"子路没办法,去问另一个人。桀溺问:"你是谁?"子路说:"我是仲由。""你是鲁国孔丘的学生吗?""是的。""现在天下如此的混乱,谁能改变这个局面呢? 你与其跟着那个人,还不如跟着我们这些人做个避世之人呢!"说完,桀溺就埋头干活,不再理睬子路。子路没有办法只好回来向孔子报告,孔子叹了一口气说:"鸟兽不可与同群,吾非斯人之徒与而谁与?"是做个避世之人,还是做个拯救者呢? 这里对立面是拯救和逍遥。我们可以这样来理解孔子的话:

鸟有鸟道,兽有兽道,人各有志,"你走你的阳关道,我走我的独木桥",你避世之人选择的路我不走,我是"明知山有虎,偏向虎山行","我不下地狱谁下地狱"?

孔子跟子路说其实我也很想像他们一样,抛下天下苍生不管,只管自己种田去,可是我丢不下来,我还是得坚持。孔子走的路,比这些隐士们走的路更难。明知道这个担子挑不动的,他硬要去挑,从这方面说孔子是担当的,是入世的,是忧世的。孔子是有一颗热心,拳拳之心,他不避世,于是我们千年后还能听到他的感慨:"人总不能与鸟兽一起生活在山林之中啊,我不和芸芸众生生活在一起,与他们共享欢乐共担不幸,我又能和谁生活在一起呢?他们说天下无道,但不正因为天下混乱无道,才需要我们去承担责任吗?假如天下有道,还需要我们吗?"(鲍鹏山译文)

这样的一位老人,没有绝望的老人,就像站在我们身边,他给了我们一种温暖,一种抚慰,让我们感到历史的荒寒里的一丝人性的光辉,历史的黑暗里终于为我们透出一线的光亮,历史终于可以为自己的委屈哭出声来,有了为历史拭泪的夫子,偏斜的历史开始有校正方向的机会。

灾难是一个民族和各个人的试金石,是转身相向,还是迎面而立?

当民族危亡的时候,有人选择的是卖身投靠,像鲁迅的弟弟周作人,像与张爱玲同居的胡兰成,这都是中国一等一的聪明人啊;也有一些人选择逃避,面对着泰山崩黄河溢,自己却在那里逍遥。但孔子不对人生的苦难闭眼,不像有些人潇洒地挥挥手不带走人间的一片云彩,修仙去了,访道去了。苦难是人生的试金石,怎样对待苦难可以看出人生的修为,看出你人生的

插 图

质地。孔子和儒家
那种"舍身取义，杀
身成仁"到孟子的
"虽千万人吾往
矣"，当看到不义和
不公，当看到小人
乡愿，孔子是有脾
气的，鲍鹏山的一
篇文章《圣人的攻

插
图

击性》，不要以为孔子是个老好人，不是的，孔子会愤怒，孔子会骂人也会打
人。孔子身体非常好，虽然没有姚明高，也是1.9米多的个子。他遗传基因
好，他父亲和别人打仗，曾托起过城门。孔子也可以说是力能举鼎，举的是
中华民族这个鼎。所以为了国家走上正道，为了国家充满正义，虽然道路
崎岖，虽然布满荆棘，但"知其不可为而为之"。

　　我知道现在社会，谈论担当，谈论苦难是没有多少市场与空间的，很多
人在苦难前装疯卖傻，或者扭头，或者闭眼，在苦难和担当面前，选择消解
的轻，拒绝受难的重，这是多数国人的特点。他们的悲悯、人文关怀哪里去
了？这个社会是有病的，好像那些在天下苦难面前蜷而怀之，闭目养神的
隐士，成了道德高尚的人，成了脱离低级趣味的人，我们要问的是，他们的
伦理情怀哪去了？他们的道德痛苦哪去了？作为人，是应该有自己最基本人
道精神的！在人间的苦难面前，我们做一个不吃不喝没有温度没有愤怒，
听不到人间弱者呻吟的木乃伊吗？

　　我们看孔子的人间情怀，孔子还是个充满爱心的人。当孔子游学的时
候来到泰山，看到有个老妇人在那哭，哭她的丈夫让老虎吃了，儿子也让老
虎吃了，孔子问她为什么不搬家呢？她说这里没有苛捐杂税，"苛政猛于
虎"啊，从孔子身上我们看到古代的"士"也就是现代的所谓知识分子身上
的闪光点。这才是知识分子啊，知识分子并不是你口袋里别两支钢笔或者
手拿手提电脑，吃饭不说吃饭说"密西"。孔子所代表的知识分子的形象有

两条:一个是对社会的担当,做社会的良心,这是起源于法国和俄罗斯的对知识分子的定义,做社会的良心对不义进行批判;另一点是产生于英国的知识分子的定义,知识分子是理性的,分析的,不与世俯仰的,不做墙头草。有的人讽刺现代的知识分子不叫"知识分子"叫"知道分子"。你也会用电脑,你也会冲浪,你也会卡拉OK,你也会开party,但有知识并不是有智慧,真正的知识人是理性地思索,对不义的批判和不合作的精神,从孔子身上我们看到了他愤世的一面。

孔子的理想注定是实现不了的,但他以文化的力量完成了一个知识分子的另一种担当,在庙堂并不能实现的抱负,我用自己的文化的高度来与政治比肩,他开出的"道统"来对抗"政统"。这一线法脉,我们从孟轲从韩愈从程颢、程颐兄弟一直到朱熹、王阳明,洋洋大观。虽然有时道统的力道被政统所吸附,成了正统的帮闲,但道统里的批判的因子,是我们不能否认的。

孔子成了一个伟大的教师,虽然他想教育的对象是那些诸侯,但是那些诸侯太颟顸太蛮横,不把老师放在眼里,于是孔子的私学开始另一种文化的担当,培养涵养出一批"士",一种有着文化独立色彩的士人开始在孔子的滋养下出现。

我曾多次到曲阜,无论多么行色匆匆,但孔陵也总是必定拜谒的最后一个地方。从死看生,是最有意味的事情。

我常留意西方人的墓志铭,他们往往言简意赅,而东方的人坟前的碑与墓志铭却是官本位,把官职大小罗列一个遍。

记得伏尔泰死后,人们将伏尔泰的遗体安放在祭台板下,只在祭台板上题了几个简简单单的字:"A1778V。"德·维莱特伯爵将伏尔泰的心脏保存在一只镀金的银盒子里,随后,他又让人建了一座大理石墓,专门用来安葬存放伏尔泰心脏的盒子。在墓碑上,德·维莱特伯爵让人刻下了这样两句话:

他的心存放在此,他的思想遍布世界。(孔子不是如此么?他虽然埋葬在曲阜,但他的思想早已越过国界,跨越种族,成了人类的财富。)

舒伯特告别人世时只活了31岁。他的朋友、诗人格里尔帕采尔为舒伯特撰写了墓志铭：

死亡把丰富的宝藏和美丽的希望埋葬在这里了。

当人们来到这座墓前，请你脱帽致敬。（是啊，我们到了曲阜，到了孔子墓前，你一定要脱帽致敬啊。）

而孔子生前只能算是一个布衣。在他晚年，他感到了命运的巨掌要落下了，他看到了太多的死亡。

儿子死了。子路死了。子路被人剁为肉酱，应了老师说的"不得其死"，这是典型的白发人送黑发人。儿子孔鲤是他单传的儿子，是根独苗，出生时，鲁哀公特送去一条大鲤鱼祝贺，孔子便给儿子起名孔鲤，字伯鱼。孔鲤一生默默无闻，沾了夫子的光，被宋徽宗封为"泗水侯"。

安贫而乐道的颜回死了，死后连口薄棺材也没有，一贫如洗的颜回的父亲找到比丧子还悲伤的孔子，说颜回一生都追随夫子啊，他现在有棺无椁，你就用你的车子给他换一副椁吧。颜回的死给孔子带来绝望，哭着："天丧予！天丧予！"（"唉！老天爷想要我的命呀！老天爷要灭我啊！"）但即便如此，却还是没有答应颜回老父亲最后的一个请求。可为什么孔子要保住自己的木车呢，我想是这辆车与他仆仆风尘，车就是孔子的一部分了。

这一连串死亡的打击把夫子击倒了。

端木赐来看夕阳中的老师了，给老师带来了一些周济，夫子正拄着拐杖在门外看将要沉入地平线的落日，暮年的夫子问端木赐："赐啊，你为什么到现在才来看我呢？"接着便低吟了一首绝命歌，这是孔子的墓志铭吗？

太山坏乎！

梁柱摧乎！

哲人萎乎！

七天后，孔子溘然长逝，葬在都城之北泗水之畔。当时孔子下葬之墓以子贡之力只能"墓而不坟"，无高土相隆，无石碑相立。他去世后，学生们在他的坟墓周边，逐渐聚集百余家，后来那个地方就形成一个居住区叫孔里。孔子死后，他的弟子们都服三年心丧。三年以后，大家互相哭泣着道别而去。向心力没有了，文化中心和依靠没有了，大家开始作鸟兽散，但

"子贡庐于冢上,凡六年,然后去。"

然后去。然后去哪呢,走向了历史,历史记下了师徒情深似海。

让我们再补记一下,孔子死后鲁国一直在祭祀孔子,而儒家学者则常常在孔子墓的周围习礼讲学,在那里建了很多房子,供奉孔子遗留下来的衣、冠、琴、书,还有车,这个传统一直延续到汉代。东汉桓帝于公元157年在孔子"墓前造神门一间,东南建斋厅三间,以吴初等若干户供孔墓洒扫。"此时虽然坟台高筑,而孔林"地不过一顷"。在两汉之后的南北朝,唐、宋、元、明、清漫长的1500年岁月里,历代皇帝的祭拜、册封,孔林的重修、增修已达十三次。至清雍正八年的大修孔林,三年耗帑银25300两,并委派官员专司管理守卫。十次增植、三次扩地使孔林柏、松、柞、榆、槐、楷、朴、枫各类树木达40000万多株,林地3000多亩,林垣墙近15华里,石仪85对,墓碑400通,历代碑刻3600块,坟茔十万余座,楼、亭、坊、殿掩映于葱绿的万木林中,加之石像成群,碑刻如林,成为当今世界独一无二名副其实的孔林了。

现在我们看到的是一座高达5米、坟径30米的小山丘式的墓筑。墓前巨型石碑"文革"中被北京串联红卫兵的铁锤锤成五十多块碎片。

曲阜孔林万古长青牌坊

孔墓之东为其单传儿子孔鲤之墓，碑书"泗水侯墓"，孔墓之西为"子贡庐墓处"。

孔子之孙孔伋之墓建于孔墓之南20米处，称"圻国述圣公"。墓葬于孔子墓之前，则取孔子"携子抱孙"之典也。

生前只是一布衣、栖栖遑遑到处游说，坐牛车，树下讲学、道旁乞食的孔子，孕育了我们民族的文化，天不生孔子万古如长夜，而孔子如这漫漫长夜的灯盏烛光，时强时弱地闪耀在历史的邃深处。

我曾多次到孔庙拜谒夫子，每次的感受都是米芾赞词：孔子孔子，大哉孔子！孔子以前，既无孔子；孔子之后，更无孔子。孔子孔子，大哉孔子！

泰山书

插图

我一直觉得泰山是人格化的，是雄性的，是坐在历史深处的一尊神，是我们民族信仰的脊柱，泰山是我们民族的骨。虽然在我老家，山东的农村一些父老说"去泰安山朝山"，多的是拜泰山老奶奶，但那也是朴素的祈求来年的风调雨顺，祈求多子多孙，延续民族的香火。

对许多人来说，登泰山是一个梦想，这不是因了它的险峻，也非巍峨，而是它的文化的叠加和层垒与积淀。泰山日出的磅礴，孔子登泰山而小天下的豪迈，历代帝王的膜拜，都增添了它的神秘与神圣，那些建筑，檐牙高啄，各抱地势，那些摩崖石刻，那些残砖断瓦，件件都像断代的简帛，诉说着沧桑，但合起来，又是一部比二十四史还卷帙浩繁还生动有趣有温度的活化石。

如果你嫌那些文化的压抑阻塞了你，你可以选择与山石雾岚与古树切磋。在五岳之中泰山的海拔不是最高，体格也不魁梧，不怎么像山东大汉，它和吃辣椒的南岳衡山和喜唱豫剧的中岳嵩山比起，还说得过去，而和满嗓子秦腔的华山和老醋泡大的北岳恒山比起，它又是矮小的。

泰山像有满腹的心事，你看那些阅历深广的老树就可知道。山不在高,有仙则名,泰山的唯我独尊不是自高自大,你看在华北平原上,从长城到长江南北数千里,从燕山到太行到桐柏到大别山,这些连绵千里的大山以东,又有哪个山丘能与泰山比肩?这是我们民族的一块硕大的印章,有了它,江山就安妥就稳固。如果说长江和黄河是我们民族不竭的动力,我们民族的巨轮远航出海的压舱石就是泰山。这些老百姓懂,帝王更懂,无论是秦皇还是汉武。

人们把泰山称为五岳之尊,因为这是太阳所出的地方,是东方,是春天所由,是万物的主宰,这里面有我们民族古老的生生不息的哲学理念。东方在《易经》里所在的卦相是震卦,《说卦》有:"万物出乎震。震,东方也。"又说:"震一索而得男,故谓之长男。"至于南方的离只得中女,西方的兑只得少女,北方的坎也只得中男,所以泰山成为众岳之长是理所应当,于是一块"五岳独尊"的石碑就像历史的定格,千年屹立。

泰山代表了正统,泰山是雄性的阳刚的图腾。它是历史也是文化,是哲学也是宗教,是儒家的,也是释家的,是道家的,也是皇家的,你看岱庙、碧霞祠、青帝宫、玉皇庙,你看普照寺、斗母宫,你看孔子登临处,你看皇帝的遗墨,再看"风月无边"的刻石。众神备于一体,各种道场,众美其美,各美其美。这是一种和弦,是一种共鸣。

但泰山是沧桑的,最能显现那些沧桑感的,是泰山上的字迹漫漶的摩崖石刻和那些郁郁苍苍、瘦硬通神的松柏桧槐。孔子面对流水感慨"逝者如斯,不舍昼夜",那是知道时间是线形的不可弯曲、不可倒流的无奈。毛泽东晚年爱读庾信的《枯树赋》:"昔年种柳,依依汉南。今看摇落,凄怆江潭。树犹如此,人何以堪!?"

我到岱庙看五株汉柏的时候,想起的也是这故事,《世说新语》里有桓公北征,经金城,见前为琅玡时种柳,皆已十围,慨然曰:"木犹如此,人何以堪!"攀枝执条,泫然流泪……

再英雄的人物,也耐不住时间的折磨,毛泽东到达陕北的"数风流人物"和桓温北争的豪迈到头还是落得感慨而已。

人说岱庙里的汉柏是当年汉武帝来泰山封禅,亲自手栽,我曾用手一

棵一棵抚摩一下那柏树,千年下犹有那种汉家天子的体温。我们民族来自那个朝代,我们民族姓汉,这树也姓汉。在山东有树老成精的习俗,我觉得这柏树里也藏有我们民族的魂魄,耿耿大汉魂,历千磨万难,虽然有些树枝被铁架固定,有些炭化的部分被水泥填补,那些皮也大都剥落,但这树还活着,在你看不见的地方,有一些根系在为顶上虬蟠的苍青输养分通筋络。

我曾带儿子在这五株汉柏下久久发呆,太阳快要落山了,儿子说:爸爸,又神经了。

我笑笑。

儿子说:树就是树,你能看出因果来?

是啊,这些树令我低回,傍百年树,读万卷书。我没有破坏欲望,但想手里有个硕大的锯,把这些柏树锯出一截汉柏的横剖面。我要看它最初的萌发,那是一叶芽,那时我们的汉民族正萌发,是高祖的时代吗?然后如拳了,个子也高了,它迎面碰上了武帝。于是在泰山的脚下它立定了根基,想它把根系抓住泥土的那天,也许,司马迁见证了那个时刻。这个横剖面的同心圆在扩大。它看见了武帝刘彻元封元年(公元前110年)封泰山、禅肃然,以后又七次来这里封禅;同心圆再扩大,汉光武帝刘秀来过,建武三十二年(56年)封泰山、禅梁父;魏文帝曹丕来过,黄初元年(220年)登坛柴祭泰山;隋文帝杨坚来过,开皇十五年(595年)筑坛设祭泰山;唐玄宗李隆基来过,开元十三年(725年)封泰山、禅社首;清圣祖玄烨来过;清高宗弘历曾先后十次来泰山封禅。

这些汉柏呀,2000年的高龄,一个完整的没有断裂的生命,须髯临风,霜过,雨过,风过,雷劈过,电击过,哭过笑过,我真想从那同心圆最里面的一点开步,一二一二。从汉走到魏晋,与竹林七贤白眼看天,青眼看人,然后到隋唐,陪太白天门一长啸,万里清风来,然后碰到了苏轼,碰到了李清照。我走啊,在这同心圆里不分昼夜,无论脚上有多少风霜。我要在北宋的庆历五年停一下,这一年,我们石姓的先祖从泰山脚下,一晚上跑了28家逃避皇上的追捕。那一年被称为祖徕先生的石介死了,但他因支持范仲淹、欧阳修而得罪了奸臣佞人夏竦。夏竦为解切齿之恨,便从石介开刀,命

家中女佣模仿石介笔迹，伪造了一封石介给富弼的信，内容是计划废掉仁宗另立新君。范仲淹等人有理也说不清，只好请求外人，变法遂告失败。石介也在"朋党"之列，成了众矢之的，外放到濮州（今山东鄄城县北）任通判，返回祖徕山待阙，未到任所便病死家中，终年四十一岁。

石介死后，夏竦等人并未甘休，欲置革新派于死地。当时，徐州孔直温谋反，败露后被抄家，石介过去与孔直温的来往书信也被查抄出来。夏竦借此大做文章，向仁宗说石介其实没有死，被富弼派往契丹借兵去了，富弼做内应。宋仁宗下诏将石介的妻子、儿子编置在江淮，由地方官加以管制，不得自由行动。又派中使去把石介的棺材打开检查虚实，同时，还将石介的弟子关押起来，后经杜衍等数百人以身家联名具保石介已死，方才使死后的石介免受剖棺之灾。我的先祖是石介的五弟，当时还是一个不到十岁的孩子，也从泰山脚下跑了，一个人流浪到了濮州，以后繁衍生息。

庆历六年（1046年）的一个秋夜，欧阳修含泪打开石介的遗著——《徂徕集》，写下了一首三百五十字的五言长诗《重读徂徕集》，诗中写道："我欲哭石子，夜开徂徕编。开编未及读，涕泗已涟涟。……已埋犹不信，仅免斫其棺。此事古未有，每思辄长叹。我欲犯众怒，为子记此冤；下纾冥冥忿，仰叫昭昭天。书于苍翠石，立彼崔嵬巅。"

石介死后二十一年始得正式下葬。欧阳修撰写《徂徕石先生墓志铭》：先生貌厚而气完，笃学而志大，虽在畎亩，不忘天下之忧。以为时无不可为，为之无不至，不在其位，则行其言。吾言用，功利施于天下，不必出乎已；吾言不用，虽获祸咎，至死而不悔。其遇事发愤，作为文章，极陈古今治乱成败，以指切当时，贤愚善恶，是是非非，无所讳忌。世俗颇骇其言，由是谤议喧然，而小人尤嫉恶之，相与出力必挤之死。先生安然不惑，不变，曰："吾道固如是，吾勇过孟轲矣。"

也许，一个家族有神秘的遗传，我们姓石的源头在泰山，泰山老奶奶碧霞元君是姓石的姑娘，最著名的"泰山石敢当"，也是关于石姓的传说。相对于历史上东岳大帝信仰浓厚的政治色彩，碧霞元君信仰则更具有民间基础。碧霞元君是道教尊奉的女神，俗称泰山娘娘、泰山圣母、泰山奶奶，道

教尊称为"天仙玉女碧霞元君"。道经《太上老君说碧霞护世弘济妙经》言，碧霞元君是西天斗姥精运元气化身，在泰山修道成真，证位天仙，受命玉皇统摄岳府神兵，护国佑民，洞察人间善恶。传说碧霞元君能福佑众生，特别保护妇女儿童，有求必应。

泰山碧霞祠是碧霞元君上庙，位于岱顶天街与大观峰之间，兴建于宋真宗大中祥符二年(1009年)，明弘治年间改名碧霞灵应宫，清乾隆年间重修后改称碧霞祠。碧霞祠是一组宏伟壮丽的古代高山建筑群，面积3900平方米，由大殿、香亭等十二座大型建筑物组成。左右对称，南低北高，层层递进，布局严谨，盖瓦、大脊等均为铜铸，明文渊阁大学士王锡爵在《东岳碧霞宫碑》中描绘说："琼宫银阙，连岭背麓，丹青金碧，掩映层霄。香烟烛焰，若云霞蒸吐碧落间。"大殿内供奉碧霞元君贴金铜坐像，凤冠霞帔，慈颜安详端庄。宋代以来，民间对碧霞元君的信奉，千年不衰。清韩锡胙在《元君记》中记载，"通古今天上神，首东岳。东岳祀事之盛，数碧霞元君……自京师以南，河淮以北，男妇日千万人，奉牲牢币喃喃泥首下。"明清时，元君

庙遍及全国。查《岱史》可知，凡遇事，如猛虎为害、飞蝗为灾、旱涝、皇储未建等，帝王或官员都会遣使或亲自致祀元君，求元君赐佑。乾隆帝母亲八十大寿时，乾隆帝仍登岱顶拜元君。时至今日，每年仍有逾百万的香客游人登泰山朝拜碧霞元君。我的老母亲念叨的泰山老奶奶就是她。

泰山的每一块石头都是有神气的，泰山石敢当就是最典型，并且在全国很有影响的信仰。民间自唐以来，取泰山石立于桥道要冲或砌于房屋墙壁，上刻（或书）"石敢当"或"泰山石敢当"之类，以禁压不祥，相衍成俗，广为流行。至今，人们依然喜欢在建筑中安置"泰山石敢当"，它也逐渐成为一个平安符，遍布大江南北。

庆历五年，那是公元1045年，对我们家族来说，是致命的一击，他们开始逃难，但大家都有一个信念：泰山，是我们的根，是我们的家。

我还在想象的同心圆里一圈一圈地走，天黑了，我还沉浸在宋朝。

"爸爸，你哭了?"儿子不解地问，我泪眼迷蒙地抬头看着他。

我为历史而哭。我说庆历五年，就是这一年。

插图

"这一年怎么了?"儿子问。

"石介爷举家犯抄,一个晚上,我们姓石的在泰山脚下一个叫桥爪子的地方跑掉二十八家啊。"

天黑了,星星出来了,我和儿子走向宾馆,我看到了天上的北斗历历。星星还是汉代的星星啊。星星还是宋代的,但人却经历了多少劫难和轮回啊。

在宾馆里,电视上竟然播放了一段《沙家浜》中郭建光"要学那,泰山顶上一青松"。

哈哈,泰山是一种文化符号,而青松一沾上泰山也身价高昂,究竟是哪一棵青松,并不重要,重要的是那是泰山顶上的。

我知道泰山上有五大夫松,相传是因秦始皇东巡在泰山封禅遇雨,就在这五棵松树下避雨,雨后,这松树便被加封受爵,和汉武帝的柏树相较,这松树是祖父级别的。所谓的秦砖汉瓦,成了秦松汉柏,但始皇帝的树更加命运多舛,在明朝就被山洪冲走,直到康熙年间才加补植,现在还有两株。问他们始皇帝的往事,问他们李斯的书法,怕只能是顾左右而言他吧。

泰山上有许多的摩崖石刻,李斯的泰山刻石是秦篆保留至今的唯一真迹,张怀瓘则称颂李斯的小篆是:"画如铁石,字若飞动","骨气丰匀,方圆妙绝"。今存于岱庙东御座,周围以玻璃镶嵌,使游客能一睹李斯小篆风采。而在书法史上,有"大字鼻祖""榜书之宗"美称的《泰山经石峪金刚经》更是让人怀想那些书写者和雕刻者对佛的虔敬。"在泰山山腹,平坡花岗岩溪床上"这是1400多年前摩勒的字,字径50厘米,原有2500多字,现尚存1067个。

泰山的刻石真草隶篆,诸体皆备,就如那些松柏的枝干,铁钩银划,夭矫回旋。

那些泰山的石,有的如颜真卿的壮硕,有的是赵孟頫的秀美,余光中更是用书法作比泰山的松柏,实获吾心"譬之书法,柏姿庄重如篆隶,松态奔放如草书。泰山上颇有一些奇松,透石穿罅,崩迸而出,顽根宛如牙根,紧咬着岌岌的绝壁,翠针丛丛簇簇,密鳞与浓鬣蔽空,黛柯则槎桠轮,能屈能

伸,那淋漓恣肆的气象,简直是狂草了。"

有时我想,山水需要诗人画家做解人,否则那山是寂的,水是哑的。而泰山,如果缺少了历代帝王和百姓的追捧,那它也成不了人们心中的圣山。

我未到过西藏,但那些朝圣者却在我心中长久地扎根,我曾在母亲念叨到泰山朝圣的神情中,想到西藏的那些朝圣者。我有一个骑单车到西藏的朋友,他告诉我到西藏令他心灵震撼的不是圣洁的雪山,不是庄严的佛殿,也不是茫茫荒野上的藏羚羊,而是那些虔诚的朝圣者。在布达拉宫下,在大昭寺门前,许许多多的朝圣者,无论男女,都蓬头垢面,身着长围裙,手戴木拖板,面对佛殿,神情凝重,喃喃念诵,俯身下去,四体伸直,头和鼻都触地,然后起来,再重复。一次,两次,永无休止。他们中有七八十岁的长者,有三四十岁的中年,也有十来岁的小孩。他们有的来自几百甚至几千里的地方。他们是三步一叩地翻山越岭,历经数月甚至数年才到达这地方的。

在雪域高原,这样的朝圣者处处可见。这些人心地非常虔诚,三步一叩绝不少一叩。遇到涉水之地,他们会补足淌水距离该磕的头。为朝圣,他们会磕得四肢溃烂,面额血肉模糊而不停止;为朝圣,他们沿途乞讨为生,即便冻饿死在山野也不后悔。

朋友骑单车曾多次看到同一帮的朝圣者,看见昨天的那些朝圣几乎还停留在原地。一天匍匐而行,走不了十里路,但他们的脸上没有半点的疲乏和劳累,更没有一丝的焦虑怨恨,只有祥和安宁。他们的眼睛里闪烁着奇异的光芒,仿佛金色的希望和幸福就在前面召唤,他们满怀着感激的心情坚定地跪叩着前进。

朋友从西藏回来给我讲那些朝圣者,他说:"在当今喧嚣的都市,人欲横流。许多人讥笑崇高,嘲弄信仰。我们经常耳濡目染的是为名利痛苦挣扎甚至尔虞我诈,不择手段。成功的醉生梦死,贪婪放纵;失败的厌恶人生,随波逐流。他们没有真正的快乐。对比那些心灵充实,理想坚定的朝圣者,他们是没有灵魂的行尸走肉。"

是啊,泰山,也是这个民族的圣山,我曾长久想始皇帝为何不在咸阳好好待着,为何一次次到泰山到东海去寻找什么? 真的是寻找长生不老之药

插图

吗？

泰山有一种宗教的意味，我们知道，无论基督还是佛陀，他们的功效是对现世的安慰，是对生死的了悟和解脱。即使现在，宗教的香烟仍旺盛，就像生命的延续一样，也许，人们在宗教里看到了一种肃穆一种敬仰和敬畏，也是一种依靠和倾诉。

即使帝王，他对众生采取的是俯视，但他知道在他的身边还有更高的神在，那是自然，是山河大地。于是他们对这些自然采取的是仰望和膜拜，面对那些苍茫的生命，他们也只有仰望的份。于是我们看秦始皇统一中国后，便急忙来泰山封禅，自"泰山阳至巅"，立下表功石碑。碑文是李斯书写的，字迹遒劲，文章华彩，极尽歌功颂德之能事。"皇帝临位，作制明法，臣下修饬。廿有六年，初并天下，罔不宾服。亲巡远黎，登兹泰山，周览东极。从臣思迹，本原事业，祇颂功德。治道运行，诸产得宜，皆有法式。……皇帝躬听，既平天下，不懈于治。夙兴夜寐，建设长利，专隆教诲。训经宣达，远近毕理，咸承圣志。贵贱分明，男女体顺，慎遵职事。昭隔内外，靡不清净，施于昆嗣……"封禅起源于远古时代的山川祭祀活动。古籍载，黄帝出巡泰山时，大象驾辕，六龙拉车；蚩尤在前开路，虎狼在后护卫；群鬼列侍保驾，众神簇拥陪行；风伯扫除，雨师洒道；蟒蛇伏地，凤凰覆上。黄帝登临泰山之巅，诏鬼神议国事。定大位、划疆域、祭天神，并作清角之音，似两凤双鸣，如二龙齐吟。玉皇大悦，天女起舞。

司马迁在《史记》引管子的《封禅篇》，说古来上泰山封禅的帝王，有迹可见者凡七十二位，其后陆续封禅者，从秦始皇、汉武帝、唐玄宗一直到康熙、乾隆，更相承不衰。封，是筑土以祭天；禅，是扫地以祭地。

泰山封禅历来是中国封建帝王最隆重的祭祀典礼，"每世之隆，则封禅答焉"，是确认王朝政权"奉天承运"合法性的最隆重典礼仪式。那些官僚们便以能够参与为无上荣光，不能入伍者则无比失落。汉武帝封禅，太史令司马谈不得从行，忧愧致病，临死前，他痛哭流涕对儿子司马迁说："今天子接千岁之统，封泰山，而余不得从行，是命也夫！命也夫！"但也有乖巧之人借着封禅而上位，《酉阳杂俎》载，唐玄宗泰山封禅，三品以下官员晋升一级。张说为封禅使，借机将女婿郑镒提升了四级。唐玄宗大宴群臣时，见到郑镒的新官服便提出质问。张说、郑镒翁婿惶恐不知所对。一旁的黄幡绰笑讽说："此乃泰山之力也。"自此泰山便成为岳父的别称了。

我曾多次登泰山，第一次是在半夜开始登山，为的是黎明到日观峰看日出，那是大学求学时代，记得李白也曾在夜间登过泰山，那是秋夜，李白说："独抱绿绮琴，夜行青山月。山明月露白，夜静松风歇。"但我们是春日，天上没有月亮，只有头上星宿三五，如萤火虫，山路黑黢黢，大家借着手电光，前面呼，后面应，那时的山形也沉在了漆黑里，更加重了阴森，耳边是阵阵松涛，再兼水声虫鸣，有时有凄厉的夜鸟叫，大家的心头就一紧。

夜晚的泰山是属于静谧的，偶尔可以听到远处传来的不清晰的人声，有时还夹杂着一两声犬吠和人的吆喝，那是山中的人家或店家所养。那时的泰山，除了游人的几点零星微弱的手电灯光之外，最亮的就要数山上小店的灯火。就是那灯火，给人的都是希望和暖意。我们想到明天可以看到日出，于是夜的黑就有了一种铺垫，如文章。

记得还有一次和朋友登山，曾看到泰山极顶玉皇顶庙宇院内，围栏上结满了各地情人的同心锁、爱情锁，让泰山见证他们的山盟海誓。

爱是需要呵护的，爱是易碎品，爱也是锁不住的，我曾看到那些锁头，有铜制的，有钢铁制的，上面还有工匠刻上男女的名字。

记得那次朋友调侃说：一把钥匙开一把锁，你想开几把锁。也许男人心中都有鬼，所以我们在上帝面前没有一个义人，都是有罪的。

泰山是圣山，对我们民族来说它代表了一种哲学的宗教情怀，但真实的历史，也许写满了悲凉，始皇帝泰山封禅，他也坑杀了四百多儒生，把文

化弄入万劫不复的深渊;唐玄宗的《纪泰山铭》是大唐盛世的宏文,那是开元十四年,杜甫十四岁,杨家的女儿还没有出生,但这里面是否有渔阳鼙鼓的先兆呢?那时长安的和平时代那些丰满的女人在肉身上绽放出一朵让后世道学家瞠目结舌的花朵,这种健康的如牡丹一样的女人,像李商隐说的"我是梦中传彩笔,欲写花叶寄朝云",也是这种女人把开元盛世倾覆了。

说到泰山不能不说到黄巢,他就兵败死在泰山的虎狼谷,但他的死并没有比泰山还重。史书上曾记载黄巢用人肉人骨做军粮的细节,这个杀人魔王治下的长安,人肉跟猪肉羊肉一样,进入市场公开流通。这在黄巢的老家菏泽的民间也得到证实。在童年时候,我母亲曾说黄巢杀人八百里,见人就斫,

插图

无论老幼,黄巢在民间一直是个杀人的恶魔,后来被某些历史话语转换为了一个英雄,这是可疑的历史的吊诡。有的书中说,黄巢兵败为僧。这书中还煞有介事地录有一首诗。诗曰:"记得当年草上飞,铁衣穿尽穿僧衣,天津桥上无人识,独倚栏杆看落晖。"

说这是黄巢写的,其实这诗是别人伪造的,赵翼在《檐曝杂记》已考证清楚:

唐末黄巢、明末李自成,皆以流贼起事,至陷宫阙,僭伪号,无一不相似。后巢败奔于太山狼虎谷,为其甥林言斩首;自成败奔于九宫山,为村民锄死,亦无一不同。二贼死后,又皆有传其未死者。谓巢依张全义于洛阳,曾写己像,题诗云:"记得当年草上飞,铁衣着尽着僧衣。天津桥上无人识,独倚栏杆看落晖。"(按,此本元微之《赠智度僧诗》。)自成死后,亦有传其为僧于武当者,又无一不相似。乃其败死,又皆以破毁祖墓所致。王氏《见闻

录》：巢犯阙，有一道人诣安康守崔某，请斫其金统水源祖墓。果得一窟，窟中有黄腰人，举身自扑死。道人曰："吾为天下破贼讫。"巢果败死。自成祖墓在米脂。相传中有漆灯，漆灯不灭，李氏必兴。边大绶为米脂令，亦发其冢。果有一蛇，遍体生毛，向日光飞出，咋咋而堕。是日自成即为陈永福射中左目。后虽陷京城，旋亦败死。是二贼又无一不相似也。然皆因发冢而灭。青乌家风水之说，岂真有征验耶？

又黄巢所至杀掠，独厚于同姓，并黄冈、黄梅等县亦得免祸。张献忠乱蜀时，亦于张恶子、张桓侯庙大有增饰。牛金星以下第举人作贼，凡进士官必杀，举人出身者不杀。后其党杀一县令，询知举人出身，乃弃而奔逃。此亦流贼之相似者。

黄巢是死掉了，这样的恶魔是应该没有子嗣的，应该把这些恶魔的历史空间腾出来，让给文明，让给良善，让给那些卑微的人，到泰山朝圣的人。

泰山是孔子的山，泰山是孟子的山，泰山是李白的山，泰山是杜甫的山，在泰山的山道上，督抚吟诵着"会当凌绝顶，一览众山小"，那是怎样的心雄万夫啊！是啊，自古到泰山的拜谒人在内心唤起总是如日出一样的希望！

哦，泰山，青苍未了的山！

哦，泰山，日出之山。

稷下学宫

一

多年前,曾到淄博参加蒲松龄散文笔会,那时的我异常苦闷,自然的低气压让人喘不过气来,精神上的压抑则更加强烈。

我开始思考知识者的宿命,何谓知识者? 那是有思想要表达的一群,也许是牢骚,也许要骂座,也许是唾沫飞溅意气用事,也许捶胸顿足痛哭流涕;可能是盛世危言,可能是慷慨义气。他们也有的是脊骨软体,但很多的知识者,特别生于古代的那些士人,却可以把"书生的议论,变成砍头的血痕斑斑",这些书生把当权者放到了一个煎熬的境地、不义的境地,你们有钢刀有鼎镬,你们有掘好的坑,但我却秉有一种传统在,坑任由你坑,烧任由你烧,一线的血脉自有流转,从蹀躞泽畔发出"天问"的屈原到为李陵辩护受腐刑的司马迁,从在宣武门外鼓动学潮的太学生陈东到哭庙抗议的金圣叹,从纪念刘和珍君的夫子鲁迅到为雷震案的胡适博士,从三十万言三十年的胡风到单枪匹马孤军奋战的马寅初,我知道这一线法脉下还有林昭遇罗克张志新等。

我知道在这些人的脊骨外,还有一块为民族为天下为苍生的喉骨。有人说男人的境界:平生唯有两行泪,半为苍生半美人。但我以为作为一个知识者的境界应该是:平生要有两块骨,半为脊柱半喉头。

对待脊骨的方法是可流放,可宫刑,可杀头,可瘐毙,而对待喉骨发音如毒酒捂住了苏格拉底的嘴,用火刑逼着布鲁诺封口,或把不肯噤声的耶稣钉在十字架上。喉骨太不把皇帝当回事,它指点江山,登高疾呼,散布不同政见；喉骨太可恶，它出声便慷慨纵横，言之凿凿，戳穿皇帝的新装。

对待那些议论风发的士人，我们民族有这样的一页，明末东林党人中的"六君子"被残害身死后，打手们遵命用利刃将他们的喉骨剔削出来，各自密封在一个小盒内，直接送给魏忠贤亲验示信。魏忠贤竟然把"六君子"的喉骨烧成灰，与太监们一齐下酒。这与张志新被割断喉管押赴刑场何异？

在参加蒲松龄散文笔会的时候，因为我们的住处在淄川，我曾悄悄问当地的朋友，说自己想去一个地方拜谒：稷下学宫。当地的朋友告诉我，稷下学宫早已荡然无存，而今在临淄区只有一个办事处叫稷下街道办事处，到了临淄可以看看西周的殉马坑和足球博物馆。

在大学里谋生并关注思想史多年，稷下学宫对我来说，就如一个圣殿矗立在一个宗教徒的心头。她是现代大学精神的来路，是我们民族那勃勃生机争鸣喉管的展示场。一个民族，那么多的人，虽劳顿辛苦，度陌越阡，却奔赴到这里，一会儿弦歌不辍，一会儿高声咏唱，一会儿大声争辩，那是文化的争辩，学术的传递和舍我其谁的独立的精神处，那是潇洒放旷鼓瑟琴鸣的情怀，是入世的场所，也是出世的地域，是精神的发射场，也是名利的是非地。

钱钟书说过如此的话："学术大抵是荒江野老，屋中两三素心人议论之事，朝市之显学必成俗学"。如果以此来作为学术评价的标准，那难免过于偏狭，只有康德那样从事哲学的人，一辈子没离开那个小镇，也许哲学研究近似钱钟书说的意思，哲学只是少数人的事，也要有那种闲暇和耐得寂寞的人才行。我想不管是什么学科专业门类，能优裕从容地进行研究，不为吃穿用度发愁，自然是要建筑在相对丰裕的金钱和物质基础之上了。

而那时的齐国可以说是当时世界上最富庶的国家，齐国的国都临淄是当时世界上最繁华的都会。我们知道战国时的一个牛人苏秦，曾佩六国相印往来穿梭，也曾有文字描述齐国与临淄。苏秦口才罕匹，文才也是上乘，他周旋游荡在各个君王之间，凭借雄辩之口才，过人之见识，折服了当时的那些肉食者。你看他如此描写一个国家和国家的一个城市，你不得不钦服

插图

这段文字的排比力道,这里信息密匝,令人眼花缭乱,如一个乡下人到了纽约巴黎,但要知道苏秦可是见过世面的,但他还是震惊了。"齐南有泰山,东有琅邪,西有清河,北有渤海,此所谓四塞之国也。齐地方二千余里,带甲数十万,粟如丘山。三军之良,五家之兵,进入锋矢,战如雷霆,解如风雨。即有军役,未尝倍泰山,绝清河,涉渤海也。临淄之中七万户,臣窃度之,不下户三男子,三七二十一万,不待发于远县,而临淄之卒固已二十一万矣。临淄甚富而实,其民无不吹竽鼓瑟,弹琴击筑,斗鸡走狗,六博蹹鞠者。临淄之途,车毂击,人肩摩,连衽成帷,举袂成幕,挥汗成雨,家殷人足,志高气扬。夫以……齐之强,天下莫能当。"齐国与临淄的富庶真是立在纸上,我们今天看这段文字,还可以感受到那人声鼎沸的喧闹,我们可以想象文字背后未写出的亭台楼阁,还有那些街道和车马,这里的居民好像音乐游玩是日常的生活,他们无不喜好音乐的吹拉弹奏,他们热衷于足球活动,城内的街衢车如流水马如龙,以至于"车毂击,人肩摩,连衽成帷,举袂成幕,挥汗成雨。"

这是一个大都会,天下好玩的好吃的好像都积聚于此,而正是这恰恰为稷下学宫的创设备下必要的物质条件。

齐国是一个开放的东方大国,临淄是一个当时来说最开放的城市,所有的我们现代都市里能有的东西,你都可以在临淄找到她的原型和类似的东西,诸如养宠物猫狗博彩斗鸡,有酒吧有妓女,有足球有音乐会。

那是第一个设立歌妓的地方,那是销金窟是歌舞地声色犬马花花世界。我们老祖宗的开放程度,有时是我们现代人也不可比拟的。但这里也是思想的高地是学术的殿堂,开办了150年的煌煌稷下学宫就植根在这片土地上。

现代考古发现,让多位考古专家和学者非常惊讶的事情不仅仅是那些珍贵的文物,还有齐国故城设计上的先进理念。

古城的排水系统砌筑严密,不渗水漏水,各条管道错综复杂,同时与城内外河流相接,水口分上下三层,每层五个方形水孔,孔内石块交错排列,水经孔内间隙上下跌宕而出,人却不能通过。如此既能排水又能御敌的科学建筑,为世界同时代古城排水系统所仅见。

连当时的孔子也曾到临淄开眼界,夫子是来参加音乐会的,就如维也纳的金色大厅的新年音乐会,有记载:孔子至齐郭门之外,遇一婴儿挈一壶,相与俱行,其视精,其心正,其行端,孔子谓御曰:"趣驱之,趣驱之。"韶乐方作,孔子至彼,闻韶三月不知肉味。故乐非独以自乐也,又以乐人;非独以自正也,又以正人矣哉!于此乐者,不图为乐至于此。(孔子到齐国的城门之外,遇到一小儿拿一酒器,与他一起行走,那小儿目光纯洁,心神纯正,举止严谨,孔子对驾车的人说:"快一点,快一点,《韶》乐就要开始了"。孔子到那里听到了《韶》的演奏,三个月都食不甘味。音乐不仅仅是用来让自己快乐的,它还可以让别人也一起快乐,它不仅仅能让一个人自己品行端正,也能起到正人的作用,能对此感到快乐的人,也没想到音乐竟然能达到这样的境界。)

一支曲子演奏完毕,让夫子这样的人痴痴呆呆,竟然可以"三月不知肉味"。而夫子是通音律的,孔子的不知肉,是超越物质层面而达精神层面啊。

演奏《韶乐》非常复杂,我们看她的阵容,据记载,祭祀中和韶乐乐悬,镈钟一,设于左。特磬一,设于右。编钟十六,同一簨(读句,木架),设于镈钟之右。编磬十六,同一簨设于特磬之左。建鼓一,设于镈钟之左。其内,左、右埙(古代用陶土烧制的一种乐器)各一,篪(读池,古代竹制的一种乐器)各三,排箫各一,并列为一行。又内,笛各五,并列为一行。又内,箫各五并列为一行。又内,瑟各二,并列为一行。又内,琴各五,并列为一行。司器乐生,器各一人,皆内向立。左、右笙各五,竖列为一行。左,柷(读住)一,搏拊一;右,敔(读宇)一,搏拊一。乐生器各一人,左、右相向立。笋(读

户)各五,司章者执之,立于笙前,左、右向。左,麾一,掌麾一人,向右立。乐舞生,左、右文舞各三十二人,武舞各三十二人,分列于乐悬之前。左、右节各二,执节者四人,分立于舞前以引舞。大祀、中祀用中和韶乐者,位次皆同。

　　这演奏的队伍够复杂宏大的,有编钟,有磬、埙、笛、箫、排箫、古琴、筝、木鱼和鼓,这是中国古代乐器的集大成,是华夏文明的交响与共鸣,所谓的"金石土木丝革匏竹"八音合,是从这里走来的吗? 这就是交响乐,音乐的交响,文化的交响,是音乐和文化的盛宴和饕餮。"对于非音乐的耳朵,最美的音乐也没有意义",而夫子恰好有着音乐的情怀和敏感的耳朵。其实孔子听《韶乐》的时候,《韶乐》已经流传1500年,《韶乐》只是一种载体,是体制的一种化身;《韶乐》为舜帝时的音乐,是一集诗、乐、舞为一体的艺术。由它所产生的礼乐教化思想和文化艺术形式,一直影响着中国的古代文明。"舜德大明,于是夔行乐,祖考至,群后相让,鸟兽翔舞,箫韶九成,凤凰来仪,百兽率舞。"《韶乐》演奏时,乐工用五彩羽毛作装饰,扮成各种美丽的飞鸟,翩翩起舞,款款而歌。乐队吹奏着形似凤翼的排箫、凤凰展翅的旋律。堂上堂下,百鸟朝凤,出现了一个凤鸟的世界。据《左传·襄公二十九年》记载,吴国公子季札鲁国观看周王室的乐舞,在二十多个节目中,他最推崇《韶乐》。他称赞说:"德至矣哉,大矣! 如天之无不帱也,如地之无不载也! 虽有盛德,其蔑以加于此矣。观止矣! 若有他乐,吾不敢请已!"

　　《韶乐》也奇哉,演奏的时候,凤凰会飞来,孔子闻韶的记忆太深刻了,后来与鲁国太师说到了这次《韶乐》的演奏,说了一句:"尽善尽美"! 而我的家乡,现在的唢呐曲有一支《百鸟朝凤》的曲子,我想也许脱胎于此。

二

　　风雨沧桑的稷下学宫存在了一个多世纪,我们可以毫不夸张地说,这是世界上最早的政府办的高等学府。

　　她集中了当时各国的一流的文化大师,我常想,稷下学宫的精神指标意义比秦始皇修的长城还重要,她为我们民族铸建了一座精神的长城,如果一个民族和明智的统治者能深刻领会了教育、自由、百家争鸣这些内涵，少些急功近利和政治的算计，不把教育变成灌输，不把教育变成官场和体制的附庸，那么她对这个社会和民族的推动和贡献是无与伦比的。虽然齐国被秦国灭掉了，但稷下学宫的精神因子却像一线法脉而流传，汉代的太学，唐代的宏文馆、崇文馆、国子学，到宋代的岳麓书院、明代的东林书院，我们都可看到一种文化精神在传递。

这是一群高智商的人的集合，是一些文化构想者在大地上勾画的楼阁亭台，也是一种丰碑。

我们知道齐人善于经商，从姜太公建国那一天起，齐就以通工商之业、便渔盐之利为发家的秘诀，后来又有管仲的改革，降低关税，为商人在旅途上建立接待站，于是齐国从一个地方百里的小国，慢慢变成了东方唯一的大国。我们今天赞美齐国，不是她的那些物质财富，而是她拥有稷下学宫。中国有过若干辉煌时代，但称得上伟大的，首推稷下时代。开列一下那些光彩四射的名字，翻几页《汉书·艺文志》的著录，就能看出，在精神性成就方面，一个世纪的创造抵得上后来懒惰的十个二十个世纪的因循守旧：只知我注六经，平平仄仄平平仄，摇头晃脑，漫漫陶醉，唯经是从，俯仰于主子的脸色，精神阳痿，身体自宫，没有了创造生气。

稷下学宫从齐桓公田午时代始，到齐王建终，绵延150年左右，按30年一代的中国人的算法，那是五代人，比现在的百年名校跨度还要大。一个有意义指标的启示给我们，有了稷下学宫的包容，有了揽尽天下士的百家争鸣，才有田齐的"威宣盛世"：稷下之学盛则国运盛，稷下之学衰则国运衰，稷下之学凋零则国运凋零，稷下之学终则田齐终。

田齐政权尊贤礼士，在政治上给他们高位，在经济上给他们以厚遇。凡来稷下的学者，齐王都要亲自召见，或者留机会让学者觐见。当时田齐有一套完整的选任机制：通过问答及对其学术水平、社会名望、带徒多少、资历深浅等条件的综合，授予不同的等级称号，按等级享受不同标准的待遇。例号称"稷下之冠"的淳于髡有功于齐，被贵列"上卿"；孟子被列为"客卿"；荀子则是"三为祭酒"。齐宣王时"邹衍、淳于髡、田骈、接予、慎到、环

渊之徒七十六人,皆赐列第为上大夫"。当时的齐拥有天下最负盛名的学者,他们人数曾达数千,从淳于髡和邹衍再到荀子和孟子,列为上大夫的就有七十多人。这些人居有豪室,出有华车,田齐舍得为这些思想者投资,这些稷下先生们往往是"开第康庄之衢,高门大屋,尊崇之。览天下诸侯宾客,言齐能致天下贤士也"。他们华屋高耸,俸禄优厚,这些人也都不能免俗,几人受得了诱惑? 齐国"立淳于髡为上卿。赐之千金,革车百乘,与平诸侯之事",这完完全全就是一方诸侯的架势啊。孟子离齐时,齐威王曾以"馈兼金一百"与之,齐宣王也开出以"养弟子以万锺"为条件来挽留孟子。不仅如此,田骈"设为不宦",齐为他"訾养千锺,徒百人";孟子出门时"后车数十乘,从着数百人",排场很是阔气。这种场面来跟随一个学者有点不搭界,它唯有此,才看出当年的稷下先生地位的尊崇。这些稷下先生很自由,即"不治而议论",个个可以大胆畅言。那个时代,中国这颗智慧的大脑,显然就在稷下。战国时代几乎所有在文化史上居有一席之地者,莫不于稷下留下了自己的声音。诚如司马光《稷下赋》所言:"致千里之奇士,总百家之伟说。"

　　齐宣王时,正值齐国鼎盛之时,曾大败魏于马陵,出兵伐燕,仅用了五十天的时间就攻入燕都,齐国国威大震诸侯。而这时也恰是稷下学宫发展的高峰,这奇怪么? 这正是稷下学宫潜移默化的兰因絮果。我们知道,兴盛的稷下学宫是齐国官吏的储备库,为齐国国君进行改革和整顿吏治,源源不断地输送大批有真才实学的官吏做了准备。就像"淳于髡一日而见(荐)七人于宣王";齐宣王在稷下先生王斗的劝说下,"举士五人任官,齐国大治";邹忌更是从稷下学宫走上仕途,官至齐相。

　　稷下学宫,真的是学术的"百家争鸣",那里是学术的刀枪剑击,火花四溅,各显风流,各呈其能,各美其美,如滑稽多趣的淳于髡、滔滔雄辩的孟子、被称为"谈天衍"的邹衍、被称为"雕龙忌"的邹忌、天才辩论家"天口骈"的田骈以及"一日服千人"的田巴。儒、墨、道、法、名、阴阳、纵横、杂、农、小说九流十家各派精英云集稷下学宫。当时在长江流域的屈原,也以楚国官员的身份到过稷下学宫,那是一个不以地位的尊卑,而以理论的是非曲直为是非曲直,尊崇观念尊崇智慧尊崇逻辑,我们看田巴与鲁仲连,一个是当世名家赫赫有名的辩士,一个是年方十二的少年,人称"千里驹"。

田巴"议稷下,毁五帝,罪三王,服五伯,离坚白,合同异,一日服千人",鲁仲连说:"我听说,厅堂上的垃圾不清除,怎能顾得上清理田间的杂草呢?两军交战,短兵相接的时候怎能防得了远方射过来的冷箭呢?这些事情的意思是说,凡事有个轻重缓急,若急事后办,缓事先办,不就乱了套吗?现在我国形势紧急——南阳有楚国大军驻守,高唐一带受赵国打击,聊城被十万燕军围住,请问田先生,你有何妙计?"(堂上不奋,郊草不芸,白刃交前,不救流矢,急不暇缓也。今楚军南阳,赵伐高唐,燕人十万,聊城不去,国危在旦夕,先生奈之何?)

田巴脸红了,面对着孩子模样的鲁仲连:"没有办法啊!"

鲁仲连慨当以慷,滔滔不绝地说:"国家安危想不出拯救的办法,人民危亡提不出安抚民众的计策,那还算得上什么能言善辩的学者呢?目前我倒可以用计赶走南阳的楚军,击退高唐的赵军,解除聊城燕军的包围。真正有价值的辩必须能解决实际问题,否则听你的玄谈还不如去听猫头鹰唱歌。"(若不能者,先生之言有似枭鸣,出城而人恶之。愿先生勿复言。)此次论辩结束后,"田巴终身不谈",以后投笔从戎,做了齐将。

那是一个据理力争,不看脸色的时代,那是个互不妥协,咄咄逼人的时代,那是一个飞扬跋扈的时代,那是一个顾盼左右为谁雄的时代,辩士们可以如打擂一样,轮番上阵,这种场景岂是"文革"中"要文斗,不要武斗"所可比拟,也许在古希腊可以见到。

而且,连齐国的国君有时也加入到辩论和旁听中来,我们可以看到齐王的雅量和他们对学术的尊重和宽容。

我们知道孟子在齐国的稷下学宫就曾只做客卿,"不治而议论",我非常喜欢孟子的这种姿态,努力保持自己的文化批判的独立性和自己的文化品格,他不是顺应肉食者,他要的是自由与独立,"以顺为正者,妾妇之道也"。他不做小媳妇,不做低眉顺眼奴性的臣子。

他要做的是帝王师,那是一种伟岸的大丈夫,不是委身事人的臣妾。

合就留，不合就去，心无挂碍，不吝去留。齐宣王就曾几次派人请他见面聊天，那实在是屈尊之致。但孟子还是有自己的底线，说什么圣君有不招之臣，必须先师之然后臣之，让齐王来见他。

孟子有阳刚，好骂人，多英雄气多浩然之气，让人一见凛然而生敬畏，他骂杨墨，他骂诸侯。他骂得宣王"勃然变乎色"，"顾左右而言他"，当着梁惠王骂他"率兽食人(带着野兽来吃人!)不仁哉! 梁惠王也!"

孟子也骂齐宣王，但李贽说齐宣王是"一代圣主"，这确实是致评。其实从另一方面看，我们不得不对齐宣王报以致敬的目光。

孟子与齐宣王那段精妙乖巧的"顾左右而言他"的对话，就载《孟子》中《梁惠王下》一章，读来真有意思，像教育自己的孩子一样。孟子问齐宣王："大王，您有一些臣子，他们去楚国游山玩水，走前将自己妻小托付给朋友照看，一'拜拜'了事。等从楚国回来时，才发现自己妻子儿女却在忍饥受冻。您说，这人多缺德，对这样的人该怎么办?"

齐宣王说："还用问，把他们晒在一边，甭理他们!"孟子又问："专司刑法的一批官员吊儿郎当，不尽职，根本没招儿处置一帮缺德无良、寻衅滋事的人，该怎么办?"

齐宣王想都没想，答："革职查办啊!"

孟子绕了一下又问："整个国家一片混乱，所有做官的都反了，又该怎么着?"

齐宣王卡住了，此时顾左右而言他，不知如何是好。

孟子与齐王第一次见面。宣王开口便问："齐桓晋文之事可得闻乎?"宣王想听的是那些称霸的故事，孟子却回答："仲尼之徒无道桓文之事者，是以后世无传焉。臣未之闻也。无以，则王乎?"孟子的回答很巧妙，不直接表达对于桓文的不屑，而是说我没听说过，并立刻将话题转移到了"王政"。宣王也挺聪明，反问一句："连我这种人也可以行王道吗?"孟子很果断地回答："可以!"

孟子说他曾听到一件事:齐宣王曾经见到衅钟之牛临死前在惊恐颤抖，就让人放了它，换了只羊来代替。孟子以此入手，先帮宣王开脱，让他

齐长城

免了小气之嫌,而以"不忍之心"来解释。宣王十分感激,然而却不知孟子讲这事还有别的用意。"今恩足以及禽兽,而功不至于百姓者,独何与?"所以行王政"是不为也,非不能也"。

后世的儒家的徒子徒孙们何尝有孟子的气派和做派,无论董仲舒、韩愈,无论程颐、程灏,还是朱熹,在权势面前,多的是媚态,少的是脊骨,多的是唯唯诺诺的女人气,少的是大声镗鎝洒热血的男儿貌,多的是圆滑,少的是担当。以装聋作哑,内修心性为幌子,养的所谓道学,不如说养的是缩头龟学。孟子的粗嗓大声发出的是黄钟大吕般金属音,后世儒家们是细如蚊蝇的哼哼之鸣。

这一点,我佩服梁漱溟先生,面对着排山倒海的做"妾妇之道"的人的呐喊,他敢于向毛主席要雅量,真的是顶天立地的真豪杰、硬汉子,犹如孟子在世,浩浩乎凛然之气充塞于天地之间,使得那些人愈加显得卑弱而屡头。

孟子是个顶天立地的大丈夫!当时有个叫景春的人曾问孟子:像公孙衍和张仪这样的大外交家纵横家,才真是了不起的大丈夫啊!瞧他们一旦发火了各国诸侯都害怕,他们安安稳稳待在一个地方,天下的纷争也就平息了。("公孙衍,张仪岂不诚大丈夫哉?一怒而诸侯惧,安居而天下熄。")公孙衍、张仪,散了六国之纵,兴了天下之兵,的确是"改变世界"的大丈夫,但他们的巧言令色,他们的阳奉阴违,他们的吮痈舐痔,他们通向"大丈夫"的道路又是多么的肮脏和不堪,而世界又被他们改变得何等不成样子。

于是孟子当场给予了驳斥,说:他们算什么大丈夫! 以顺为正者,妾妇之道也! 他们早已摒弃了道义与原则的底线,是软体的动物而已,以顺从强者为业。不过就像是个小心翼翼侍奉丈夫的小妾,以自己的色相"必敬必戒,无违夫子",不过获个宠幸罢了。

那么,真正的大丈夫是什么呢? 孟子说应该"居天下之广居,立天下之正位,行天下之大道;得志与民由之,不得志独行其道;富贵不能淫,贫贱不能移,威武不能屈,此之为大丈夫"。

住在天下最豪华的居所——仁;立于天下最正当的位置——礼;走在天下最宽阔的大道——义。这才是真正的大丈夫!

我想,这也许是孟子的自况吧。他的血管里流淌的是丈夫的钙质,不是害的软骨症;咄咄逼人的孟子采取了"说大人,则藐之,勿视其巍巍然。"因为,"堂高数仞,榱题数尺,我得志弗为也;食前方丈,侍妾数百人,我得志弗为也;般乐饮酒,驱骋田猎,后车千乘,我得志弗为也。在彼者,皆我所不为也;在我者,皆古之制也,吾何畏彼哉?"这是道义的孟子,他怎么会俯首低眉于世俗的权势呢?"彼以其富,我以吾仁;彼以其爵,我以吾义,吾何畏彼哉?"孟子"道"成肉身,他是王者师,他是继承孔子的道统,来监督那些横行的霸道与王道,使他们走向"正"道,他秉持着一股舍我其谁的英雄气,行虎步,怀抱人性本善的信念,涵纳赤子之心悲悯之心,面对与虎谋皮的诸侯,宣讲着理想,宣讲着"虽千万人,吾往也"的担当。

三

历史有时非常奇诡,所谓的"天意从来高难问",即是。和稷下同一时代,几乎与此同时,在西方的另一个文明故地古希腊,也出现了一个学园——雅典学园,雅典学园始建于公元前387年,由柏拉图创立。

柏拉图在这里一边教学,一边著作,学生无需交费,女性也可以驻足聆听。这也是古希腊学术最为鼎盛的时期。 可以想象,我们今天仍然在探索和争论的问题也是两千多年前在雅典学园的一角,学者们激烈探讨的问题。历史在这一刻被高度浓缩了。

公元前4世纪，几乎同时建立的东西方的两个学院，存在着相当多的相似和巧合。这些精神巨人分别为东西方文化创下了难以超越的经典。稷下学宫和雅典学园指明了东西方文明的发展脉络，为东西方历史的发展起到了不同的作用，也是东西方文化差异的源头。

拉斐尔的名画《雅典学园》就是描绘当时的情景，画的中央柏拉图和他的学生亚里士多德，他们似乎边进行着激烈的争论，边向观众方向走来。亚里士多德伸出右手，手掌向下，好像在说明现实世界才是他的研究课题；柏拉图则右手手指向上，表示一切均源于神灵的启示。这两个对立的手势，表达了他们思想上的原则分歧。其余的人，众星托月，有的在注视，有的正在谛听这两位老人的谈话，自然地形成几个小组。

这幅画的左上方柏拉图的一侧，一个大胡子老人沉浸在思考中，苏格拉底刚转身向旁人阐述伦理学上的论据，右上方亚里士多德的一侧，两个倚在壁龛墙基前的青年，一个在写着，一个在思考，另一个黑袍人物却孤独地站着。

台阶下面的左侧，以坐在地上专注地书写着的数学家毕达哥拉斯为中心，一少年在旁给他扶着木牌，牌上写的是"和谐"的数目比例图。在他背后一个老人正在记录毕达哥拉斯的论据数，后面那个伸着脖子、头缠白巾的学者，即是回教学者阿维洛侬。

背后稍远，还有一个头戴桂冠，胸靠柱基站立的人，他是语法大师伊壁鸠鲁。在毕达哥拉斯前面站立的那个用手指着书中句子的学者，是修辞家圣诺克利特斯，两人中间还有一位身穿白色斗篷的金发青年，他面目英俊，表情冷峻，在向观众凝视着，被认为是弗朗西斯柯·德拉·罗斐尔，他是乌尔宾诺未来的大公。

一时的古希腊精英在这幅名画中集聚了。

稷下学宫与雅典学园，差不多同一时间，一东一西，这是建筑在东西方精神源头的圣殿，这是时间的巧合，还是老天的安排？公元前8世纪至公元前3世纪，世界文明史上曾经出现过一个学术思想异常活跃、文化成就

异彩纷呈的时代。德国的K.雅斯贝斯在《历史的起源与目标》一书提出了"轴心时代"一说。他认为：世界各个区域的文明经过早期发展之后，形成了三大古典文化中心，即中国、印度、希腊。这三个地区分别发生了非同寻常的文化事件，出现了非凡的文化人物。在中国，孔子、孟子、老子、墨子以及其他诸位思想家、哲学家相继出现；在印度，婆罗门教的经典《奥义书》等问世，佛教、耆那教等开始创立；在波斯，相传琐罗亚斯德创立祆教(拜火教)；在今天的巴勒斯坦等地，犹太教先知四处游走，传经布道；在小亚细亚和希腊，更是贤哲辈出，先有荷马、赫西俄德，后有所谓以泰勒斯为首的"希腊七贤"，继而出现了巴门尼德、希罗多德、赫拉克利特、修昔底德、苏格拉底、德谟克里特、柏拉图、亚里士多德和阿基米德等等。这是当时世界上文化最发达的三个中心，人类至今依然存在的世界几大文化模式几乎同时得以确立。几乎在同一时刻东西方世界中人们的思想胚胎在坐胎。

孔子和释迦牟尼都是公元前6至公元前5世纪的人，年龄不相上下，当孔子率领弟子坐着牛车颠簸在前往齐国王宫的泥泞道上时，当孔子从一国颠沛到另一国终不被重用的时候，王子出身的释迦牟尼正坐在印度的比多罗树下苦思冥想：如何才能解脱人世间的生老病死等等痛苦。身旁是几名

齐国历史博物馆

衣衫褴褛的弟子,生活困顿甚于孔子。

孔子死后的第九年,公元前470年,西方世界最伟大的哲学家之一的苏格拉底在雅典最为繁盛的时期出生。人类文明进化的过程,几乎在一个时期全人类出现了那么多的精神领袖。后来的只是复制和致敬而已。

我们说,如果我们的历史上,没有了这些同时坐胎的精神的巨人,我们还会在蒙昧中徘徊多久呢?我想到罗丹的雕塑《青铜时代》,那裸体男子,左手握拳,右手扶头,面孔昂起做思索状;右腿微微起步,似乎还不敢迈步,只能轻轻地踮起脚,作出欲迈步的姿态;他的眼睛似乎带着蒙眬的睡意,然而他的身体是伸展的,罗丹说"缓慢地从深深的梦乡里苏醒",《青铜时代》意味着人类刚从蒙昧、野蛮的状态中解脱出来,逐渐具有清醒的意识,即将进入文明智慧时期。我想,稷下学宫与雅典学园的那些精神的启蒙者,世上如果没有了他们,我们不知还沉睡多久,人类穿过长夜醒来了,从茹毛饮血的蒙昧穿越,那举火把的人,给我们领路的人,那些如星宿在夜空指示我们路标的人,给我们精神安慰的人,他们一下子突然间亮起来了,他们的光,穿越了两千年,至今还照亮着我们。

为了让我们告别黑暗,他们相约来到世上!

稷下学宫存在150年随着齐国的灭亡而终结,想到这里,我的内心有着无尽的悲凉和无助无奈,有着丰富人才储备的齐国,败给了虎狼之国的秦,从文明水准来看,无疑齐国是优秀的,秦国是野蛮的,这是对稷下学宫这一文化工程的嘲讽吗?非也,到了田齐的后期,齐闵王和齐王建时候,那些稷下学宫先生们的声音在那些肉食者看来,全是刺耳的噪音,这个时期,齐国政治黑暗,齐国统治者对于那些直言劝谏的稷下先生的忠言,要么不以为然,要么大动肝火。荀子就是因为进谏齐相"女主乱之宫,诈臣乱之朝"而致使"齐人或谗荀卿,荀卿乃适楚"。那些最优秀的人潜逃了,国家就要消亡了,于是稷下学宫也从此在大地上消失了。

但稷下学宫的精神,它的标尺和教化之功,却如血液流淌在这个民族的肌体里,塑造着我们民族的文化人格。当我20年前咨询稷下学宫的时候,朋友告诉我,稷下学宫只能用来凭吊了,她如今剩下的只是废墟而已。

　　也许,我理解的废墟和朋友有别,作为建筑物的稷下学宫确乎成了废墟,在我们这片土地上,阿房宫被项羽的火烧成了废墟,圆明园被英法联军的炮火摧成了废墟,还有目前城市的"大跃进"式的开发,何处家园不废墟?

　　但我想到的是人的心灵的荒废,那是真的废墟,大地上的废墟,也许我们可以凭吊重建,而肉体的废墟、精神的荒寒呢?稷下学宫的那些独立的品格、自由的精神也成了废墟,这是非常可怕的,这是一种比肉体死亡更加悲壮的荒芜啊!

　　原清华大学校长梅贻琦说:"所谓大学者,非谓有大楼之谓也,有大师之谓也"。而陈寅恪先生的"独立之精神,自由之思想",这才是上接稷下学宫血脉的最可宝贵的精神遗产。如今大学的精神何在?"没有独立的人格,则不配称做'学者',没有反抗世俗观念的勇气,则不可能创造出伟大的文化成果。"

　　当年,陈寅恪与王国维共事清华而成为忘年交,王后来自沉绝世,清华学生向遗体三鞠躬,唯陈寅恪行三拜九叩大礼。对静安之死,当时众说纷纭,陈寅恪对此则有深刻的理解:"我认为王国维之死,不关与罗振玉之恩怨,不关满清之灭亡,其一死乃以见其独立自由之意志。独立精神和自由意志是必须争的,且须以生死力争。"1929年即王国维辞世两年后,在清华大学为之立碑纪念时,陈慨然命笔,写下传颂至今的碑文:

　　"士之读书治学,盖将以脱心志于俗谛之桎梏,真理因得以发扬。思想而不自由,毋宁死耳。斯古今仁圣同殉之精义,夫岂庸鄙之敢望。先生以一死见其独立自由之意志,非所论于一人之恩怨,一姓之兴亡。呜呼!树兹石于讲舍,系哀思而不忘。表哲人之奇节,诉真宰之茫茫。来世不可知也,先生之著述,或有时而不彰。先生之学说,或有时而可商。惟此独立之精神,自由之思想,历千万祀,与天壤而同久,共三光而永光。"

　　如今,稷下学宫成了废墟,那是一处供后人无限凭吊的神圣的废墟。它曾是百家争鸣,我们民族生气的活过的见证,也许她只是太累了,需要安卧,于是倒下了,与脚下的泥土血肉相融,但我想在这片土地上,她的躯壳见不到了,而魂灵则是潜伏下来,一有合适的气候、水分和土壤,她还会返

青复活。

　　二十多年前,我和许多中国人一样,压抑乃至失眠,但我想人毕竟还要有使命在,为自己的追求颠沛之,造次之,又何怨之有? 作为一个文化人,对文化的渴求与守护,无疑是他的职责。一个文化人活的最高价值就是道义的担当,就是传递文化,这是无法摆脱的宿命,不让文化的链条在自己这一环断裂,也许这就是我的价值吧。

　　参加蒲松龄散文笔会期间,我的心思一直萦绕着稷下学宫,这不仅是一个文化符号,她已经植根在我心里,我想我们民族何时再拥有这样的一处建筑啊,别人不再毁坏她,欺辱她,她就如灯盏,一直亮在那儿。让人珍重她记住她永远地记住她:稷下学宫。

湮灭漆园

一

我一直对我居住的小城有一条街叫南华心存疑窦,曹州一向是血勇之地,它和秋水文章似有隔膜。后来我在翻读史籍时终于获知:"庄周隐于曹之南华,著书数万言,后人称《南华经》。唐贞观二年建祠州北,名南华观。"(《曹州府志·人物志》)

唐时曹州下辖冤句、鄄城、离狐等县,黄巢出于冤句,王仙芝出于鄄城,南华则在离狐县境。

唐代的皇帝姓李,按陈寅恪先生考证,本是胡人血统。然而为取得统治汉民族的合法性正统性,便拉来道家李耳为始祖,于是同为道家的庄子便被唐玄宗诏号为"南华真人",天宝元年并将曹之离狐县改为南华县。对封建帝王私自更改履历档案的戏法,不妨一哂了之,但庄子何辜,他一向视人间的名利、富贵、情欲为锁枷,他幻化成蝴蝶,幻化成蹄马,幻化成其翼若垂天之云的鲲鹏,然而死后却被供奉起来,作为他所抨击的喧哗着不义的富贵和权势的陪衬。

在《庄子·至乐》篇中,庄子妻死,他则箕踞鼓盆而歌,而庄子到楚国时路遇一个骷髅,夜晚把骷髅当作枕物安卧,夜间有一对话,庄子想让司命之神还骷髅以生命,赐他以肌肤,遣他回乡,与妻子儿女朋友聚。然骷髅却不愿重受人间之劳。确乎,人生身如幻泡,争争斗斗,沉溺于欲望的杀伐之中,画地为牢,庄子并非厌世,他渴望的是人世终极的自由。中国古代有寝眠安于榻上为小休息,死亡为大休憩的说法,我所尊崇的鲁迅挚友瞿秋白在《多余的话》中也有这种观点。庄子不奢谈肉体,沉重的肉身使灵魂受累;庄子不奢谈社会,社会本质上就是人的桎梏,哪怕那是一个宣扬崇高的社会;庄子不奢谈正义,也许他隐隐觉出,正义兴许就是对人的另一种合法而堂皇的掠取。

后来我见到一份资料:庄子漆园故址就在东明城东二十里裕州屯,《史记》载:"周尝为蒙漆园吏"。我知道庄子垂钓的濮水是流经我所居住的地域的,只是后来湮灭,在我出生地西十五华里有一个古老的村镇——临濮,那是城濮之战的地方。历史的风烟已去,只有古老的村镇和成语"退避三舍"留下,白骨风化了,鲜血掩去了,临濮,我们可以想象,那是水边的村子,水流汤汤,兴许庄子曾在那里休憩过呢。

我常想是什么促使庄子做这个乡一级看园子的小吏? 从性情上说他向往的是"独与天地精神相往来"的大自由,是为了免妻儿于冻馁,还是漆园的风光不俗?庄子的确十分穷困,住在"穷闾陋巷",靠织草鞋度日,然而"庄子钓于濮水,楚王使大夫二人往先焉,曰:愿以境内累矣",他们是说楚王想让庄子执掌国家大权。

濮水之上的庄子头也不顾,依旧手持鱼竿说:"我听说,楚国有一只神龟,已经死去三千年,楚王无比珍重,用精美的竹盒盛着,用丝巾裹者,供奉在庙堂之上。请问这只龟,它是情愿死之后留下一把骨头让人把它珍藏起来,供奉于庙堂之上呢,还是更愿意活着在泥里快活地拖着尾巴爬呢?"

两位使者说:"当然是宁愿活着拖着尾巴在泥里爬了。"

庄子说:"那请便吧,我还是拖着尾巴在泥里快快活活地爬!"

凭庄子的智力,他若出仕,绝不仅仅只做到一个管理园子的小吏。庄子向往的是自由意志的充分表达,超然物外,不为世事所羁,相濡以沫,不如相忘于江湖之上。在濠水的桥上,庄子与惠施游玩的对话,与濮水钓鱼,被后人称之为"濠濮间想而被后人怀恋"。

庄子见一队白鱼游过,说:"修鱼出游从容,是鱼之乐也。"惠子曰:"子非鱼,安知鱼之乐?"

庄子说:"你又不是我,你怎么知道我不知鱼的快乐?"

惠施分辩:"我不是你,诚然不知你知道鱼的快乐;你也不是鱼,那么,你不会知道鱼的快乐,这也是很明显的。"

庄子说:"那我们就从头说,刚才你说'你怎么知道鱼是快乐的'这句话,就是你已经知道了我知道鱼的快乐才问我的,你问我是从哪里知道的吗?现在我告诉你,我是在濠水之上知道的。"

抛下濠濮间想,话多了,且让我们到裕州屯寻找漆园故址去。

二

在世纪末的冬天,雪意酣畅,裕州屯静静地卧在苍茫的黄河冲积平原上,大雪在覆盖、隐蔽,或者是拒绝矫饰什么。冒着近百里齐奏的白雪音乐,我寻找什么呢?是一种祭奠,还是一种朝拜?

普普通通的民居,在雪下有一种异样的感觉,树干的淡黑像是水墨的写意,但一棵巨冠的老柳树予人的却是沧桑,白了须眉,白了腰身,我寻了几户人家,他们对我的举动非常疑惑,雪天造访漆园故址?很多人摇头不知,有的则说我是不是觅宝。他们说城里人是精着呢,总想从乡下人手里骗掠东西。我有点不知以哭对之还是以笑对之,最后一位老人告诉我:南地里有一块石碑,上面有漆园故址几个字。

我握别了老人温暖而瘦硬的手,看一看那巨冠的老柳树,向裕州屯南地走去。

茫茫的雪原上,石碑倒有几处,但都是"某某公""某某夫人",始终不见一块属于我要寻找的"漆园故址"的石碑,在史料上记载"庄子

庄子庙

漆园故址在今裕州屯,城址犹隐约可寻焉"、"明以前有逍遥园,时已颓废"。但是雪已经把废墟完全埋住,那稍稍隆起的一片是故址吗?我向着那片凸地走去,雪在我的发际和眉间纷纷飘洒,如漫天的白蝴蝶。

我不知该做些什么,雪若是下在两千年前,那时庄子犹在,我想他一定会是一蓑衣、一斗笠而在濮水垂钓吧?若是有月,若是我也是一个爱庄者,我一定会效法魏晋名士,像王子猷雪夜访戴而雪夜访庄吧。雪夜访戴,从常规的角度来看,未免有悖于情理,但细想,你会觉得这种人生活得才叫真正潇洒通脱,我行我素,任意江湖,万物皆为我所备,本不求目的于世,但凭快意恩仇,"乘兴而来,尽兴而返",大概这就是现在的"过程论"者吧?强调一个人的生活体验,只有在过程中,人才能体验到生命存在的旨趣和意义。

雪愈是下得浓密,我为自己的胶柱鼓瑟有点好笑,目前人们为庄子的籍贯而争鸣不已,而漆园,在《辞源》也是众说皆备:"《史记》引《括地志》说,在曹州冤句县北,冤句,今山东曹县北。"又云,"今安徽定远县、河南商丘县都有漆园,也有庄周为吏的传说"。抛开这些吧,松弛一下神经,静静地感受一下雪意,四周一派苍莽,混沌。我知道现在的社会是一个目的性极强的社会,目的把人的生命活动压缩成一个极为逼仄的空间,它使人的深刻存在演变为某种目的的手段,使人画地为牢,把天性束缚在一个有限的目的之中。

人并非不要目的,没有目的的过程是不可能的,重心在于:过程永远大于目的,目的永远无法容纳丰富的过程。忘记过程,就会使我们的思维循着一种三段论的逻辑模式而奔向一个乏味的主题,以致丧失了无限丰富的生命的"本真状态"。有限的目的容易使人变得目光狭小,只有把生命视做一个过程,我们才可能把人的存在当做一个永恒。一个目的消失了,又一个目的紧随而生,终点便再是新的过程的起处。

想此,我捧起一抔雪,为庄子也为这片土地祈祷,此时我的心变得纯净而充实,无论庄子家在何处,漆园又在何方,只要中国的象形字尚存,中国蝴蝶的翩跹依旧,那么庄子为我们筑居的诗意、自由的屋舍就一定留存于这片土地之上。

雪像白色的蝴蝶飘舞,我一时迷惑,栩栩然蝴蝶也,还是栩栩然庄周呢?

三

《世说新语·言语》载,简文入华林园,顾左右曰:会心处不必在远,翳然林水,便自有濠濮间想也。觉鸟兽禽鱼,自来亲人。

亲近自然,这是一种精神的还乡,让我们忘掉所有的目的,而放纵一下亦无不可。康熙帝曾在京城的北海和承德避暑山庄修建"濠濮间"和"濠濮间想"的亭台,政事之余或者是推却政事,来濠濮间想,没有了案牍劳形,也不见连天烽火。"小鸟枝头亦朋友,流水落花即文章",拂去嘈杂,静观鱼鸟亲人,倾听松声、涧声、琴声、煎茶声、棋子声、夜蛩声、读书声、雨滴声、雪洒声,与天籁同响那是一个何等美妙的境界,无忧无虑,无羁无绊,超越了时间和空间,超越了世事和欲念,人在云中走,乘风自来去。这不是一种虚幻,而是一种信念和自由的表达,历时百年、千年、万年而不腐,在本质上,它不是一种逃避,而是一种对此岸的超越,跨过世俗和功利,走进美和艺术。

漆园湮灭了,留下的是废墟,濮水也湮灭了,留下的是漫漫的黄土。仿佛要赴约似的,我独自一人,在那种苍莽雄大的雪野中,我走进了庄子后裔居住的东明县城东北之菜园集乡庄寨村。村后即雪下的黄河和兀立的黄河大堤,雪中的黄河是一种壮美,让人感到从未品味过的苍凉雄浑,黄河是苦难烈性和创造,现在一派苍茫,在雪下埋藏的是涌动,掩去锋芒的黄河啊!

村里的庄子观,与其说是道观,不如说是祭奠庄子的家祠。内绘庄子彩塑坐像,两侧有联,左为"生于蒙城地",右为"逍遥漆园区",横批是"漆园旧泽"。我不是贬低民间文化,我向来也是以底层的眼光打量世事,然而对庄子的坐像和他两侧的对联,我有佛头着粪之感,你尊敬庄子,朝拜他,肃穆他,但不能用你促狭的眼光丑化他。庄子本质上是一个诗人,他的文章是诗意磅沛的,他的理想是一种诗学,一种唯美的境界,一壶琼浆,一篷孤舟,一河烟雨。他不像老子,老子有几分狡黠几分世故几分怜悯:世事沉浮,黄粱如梦,福祸相依,如履薄冰,世道艰难,人心险恶。于是,饱经沧桑的老子把世故转化成一种生存的智慧哲学,而庄子则带着几分傲岸和不合作。他是其翼若垂天之云的鹏鸟,他在九天之上,他看着许多污秽的猫头鹰在争夺腐鼠；庄子有几分赤子的意味，他拒绝此世的异化，他在艺术人生中感觉到了至乐所在，感觉成了美和自由的一个必具的条件，道在尿溺，日常生活中流淌着诗意和美丽。感觉到了，就是自由，就是诗，就是美，这不是如痴如醉的赤子又能是什么呢？

由庄子坐像和对联，我为后人的审美退化而嗟叹，一切的实用理性导致了人的审美的弱视，庄子塑像的俗艳和对联的直白，使我匆匆从观中步出，人说观后的土丘即是庄子墓，我看看紧靠墓后的黄河，说不清一种什么感觉，滔滔东去的黄河的脚下的某个地方，诗意的庄子正静静地安息呢。雪把一切都覆盖了，荣辱与灵光，肉体与尸骨，这片土地上的征战杀伐和日落黄昏，一切就像被雪砌过抹平一样。我想起白居易过荒凄的李白墓写下的诗句：

> 可怜荒陇黄泉骨，曾有惊天动地文。

雪还是下着，关于庄子的里籍和葬处，人们还会争执下去，有的出自科学理性，有的则是以名人故里而自炫，人们说，庄子钓台就在北面几里的不远处，但我总觉得虚数不少，底气不是很足。

回吧，雪更浓了。

归家后，写成此篇。夜间无聊，翻阅书籍以助困意，偶见《鄄城县志》有"庄子钓鱼台"的一段记载：

庄子钓鱼台

　　"位于临濮乡庄子庙村北一公里许。全国十大著名钓鱼台之一。相传战国时期,道家学派创始人庄周曾垂钓于此,故称'庄子钓鱼台',简称'钓鱼台'。后人曾在此建庙以祀庄子,其村亦以此名为庄子庙。台上旧有观,742年(唐玄宗天宝元年)封庄子为南华真人,故改为南华观,《庄子》一书改名为《南华真经》。因黄河决口,该台渐被淹没,清末时尚有四亩许一方高地,今已被淤为平地,仅存遗址。"

　　临濮,是因靠近濮水而得名,我的故乡在临濮下游十几华里,现在也有一条河连着,清新怡人,我真希望我的文章上游坐着的是庄子和诗意的熏染呢。

风雨风流 *之*

我总以为，
在某些时候，
响马也许是悲壮的正道，
他们代表着另一种公正，
即使最后鱼死网破，
斧钺临颈，
也绝不尿洒裆里，
为了诺言可以捐弃生命，
为了名誉可以饮刀求快，
但现在这种品性和血性越来越稀薄了。

武训:被侮辱被损害的灵魂

朝朝暮暮,快快乐乐。一生到老,四处奔波。为了苦孩,甘为骆驼。与人有益,牛马也做。公无靠背,朋友无多。未受教育,状元盖过。当众跪求,顽石转舵。不置家产,不娶老婆。为著一件大事来,兴学,兴学,兴学。

——陶行知

一

曾有很长时间,武训在人们心目中被涂抹得不成样子,一个乞丐,成了大地主、大流氓的代称,一个逝去百年的亡魂,却承受了不能承受的侮辱。说穿了,他只是被某些政治当成了一个箭靶,成了整肃思想的一个借口,也是借以检验人归顺程度的风向标,"时间开始了",从批武训起文人的华盖运开始大规模搬演。

十五年前,临近年关的冬日深夜,我和朋友被一辆客车抛在了冠县的一个客栈,夜间冻得牙骨打颤,那时却想起了武训,百年前的这片土地上,有个特异的灵魂曾存在过。

武训的绰号"豆沫儿",余世存先生说:他身材肥短,一说话嘴角即现白沫,大家给他取了个诨号。余世存先生的这话是他对鲁西生活的隔膜所致,人们对武训的豆沫的来历有多种说法:(1)武训在馆陶李某家挨打,在破庙昏睡三日,口吐白沫,因之被称为"武豆沫儿";(2)武训说话口角好有白沫,人称之;(3)指武训后来到处乞讨、要钱,磕头无数,人们说他没骨头,称之为"豆沫儿";(4)指武训一生一世行乞积钱,不娶妻生子,不用款来供个人享用,人们称此为"糊涂",呼为"豆沫儿"。

在鲁西生活的人都知道,豆沫儿是一种粥,是一种小吃,也有称为"糊涂"的,我小时常喝的是地瓜"糊涂",而高级如豆沫儿的"糊涂"是在集市上才可以品尝的,那时,豆香诱人,喝完豆沫儿,把碗边子也用舌头舔得干净。武训被人目为豆沫儿,是从"糊涂"含义来,是傻子,是拎不清的异类,也是一种黄壤平原里的异端。

人们把武训称为圣人,我以为他有点像基督教里的圣徒,人生的关节点也许有几处,但最关键的只有一次,在基督教信仰

武训画像

里有蒙召的时刻,就像王阳明的龙场悟道。我以为,对于武训来说,他在破庙里昏睡三天,突然心里像获得了神助,获得了持续永久的力,把自己的一生拿出来,为了一个神圣的事业:办义学。

武训从这天开始,就如一个圣徒,不再有犹疑,不再有害怕,不再怕欺辱。唐君毅先生说武训有一绝对牺牲自我、忘掉自我之宗教精神,这种宗教人格或是在穷困拂郁之极,而中夜独坐,呼天自明;或是在深山旷野之中,万缘放下,忽闻天音;或是在观空、观化之后,万千烦恼,突然顿断;或是在艰难奋斗之中,忽然决心舍身殉道,牺牲自己之一切。终归于突然之顿悟,或蓦见绝对无限之精神,或显绝对忘我之志愿,而其格亦不尽相类。耶稣自愿上十字架,而为一切人类赎罪。他自觉的要以其死,作为真理之见证,以昭示上帝之道于人间。至于武训,则虽不必有上帝之信仰,然而他以一乞丐,而念自己之未能求学,即终身行乞,以其所积蓄设学校,以使他人受教,则正表现一宗教性的至诚。他为了办学校,完成他人之教育,向教师与学生拜跪,望他们专心教,专心学,他在此不向神拜跪。这些学生、先生们之人格,无一能赶上他,但是他向他们拜跪。他向人格比他卑的人下跪,

为的使比他更卑的人上升。这个伟大，在原则上，高过了对与我为敌的人之原恕。

我不是宗教教徒，也许在某个神圣的时刻，那时胸中一派澄明，人改变了自己，如春雨的悄然潜入夜，心中的种子萌发了，清晨起来，如获新生，反正破庙的三天的昏睡后，武训再苏醒，成了一个出口成章的人，就像民间的顺口溜，任凭你侮辱之、咒骂之、拳打脚踢之，他就是兴办义学："扛活受人欺，不如讨饭随自己，别看我讨饭，早晚修个义学院。"

武训，原本没有名字，梁启超《武训传》说其：幼失怙恃，家赤贫，遂流为丐。十四岁，初出为人佣工，主人欺其年幼，复为文盲，于算佣值时，伪示账册，谓其工资已先后支罄。训稍争辩，大遭斥责，遂愤辞去，居破庙中，行乞度日。训自受屈辱，郁结于心，尝自叹曰："贫家子之苦，乃至于斯乎！非读书无以自强，我已无望，今生一日得志，当尽力倡设义塾，以拯我同病耳。"自是日丐于市，夜绩棉线，得一钱，即储之，自惟以粗饼果腹，此其蓄志兴学之始也。

当时鲁西堂邑县武家庄（现行政区划冠县）的这个穷苦人家的孩子，就如一棵庄稼，随地出生了，姓武，无名，因排行而被人称为武七。八岁时，父亲病死，姐姐给人家做了童养媳。幼小的他就随着母亲乞讨为生。武训年纪虽小，但对母亲十分孝顺，每逢要到干净可口的干粮，都一定带回去给母亲吃，从来不肯自己吃，每次随母亲路过学堂的时候，幼小的武七都要在学堂前停下脚步，问母亲为何他不能上学，母亲告诉他家里穷，付不起学费。有一天，武训鼓足勇气闯进学堂，请求私塾先生准许他免费入学念书。私塾先生不但不同情他，反而辱骂了他，并将他赶出门。电影《武训传》有这个镜头，小武训拿着自己学着卖艺人得到的几吊钱到学校求先生，被打骂出来。

十五岁时，武训来到姨父家做工，为富不仁的姨父没有因为他们是亲戚而给予些微的优待，反而变本加厉地让他多干活，却从来不给他工钱，还常常有事没事无端地打他欺侮他，把他作为宣泄物，对此，年少的武训都忍了。十七岁时，武训又到李举人家当长工。一天姐姐托人捎来一封信附了几吊钱，李举人欺武训不识字，把信给他，把钱吞了。武训过后知道提出质问，李举人不但矢口否认，还把武训痛骂了一顿。一次喂猪时，武训不小心把猪食洒在地上，就被打得遍体鳞伤。一年除夕，武训给主人贴春联，因为不识字，把春联上下贴倒了，主人认为大不吉利，拳打脚踢，又吵又骂，不许他吃饭，罚他一夜不睡觉，在风雪严寒中在院子里站了一个通宵。

武训在李举人家里做长工三年，李举人一直没给他发过工钱。一次，武训的母亲病了，万般无奈，他开口向主人讨要工钱。没想到，李举人拿出了一个假账本，硬说早把工钱付清了。武训不识字，气得目瞪口呆，悲愤欲绝，反被李举人诬为有意讹诈，最后，武训被李举人的家丁打得头破血流，并被扫地出门。

这次的遭遇对他打击太大了，受伤害后的武训在庄子上的小庙里昏睡了三天，就是这次，像有了神启，武训重生了。

二

武训是在黄壤泥土上心怀神圣的人，命运百般折磨，他就像一个圣徒，必须在苦难与煎熬中，在孤独中，在忍耐与持久的努力挣扎后，才能看到那希望的降临。

破庙悟道后，武训变成了一个奇怪的乞丐，二十一岁的武训开始行乞、集资，他手拿铜勺，肩背褡袋，烂衣遮体，边走边唱，四处乞讨，足迹遍及山东、河北、河南、江苏等地。后来这位名垂千古的乞丐，就以肩背褡裢手拿铜勺走进了历史的记忆，走向雕塑。

武训一边要饭，一边唱着自己编的歌谣，鲁西人称"呱嗒嘴"。这些俚曲，像诗非诗，如唱的快板书《数来宝》，押韵合辙，朗朗上口，张嘴就来，随地取材，都是和兴办义学有关。无论白眼、歧视、嘲笑，只要你问话，他都以唱歌做答；无论行走坐卧，都是唱，在外人看来，就是一疯癫一痴魔。

武训以自己的劳力来换钱，无论什么活，修房挑水，打场拉耧，无论白昼黑日，无论风雨阴晴无论年节四时，吃的是要的饭菜，出的是牛马力，流的是从骨髓里浸出的汗和血。

武训如蚂蚁在尘土里爬着,尘土里有他背负重负的印记。武训唱着:"出粪,锄草,拉砘子来找,管黑不管了,不论钱多少。"还有:

给我钱,我砘田,修个义学不费难。

又当骡子又当牛,修个义学不犯愁。

人和人是不同的,有的人心通向至善,有的却连着欺诈和欲望,有的给武训以施舍与恩典,有的却给武训苦难与不幸。武训辛苦积存的一点钱,都被他的姐夫骗去了……那时他感到的是冷酷,甚至有点绝望。

武训连续几日不吃不喝,粒米未进。真的,有种人性的伤害可能到达骨髓甚至灵魂,令人绝望。但只有在绝望的时候,超越才具有了否定的意义,你留给世界的才是:你没有被黑暗吞噬,没有消失在人性的黑暗里。几天后,武训走出了绝望,我们听他又开始唱了:

只见好人盖高楼,没有恶霸行到头。

白天武训走街串巷,到集市上敲着自己的铜勺子,口里说着办义学,其实在大多数人看来,这就像是在街面上打把势卖艺和吆喝狗皮膏药的,或者像剃头的磨剪子锵菜刀的人,武训一出现,总有一些孩子跟在屁股身后,喊:疯子,疯子!一些大人说武训害了病义学症,武训就唱:"义学症,没火性,见了人,把礼敬,赏了钱,活了命,修个义学万年不能动。"

《圣经》上说,太阳照好人,也照歹人,降雨给义人,也给不义的人。武训是要饭,为了以后的念想,但有时就有吝啬的人,不给武训分文也罢,甚至打骂,武训不恼不气,还是一如既往地唱着俚曲"不给俺,俺不怨,自有善人管俺饭。""大爷大叔别生气,你几时不生气,俺几时就出去。"

武训一门心思就是攒钱,在要饭时候,武训要来的好的干粮卖掉,那

武训纪念馆

些发霉的窝头、地瓜干留给自己吃：

　　吃杂物，能当饭，省钱修个义学院。

　　吃得好，不算好，修个义学才算好。

　　从早到晚，陪伴武训的是别人不肯干、不屑干的累活，就像推磨、碾米、替人割麦子等，替人家大清早打扫茅房，出粪晒干后做肥料，有时帮人挑水浇园，挑粮食，挑笨重东西等，按照路程远近和重量计算报酬。

　　在集市上，武训到各处的庙会耍把戏，以取赏钱。表演全身倒立"扛大鼎"，以手代脚做"蝎子爬"，翻身跳"打车轱辘"，趴在地上给孩子做马骑，还有锥刺身、刀破头等节目，甚至吃毛虫蛇蝎、吞石头瓦砾等等。如此作践自己的身体，实在是不易！他还将自己的辫子剪掉，只在额角上留一小辫，装扮成戏里的小丑模样，以获得别人的施舍。翻筋斗，学蝎子爬，边爬边唱"竖一个，给一个，竖十个，给十个，竖得多，给得多，谁说不能兴义学？爬一遭，一个钱，爬十遭，十个钱，修个义学不犯难！"

　　武训为了讨好阔少纨绔，让他们更为大方地掏钱，生吞活蛇，嚼吃砖瓦，甚至，还吃过屎尿！有人问他何以此为，他说："使他们无钱也能读书，使他们读了书不再被人欺。"

　　在电影《武训传》里有个镜头，武训让一些人打他"打一下，两个钱，踢一脚，三个钱。"饰演武训的赵丹用纯粹的鲁西话说出，让我觉得，武训一下在身边复活。

　　武训四处漂泊，为人做媒红，当邮差，捡收破烂，轧棉花，纺线等，晚上就睡在人家的磨房、灶屋，或者是破庙里。每天深夜他还在如豆的灯光下搓捻线绳，绩麻缠线。他边绩麻边唱道：

　　拾线头，缠线蛋，一心修个义学院；

　　缠线蛋，接线头，修个义学不犯愁。

　　二十九岁的那年，武训用攒下了的一些积蓄买了四十五亩便宜的低洼盐碱地，那时他看到了希望：

　　只要该我义学发，买地不怕买碱沙；碱也退，沙也刮，三年以后无碱沙。

只要该我义学发,要地不怕要大坑;水也流,土也壅,三年以后平了坑。

三十八岁那年,鲁西北大旱,赤地千里,到处有人饿死,武训就买了四十担红高粱,托绅士替他办理赈济灾民的工作。农民张春和外出十年没有音讯,生死下落不明,家里婆媳二人的生活全靠媳妇张陈氏做针线活或要饭来维持,武训听说后,就送给她们十亩地,并且武训唱到:

这人好,这人好,给她十亩还嫌少。

这人孝,这人孝,给她十亩为养老。

武训开始变得有了钱,而武训的哥哥不务正业,常向他借钱,一些亲戚朋友也来要求他资助,武训都拒绝了:"不顾亲,不顾故,义学我修好几处。"

光绪十二年(1886年),武训四十九岁,已置田230亩,集资三千八百余吊,决定创建义学。光绪十三年(1887年),两名开明地主仰慕武训的为人,联合捐出土地供武训办义学之用。武训开始到各地购买砖瓦木料,并亲自押运。开工后,武训每天早起晚睡,在工地上搬砖打水,和工人们在一起共同劳动。

光绪十四年(1888年),武训花钱四千余吊所建的第一所义学在堂邑县柳林镇东门外落成了,取名"崇贤义塾"。武训用了整整三十年的时间来实现他的理想,在这三十年里,他受尽苦难,但始终坚定地一步步迈向目标。"崇贤义塾"建成后,武训亲自跪请有学问的进士、举人任教,跪求杨树芳做学董,主持义塾,跪求贫寒人家送子上学。当年招生五十余名,分蒙班和经班,不收学费。开学当天,准备了丰盛的筵席招待学董、老师和乡绅,武训自己却在外面向来宾磕头致谢,坚决不肯入席,他跟学生们一样分得一斤馍馍、一碗大锅菜,仍舍不得吃,跑到庄外的砖窑上换了几块新砖回来,自己仍吃些残菜剩饭。义塾成立后,虽然已经实现了他的心愿,但他依旧过着漂泊无定的流浪生活,到处去要饭,仍旧住破庙。

义塾成立后,武训实现了心愿,但依旧以乞讨为生,依旧住在破庙里面,学生们集体跪求他来住义塾,他也不肯,说:"我过的生活自己不觉得苦,只要你们努力学习,我比什么都快乐。"一天大风,庙屋上的瓦刮下来,落到武训头上,砸得头破血流,他却悠然自得地唱着:"打破头,出出火,修个义学全在我。"

武训还十分关心义学里学生的读书情况,时不时来探视一下,对勤于教务的塾师,武训常常叩跪感谢;对贪玩、不认真学习的学生,他则是下跪泣劝:"读书不用功,回家无脸见父兄。"一天清晨,学生都已到齐,塾师却尚未起床。武训悄悄地走进塾师的卧房,不声不响地跪在床前不住地流泪。塾师醒来后,武训说:"先生睡觉,学生胡闹,我来跪求,一了百了。"还有一位塾师请假回家,逾期不归。武训步行六十华里赶到塾师家,孤身等候在门外一个通宵。塾师羞愧万分,再不敢超过期限。师生们感动于武训的真挚诚恳,没有一人再有一刻的疏忽怠慢,学风甚好,教学随之而相长。

时任山东巡抚的张曜听说武训的义行,特地召见之。武训衣衫褴褛地步行到济南府。会面时,武训一面和张巡抚侃侃而谈,一面不断地捻着线头。他的率真、纯朴令巡抚大为感动,下令免征义学田钱粮和徭役,另捐银二百两,同时奏请光绪帝颁以"乐善好施"匾额。清廷授以"义学正"名号,赏穿黄马褂。这本是至高无上的荣耀,但是在钦差面前,武训却不愿意下跪谢恩,也不愿意穿黄马褂,说:"义学正,不用封,黄马褂,没有用。修个义学万年不能动。"

当"乐善好施"的牌坊为他建成之时,武训若发狂一般不肯向皇上下跪谢恩!他冲进校舍,对着孩子大声喊:"你们记牢了,将来长大,千万别忘了咱庄稼人!"

光绪十六年(1890年),武训资助了证和尚二百三十吊钱,又在今属临清市的杨二庄兴办了第二所义学。

光绪十九年(1893年),武训搜集与购买了大量的有益图书,建起了读书会,专供没有钱买书的人自由借阅。有时他还携带图书到村镇的集市庙会上巡回展览,供乡亲们阅读,还大量翻印浅显的学习文章和书籍,免费散发给农民。同一年,朝廷官员、学部侍郎裕德到山东视察,武训在大街上拦轿募款。裕德捐给他二百两银子。

光绪二十二年(1896年),武训花了三千吊钱于临清御史巷办起第三所义学,取名"御史巷义塾"。

武训长年苦行,至此耗干了精神,当年五月,武训得了重病。他住在义塾里休养,躺在屋檐下边,不肯占用一间房子。最初几天他不吃饭也不吃药,每天只喝几口开水。据说,只要听见学生们朗朗的读书声,他那病弱的脸上就有着无限愉快的神情。

光绪二十二年(1896年)四月二十三日,武训病逝于御史巷义塾。根据《清史稿》的记载:"(武训)病革,闻诸生诵读声,犹张目而笑。"武训含笑离开了世界,享年五十九岁。出殡之日,堂邑、馆陶、临清三县官绅全体执绋送殡,遵照武训遗嘱归葬于堂邑县柳林镇崇贤义塾的东侧。漆黑的棺材是一个乡绅捐出的上好的楠木,棺材上了十八遍漆,到了归葬那天,鸡才叫三遍,人们就早早行动,在武训的棺材前祭拜上香,那天漫天开始飞舞的是铜钱样的纸钱,如凌空舞动的雪花,这是光绪二十二年的春天的雪,只为一个圣徒的灵魂而落。

雪下着,天地一片素孝。

"起……"执事高喊,面容肃穆。霎时,哭声一片。

"啪!"

瓦盆四分五裂。武训没有儿子,但很多的学生在给武训摔送老的瓦盆;十六个杠夫低低喊声"加劲",一具灵柩缓缓离地,载着武训的灵柩要回家了;吹鼓手吹响两把长号,凄凉高亢的乐声冲天而起,鼓乐喧天。

武训墓

执事扬手,一叠纸钱飞到半空,在最高处随即散开,漫天飞舞,又与雪花一起纷纷扬扬地下落。

那些乡绅和义学的孩子们打着招魂幡,抱着灵牌、冥器、花圈、挽联,僧道、孝属、亲友,一行人浩浩荡荡护送着武训回家。

吹打仪仗引来沿途的村镇围观,人们知道是武训先生,也自觉加入送葬的队列,那天哭声是一切的言语,队伍渐渐变得庞大而蜿蜒,有十里地。

"张庄赏钱四十吊!"执事高喊。

全体杠夫整齐划一地随声应和:"哎!四十吊!"

"李村赏钱六十吊!"执事高喊。

全体杠夫整齐划一地随声应和:"哎!六十吊!"凡是经过的村庄,大家都拿出赏钱送武训一程,经过路口、河边、桥梁、井台、祠庙时,纸钱都会扬起,又悠悠落下。沿途六十里各村民众自发设奠路祭,自动送殡者、沿途来观者人山人海,这就是最后的武训。

三

在西方,差不多和武训同时代,出现了一个叫菲思泰洛齐的人,那时的欧洲,虽然贵族精英教育已很发达,但一般平民却无法享受到。往往在一个村镇找一个能读能写的人做村长就很难。菲思泰洛齐,描绘当时欧洲瑞士的学校面貌说:"这种教学像一座大厦,大厦的上层宽敞明亮,显示了高超的技艺,但为少数人居住。中层居住的人就多得多,但没有登上顶层的合乎人道的阶梯。如果有几个人奢望爬上顶层的话,那么随时可以看见他们,时而用手,时而用胳膊、腿试着往上爬,但这手和脚被一一折断了。最后,大厦的底层居住着无数平民百姓,本来他们与最上层的人们享有阳光和新鲜空气的同等权力,但是,他们住在没有星光的小屋里,不仅不能摆脱令人难受的黑暗,而且视线受限,双眼变盲,他们甚至都不能仰望大厦的顶层"。就是在如此的境遇下,他开始在贫困的瑞士山区,一点点推行"平民教育"。

菲斯泰洛奇出生在当时欧洲的贫困山区小国瑞士,他是一个虔诚的基督教传教士的孙子,从小就被教育如何用真诚、善良的心去无私地爱人们。菲斯泰洛奇一生都在教会孤儿院工作,处境属于下层人,但他有一颗伟大的、慈爱的心。他自述道:"我一直充当一位受冷落的、意志薄弱的初级教师,推着一辆只载着一些基本常识的书籍、空荡荡的独轮车,却意外地投身于一项事业,包括创办一所孤儿院、一所教师学院和一所寄宿学校。做这些事情第一年就需要一大笔钱,可是即使是这笔钱的十分之一,我也难以弄到……"可是,就是这位地位不如牧童,形似乞丐的人,因循着对事业的炙热追求,竟使18世纪末19世纪初的这个人口寡少、产业落后、政治黑暗的山区小国瑞士,一跃成为全欧享有盛誉的教育超级大国,引起各国教育专家和高层政要人士云集瑞士,观摩取经,俨然如世人顶礼朝拜的"圣城麦加"。

菲斯泰洛奇在战乱和贫困的社会底层,专门照顾那些失去父母抚育和家庭温暖的孤儿、弃儿、病儿、弱儿,这群乞丐儿童和流浪儿童是无法与那些上流社会人士的子女相比较的。他描绘他所收养的儿童的情景:"大多数身体有缺陷,很多人有慢性皮肤病,使他们步履不便,或是头上长疮,或是衣衫褴褛,满身虱子。很多孩子骨瘦如柴,形容枯槁,目光无力。有的不知羞耻,习于伪善和欺骗;另一些孩子为不幸所折磨,变成猜疑、胆怯的人。他们有一个共同的特点就是缺乏感情。"菲斯泰洛奇对这些被社会所抛弃,为常人所避而远之的孩子,抱持着极大的怜悯和同情,他是这些苦儿的奴隶和牛马。

菲斯泰洛奇说:"即使最贫困和最被人遗弃的孩子,上帝也寄予了天赋的才能……在孩子粗笨害羞和显然无能的背后,蕴藏着最优秀的才华、最珍贵的能力。在这些可怜的孩子接受真诚的爱心教育中,显著的天赋才能真正地表现出来。"

你可以说在上帝的引导下,菲斯泰洛奇把爱不仅仅当作一种情感,而是一种做人的准则,他对苦儿的教育涌现出无比狂热,这样的工作远非一般的教育家和政治家所能比拟,他不仅站在课堂前授课,更给以孩子们心灵的培养和人格的启发,他说:"是我用双手来满足他们身体和心灵的繁多要求,他们都直接从我这里得到帮助、安慰和教益,他们的双手被我握着,我的眼睛凝视着他们的眼睛,我们一同哭泣,一同欢笑。他们忘却了外部世界，只知道和我在一起，因为我总是和他们在一起，我们分享所有的食物和饮料，就是同甘共苦。我没有家庭，没有朋友，也没有人，除了他们，什么也没有。他们生病时，我在他们身边；他们健康时，我也在他们身边。他们睡觉时，我还在他们身边。我最后一个睡觉，第一个起床。在寝室里，我们一起祈祷，根据他们的提问，解答所有问题，直到他们睡觉。我的目的在于，使他们过着共同的新生活，产生新的力量，在孩子们中间唤起兄弟般的友谊，使他们成为热诚、公正、亲切善良的人。总之，我们必须遵守耶稣的明言：'先洗净内心，外表就洁净了'。"菲斯泰洛奇躺在孩子们中间，也许表面上他贴近尘世，但那是离天堂最近的地方，在黑暗的夜里，菲斯泰洛奇像一束星光，让大家感到上帝的怀抱是如此的可接近可依靠。

先洗净内心，外表就干净了，洗净内心，虔诚地爱这个尘世的弱者和苦者，没有丝毫的私利和贪欲，把受教育的权利给那些底层者，想想这比在经书里诵读终生、在教堂里祈祷终生都难，因为这里面充满着苦难和不堪，而现在环顾我们身边，多是外面的光鲜，内在是龌龊的人，有的所谓的慈善，也许可以大把掷钱扶贫办学校，但苦难与不幸还是外人的、他者的，而他的身和心却是置之度外，他们的爱只是镜头下仪式上的捐赠和施舍。也许内在是一种沽名的技巧，真正的爱是把他者的不幸化为自己的肉身。爱，只有在苦难和拯救中才有意义，才能让尘世的人看到上帝。

我曾到乡下去，看到很多的留守儿童，跟着爷爷奶奶没有学上，孩子像一个个弃儿、一个个孤儿。在山西雁北山区一口窑洞里，建有一所乡村小学，窑洞即是教室，也是小学里唯一一位老师和学生们的宿舍。晚上老师和学生们就在地上睡觉，每天早晨开始，那位老师给一年级上完语文，再给二年级上数学，接着三、四、五年级。如此交替往复，直到日落西山。窑洞里除了必不可少的粉笔外，没有任何教具，所谓的桌椅板凳全是由简陋的砖块和几根木头砌成。

有一个叫李财的小朋友，在班里是个学习很好的学生，他流着泪把做了三次的作业交给老师说："老师，您以后不能为我批改作业了，明天我不能来上学了。"他的妈妈因得病没钱及时医治而过世了，他不得不辍学回家帮爸爸干农活做家务。

又有这么一个小女孩,她家里实在是很穷,底矮破落死寂的窑洞里,昏暗脏乱,除了一张木板床、一件破旧的被子、几件烂衣服,你再也难以寻找到还有什么物品。脏黑的灶台上,七零八落放着几个说是已吃了好几天的熟红薯。由于实在是穷,她父亲让她退学,小女孩哭着不依,妈妈说:"又要吃饭,又要读书,哪有钱啊?"小女孩就跪在妈妈面前哭着说:"妈妈,只要答应我上学,我以后就不吃饭了。"有一半的小学生是走了好几里路来上学的,自己从家里带米来学校煮,加上一点盐,孩子们就开开心心地吃起来。

同样是在山西,多些一掷千金的煤老板,一顿饭可以救助多少失学的孩子呢?我想到武训,他省吃俭用,三十多年间乞讨所得,经营所得,贡献给义学的,相当于清政府年财政收入的八千分之一,相当于当今的八百万至一千万元。

然而武训的命运在新中国遭到的逆转,一个同样是农民的儿子嘲笑他挖苦他:"像武训那样的人,处在清朝末年中国人民反对外国侵略者和反对国内的反动封建统治者的伟大斗争的时代,根本不去触动封建经济基础及其上层建筑的一根毫毛,反而狂热地宣传封建文化,并为了取得自己所没有的宣传封建文化的地位,就对反动的封建统治者竭尽奴颜婢膝的能事,这种丑恶的行为,难道是我们所应当歌颂的吗?……承认或者容忍这种歌颂,就是承认或者容忍污蔑农民革命斗争,污蔑中国历史,污蔑中国民族的反动宣传,就是把反动宣传认为正当的宣传。"

真的如此吗?我想到了张艺谋拍摄《活着》里的葛优饰演的富贵,如果武训也像富贵一样是一个吃喝嫖赌的人,是不可能做出创办义学这样的大事的。武训是从开启民智入手,他拒绝尘世的享受,辞掉黄马褂,而一些从农村走出的所谓的革命者,有几人回馈脚下的土地呢?

如果要求一个乞丐去触动封建阶级的毫毛,这就有点是使武训承受了不能承受的重,一个伟人去和一个乞丐叫板,真的让人感到背后的东西,武训只是一个靶子吧。

于是化名李进的江青在1951年6月就到武训的家乡堂邑县,然后又到和武训从事办学活动的临清县等地调查武训的历史和办学活动情况。李进一行到了堂邑后，从北京带来的警卫人员就告诉县委，调查团要自己开饭，只要县委提供蒸馒头的面粉、熬粥用的小米和绿豆。李进要求单独备一缸饮用水，还要在水缸里养两条鱼，养鱼就是以鱼为实验品，每天可用鱼的死活判断是否有坏人投毒。

李进主要找的是一些晚清的老秀才，一些有点文化、有点见识的老人。

那些被调查的人不知北京来的人是什么目的，还按上次孙瑜、赵丹等人拍电影时调查的说法，说武训办学有贡献、为人好等等。李进很不高兴，县委没办法，只好做动员，明确告诉每一个被调查者"只能拣坏的说"。很多群众不解，有人问"怎么土改斗完了地主，又斗开武训了？"

当时任堂邑县县长的赵安邦是武训学校的毕业生，比较熟悉武训的历史和堂邑的情况，他对调查团领导一再强调"武训是坏人"的做法有不同意见，认为"武训办学，教人识字有什么坏处？学马列还不是先要会认字。"

李进当面批评他说："他办学好？是给什么人办？要用阶级观点分析。"

赵安邦不服，说："不管给谁，有点文化总比没有好。"

后来赵安邦知道李进的来头后，再也没说过不同意见。

县委打过招呼后，老百姓都学乖了，都顺着调查团的要求说。

一天吉普车拉来一位八十多岁的老秀才，老人一辈子从没坐过汽车，一上车就晕，加上路上颠簸，到堂邑县委时几乎不能动，是被人扶进来的。老人耳朵还有点聋，李进细声问一句，旁边的人就对着老秀才的耳朵大声重复一句。

问："武训是不是霸占了很多地？"

答："是。"

问："武训是经常欺骗乡亲吧？"

答："是。"

问："武训一贯放高利贷吧？"

答："是。"

　　于是后来的武训就从一个办义学的圣人，一跌而成了大地主、大流氓，全国的批判文章像火舌一样铺天盖地，就这样一个以政治需要为名的政治的操作把一个圣人的形象毁容了。

　　曾经书声朗朗的义学，曾存在一个多世纪的义学，那是离穷人孩子理想和希望最近的地方，却被政治的意识形态，被愚昧给毁坏了。现在你要是凭吊一下武训，你站在墓前不知心境会发起何样的感怀。1966年的"文革"，在当年他磕头乞讨办成的学校里，那些学生在老师带领下，砸开他的墓掘出遗骨，并且说"这是武训的狗骨"，后来浇上柴油扬灰了，在几天后的夜里武训的后人偷偷把他的骨头埋在了一块麦田里，哪一块土曾记得武训的骨头呢？有时我想武训有灵魂多好，有时又想他还是不要有灵魂，武训如果能看到他会做如何？他所付出的爱为何在这片土地里生长出的是暴虐和愚昧？

四

　　由武训死后的种种遭遇和命运，由他在母亲的祖国受到的鞭尸扬灰，我想到了特蕾莎嬷嬷，脸上刻满深深的皱纹，腰弯背驼，粗糙的双手严重龟裂，脚趾发炎，以致走路蹒跚的特蕾莎嬷嬷。在20世纪40年代印度的加尔各答，一边是别墅、饭店和宫殿，是富人的乐园，另一边是随处可见的垃圾棚和居住在其中骨瘦如柴浑身散发着恶臭的贫民。这些贫民没有尊严地活着，活着如蝼蚁，死了，也会因为买不起火葬的木头，尸体被随意抛掷，任其腐烂，或是辗转沟壑。

　　有一天，特蕾莎嬷嬷要到巴丹医院商量工作，在靠近车站的广场旁她发现一位老妇人，倒在路上，像是死了一般。特蕾莎蹲下来仔细一看：那老妇破布裹着脚，浑身爬满了蚂蚁，头上好像被老鼠咬了一个洞，残留着血迹，伤口周围满是苍蝇和蛆虫。特蕾莎赶紧俯身替老妇测量呼吸及脉搏，似乎还有一口气，她为老妇赶走苍蝇，驱走蚂蚁，擦去血迹，捡去蛆虫。特蕾莎心想，如果任她躺在那里，必死无疑。于是她暂时放弃了去巴丹的行动，请人帮忙把老妇人送到附近的医院。医院开始时对这个没有家属的老妇人不予理会，但医师在特蕾莎的再三恳求下，便替老妇人治疗，然后对特蕾莎说：

"必须暂时住院,等脱离危险期后,再需找个地方静养。"特蕾莎把病人托给医院后,立即到市公所,希望能提供一个让贫困病人休养的场所。市公所的所长是位热心的人,他仔细听完特蕾莎的请求后,便带她来到加尔各答一座有名的卡里寺院,答应将寺庙后面信徒朝拜后的一处地方免费提供给她使用。但一开始受到印度教区婆罗门的强烈反对,理由是特蕾莎修女不是印度人,然而特蕾莎修女不为所动,依然在街头抢救许多临危的病患到收容所来替他们清洗,给他们以休憩以疗救以抚慰,其中也包括印度教的僧侣,慢慢地特蕾莎感动了许多的印度人,反对声浪也就逐渐平复。

自从找到寺院这个落脚点后,不到一天的时间,修女们就将三十多个最贫困痛苦的人安顿了下来。其中有个老人,在搬来的那天傍晚即断了气,临死前,他拉着特蕾莎的手,用孟加拉语低声地说:"我一生活得像条狗,而我现在死得像个人,谢谢了。"

特蕾莎认为人类的不幸并不存在于贫困、生病或饥饿,真正的不幸是当人们生病或贫困时没有人伸出援手,即使死去,临终前也应有个归宿,向垂死者传播了主的爱。

于是她离开了修道院,以一个普通修女的身份来到了加尔各答环境最恶劣的贫民窟提亚纳,她脱下蓝色的道袍,换上普通妇女的日常粗布服饰,用自己掌握的一点基本卫生知识和护理技能为那里的贫民服务。

后来,她和其他修女一起办起了儿童之家,收养从路上捡来的先天残疾的弃婴,把他们抚养成人并告诉这些孩子:"你是这个社会重要的一分子"。她办起了麻风病人康复中心,收治照顾那些甚至被亲人唾弃的人,让他们感到自己"并没有被天主抛弃"。最著名的,是她在贫民区创办的临终关怀院,使流落街头的垂死者得以在呵护中度过最后的时光。她说:"这些人像畜生一样活了一辈子,总该让他们最后像个人样。"那些被背进关怀院的可怜人,有的躯体已经被鼠蚁咬得残缺不全,刚入院洗澡时往往用瓦片才能刮去身上的污垢,最后握着修女的手嘴角带着微笑"踏上天国之路"。

一个原本对特蕾莎修女的善行心存疑虑的印度教法师,当看到她一丝不苟地为一个快死的男人清理布满蛆虫的伤口后,惭愧地说:"我在寺庙供

奉圣母三十年,今天才看见圣母的肉身!"

特蕾莎嬷嬷,如今已成了超越种族、阶级和信仰的爱和关怀的象征,她获得的荣誉,无论麦格赛奖、肯尼迪人道奖、尼赫鲁奖到诺贝尔和平奖,都是举世闻名,很多人期待殷殷、梦寐以求的。然而这些奖并不能垫高特蕾莎嬷嬷,而是因特蕾莎嬷嬷为这些奖项增加了荣誉和含金量;不在奖的成色,而在于这些奖给了谁,彰显了什么,鞭答了什么。

然而回顾孤苦一世可怜一世的武训呢,在这片黄壤上,在这片蓝天下,直到今日,人们脑海里残存的还是被毁容的武训,是因为武训没想到触动当时的那个统治阶级。对一个乞丐,做一个有益社会的人,有益身边的人,非得让他铤而走险,抛头颅洒热血?

我特别感慨的是一个革命者不理解特蕾莎到处帮助穷人的行为,教训特蕾莎说:"你不知道我们正在搞革命就是要解决这些事吗?"特蕾莎平静地回复:"我也是革命家,我的革命成分中只有爱!"这个革命家缄口了,如果这个革命家长在中国,他该如何回答?

特蕾莎在有生之年几乎走遍了世界,所到之处受到教皇般的欢迎,却没有到过前苏联,因为那里的人民好像根本不需要她。

和武训相较,特蕾莎嬷嬷是幸运的,她没有被批判和嘲笑,也没有被鞭尸扬灰,她直到死后都被爱戴和尊敬围绕。她的祖国阿尔巴尼亚和她的第二故乡印度,都为有这样的女儿而感到骄傲。"如果你做善事,人们说你自私自利,别有用心,但不管怎样,总是要做善事。"这一点我以为是和武训相通的,做吧,认准的善事,做下去。人在做,天在看,相信头顶的星光,虽然云翳可能暂时遮蔽,但星光是不灭的,如人的良善。

是啊,武训不需要别人的评价,这个有着宗教圣徒一样品格的人,这个在东方大地上出现的有着人性奇迹的人,他是一个最需要帮助的人,在他昏睡破庙三天的时候,在他需要温饱的时候,在他被侮辱被拳脚击打的时候,他没有选择仇恨,却以终生行乞来回报社会,来改变社会的生态,他是传递上帝的爱吗?是传递观世音的爱吗?他传递的是一种善,一种对没有知识而愚昧的不忍。

　　特蕾莎嬷嬷传播上帝的爱是修女的天职,而武训除了父母其实不需要回报谁,他自己才最需要被关爱。但他死掉多年,他一直在拼着性命回报的社会,却一直嘲笑他,冷眼鄙视他,人心荒寒,令人发痛。

　　可以设想,武训如果换个活法,用一些钱施舍给周围的人,用余下的钱娶上老婆,他也可以有儿子,他的孩子首先能受教育,但他把那么多素不相识的孩子、穷人的孩子送进学堂,自己至死都过着乞丐一样的生活。

　　武训不是杀人越货的人,不会把皇帝拉下马,这样我们就可以鄙视他,说他是统治阶级的奴才和帮凶吗? 允许有的人革命,也应该允许有的人过日子,武训没有解放全人类的理想,他只是默默为一个梦想乞讨一生坚守一生,在孩子们的朗朗书声中含笑闭上了双眼。

　　文章快要结束,我想到我的父亲。在我从小学开始,父亲就到集市上,天不明起床,到街上扫大街,为的是能向到集市上卖菜的、卖肉的、掌鞋的要五分钱,下集了,再把那集市清扫一遍,累年累月,类如乞丐,遇到难缠的人,不但不给五分钱,还要承受侮辱。我曾多次听到人说父亲是要饭的,后来父亲倒在了集市的街头,当时我还在外求学。

　　但愿父亲有灵,看到我为武训而写下的文字,但是父亲不识字,这让我感到刺骨的疼痛。我把孙瑜写的《武训赞》送给父亲,送给一把扫帚、一把铁锨,一个一个地摊祈求五分钱的父亲:

　　　　大哉武训,至勇至仁;

　　　　行乞兴学,苦操奇行。

　　　　一囊一钵,仆仆风尘;

　　　　一砖一瓦,积累成金。

　　　　街头卖艺,市上售歌;

　　　　为牛为马,舍命舍身。

　　　　世风何薄,大陆日沉;

　　　　谁启我愚,谁济我贫?

　　　　大哉武训,至勇至仁;

　　　　行乞兴学,千古一人!

张自忠：悲哉，上将军

张自忠画像

这不是任谁都能完成的一个悲剧，这也不是任何一个肩头都能担当得下的沉重，悲剧之深，误解之深，血泪之多，坎凛之多，让人想到身受磔刑，寸肉被百姓啖吃的督师袁崇焕；这是大悲剧时代众人酿制的酒，被他独斟独酌，也许这酒太烈，稍一沾唇，就使人肝胆俱裂，你找不到应该谴责谁，应该追问谁，这个民族，这个民族的具体的分子。

也许凶手是有的，只一句日本人，那就太轻巧也太机巧，淡化悲凉之雾成云霓；也许是他的品性使然，旧的道德在他身上烙印之深，不惜羽毛以身许国而与日人周旋，能拿关羽在曹营作比吗？他在现代的军帐中，也常效关羽灯下读《春秋》，他应该知道一字里面有褒贬啊，在"七七事变"后，他留在故都时，流泪说：恐怕你们成民族英雄，而我成了汉奸了。这句话的沉痛，怕只有用血才能抵偿，这也就是为何一个上将军，只有在血与火的呐喊里一死才心安的内在的缘由吧，但死是容易的，赴死前他的身上有着怎样的隐忍与血泪，别人是无法筹算的。

竹简，是青的，也是易朽的；血是红的，也是易褪色的。但由血书写的竹简却坚比金石，那上面的文字也就有了金声玉振之效了。

一

关于道德杀人，人们似乎早已司空见惯，并在骨子里承认了它的合法性，或者索性跳进这个染缸里，以"群"的大，来攒击那些特立独行之士。

那是几年前，为了写作赵登禹将军在采访二十九军老兵的时候，我提到了二十九军的主要的主政者，军长宋哲元，副军长秦德纯、吕秀文，师长赵登禹、张自忠都是山东人，在日本人面前都是有种的汉子，铁骨铜声。那个老兵说："张自忠是汉奸，后来变成了烈士。"说毕，摇摇头。

我当时吃了一惊。将军殉国多年，而汉奸一说还在某些人心里发酵，不由使我心颤。我不是为汉奸辩诬，对"汉奸"这个词，我私下里是心怀警惕的，记得鲁迅先生当年，也曾被"爱国人士"称之为汉奸，背负着堕落文人的恶名。

汉奸，顾名思义即背汉之奸人。汉，不单指族群，而是一个政权或者是一个坐在这政权上头的一个人。中国几千年的传统的灌输和理念，都是要求平头百姓和文臣武将们做家奴，无条件地向皇帝和皇权效忠，而且不可以有自己的思想、有疑问、有反抗，有抛弃的权力。君臣名分已定，背叛者谓之"汉奸"，谓之"奸贼"；只要战死，就能冠以忠臣良将之名名垂历史。

其实这是需要辨别的，汉奸是指通敌或叛国的中国人。诚如顾炎武所说，天下乃天下人之天下，非一家一姓之天下。因此，所谓汉奸，首先是应该与民族相连的概念，而并非与国家有必然关联。虽然在一定时期一定条件下，两者可以统一，但二者之间并无必然联系。汉奸之界定，根本要看他之行为是否背叛或者葬送了以汉民族为主体的中华民族之根本利益，而不是看其是否效忠于某一家一姓的利益。

我想到了汉朝的李陵，李陵就是因为没有死，后来被俘，就成了汉奸了。司马迁曾为之辩诬，却落得了腐刑的下场，含垢忍辱。"汉奸"这个词是带电的，人一触碰，或者身家性命，或者青史骂名。

记得也是二战时期，日军攻陷东南亚，麦克阿瑟乘坐小船逃走，而一位负责掩护的将军却不幸做了俘虏，在战俘营受尽折磨。日本战败后这位将军被释放,麦帅伸出双臂拥抱他。日本帝国在密苏里战舰上签署协议投降,麦帅当着全场所有将军元帅的面把签字笔送给了这位被俘的将军,这样的举止对我们来说不可思议,但这是事实。

这些被俘的军人回国后受到了英雄般的欢迎,因为他们为国家受了很多苦,人民感谢他们。而中国呢?投降就是贪生怕死,是民族败类,当年抗击侵略朝鲜的志愿军战俘回国后面对的却是战俘甄别营:"为什么投降,为什么不自杀?"他们在敌营里,身体受尽折磨,好不容易回到自己的国家,却又遭受自己同胞的歧视。

也许从此处理解张自忠将军,我们才得以窥视他悲凉的心绪。

张自忠是1936年6月任天津市市长的。当时日本人为了控制宋哲元,1937年3月底日本华北驻屯军司令官田代以天皇生日为由,邀请宋哲元组团访日,费用由日人支付。宋哲元不愿意去,他说:"我作为一把手要是去的话,日军就会谈修铁路,要长芦盐场、煤矿什么的,各种权益如航空权益,就是掠夺华北资源。"宋哲元就派张自忠作为自己的代表到了日本。

在日本期间,日方曾提出"中日联合经营华北铁路,联合开采矿山"的要求,要求张自忠在中日经济提携条约上签字。张自忠拒绝,并决定提前回国。但在人们的心中,张自忠他离"汉奸"只有一步之遥了。

"七七事变"后,随着佟麟阁、赵登禹殉国,宋哲元7月28日决定率二十九军撤退到保定,并决定留下张自忠与日本人周旋,冀察政务委员会委员长、北平绥靖公署主任、北平市市长都由张自忠代理。当晚九时,宋哲元、秦德纯等人出北平西直门,转赴保定。临别时,张自忠对秦德纯说:"你同宋先生成了民族英雄,我怕成了汉奸了。"

这是一种担当,张自忠将军"我不下地狱,谁下地狱"的气概,使我心中悲慨地回旋李陵的句子:"子归受荣,我留受辱。"

为了免于生灵的涂炭,这种委屈是那样的悲凉锥心。在不可知的朦胧前途中,古都北平的红墙灰瓦,在炎热的炙烤下,却透着令人难以置信的冷凝。军人以服从为天职,明知是油锅,自己跳下掀起的巨浪会把自己浇死,在民族危亡的时候,爱国的路途非是一条,但无疑张自忠选择的是最泥泞难行的。当大家拍着膀子把爱国的唾沫飞洒的时候,当乌合之众众口一词,选择沉默担当,不计较毁誉和身家性命,这也许是大英雄的别样的情怀。

四周都是日本人和亲近日本人的人,我们怎样还原张自忠将军当时的心态?

远托异国,昔人所悲。

望风怀想,能不依依。

身之穷困,独坐愁苦。

终日无睹,但见异类。

韦韝毳幕,以御风雨。

膻肉酪浆,以充饥渴。

举目言笑,谁与为欢!

胡地玄冰,边土惨裂。

凉秋九月,塞外草衰。

夜不能寐,侧耳远听。

胡笳互动,牧马悲鸣。

吟啸成群,边声四起。

晨坐听之,不觉泪下。

⋯⋯⋯⋯⋯

在写作张自忠将军文字的时候,相传为李陵写的四言诗如低回的长调,呜咽在我的纸上笔端。命运,一个人的命运在国家危亡之际,真是飘转如秋风里的飘蓬,为李陵将军难过,还是为张自忠将军悲哀?尽管张自忠将军曾指出自己留在日据的北平不是要当汉奸,而是"希望能够打开一个局面,维持一个较长的时间,而使国家有更充实的准备",并表示为此不计毁誉,但是"汉奸"帽子和四处涌来的鄙夷唾弃,令他压抑怆怀。

在代理了冀察政务委员会委员长后,张自忠立即改组了冀察政务委员会,把张允荣、张璧、潘毓桂、江朝宗、冷家骥、陈中孚、杨兆庚等人增加到委员行列,并任命潘毓桂为北平市警察局局长负责对日交涉。而这些人,大多是亲日派,张自忠的汉奸名声越来越臭,并且又有传闻,张自忠赶走宋哲元,在沦陷区北平与日本人合作。

全国各大报刊发表文章,痛斥张自忠的"卖国变节"行为,其中有十分醒目的大字标题,如《自以为忠》《张邦昌之后》《张自忠接见松井后,北平城门大开》等。张自忠被认为是"华北特号汉奸",报纸上一律称他"张逆自忠"。

多年后,著名史学家唐德刚帮助李宗仁写的《李宗仁回忆录》里这样写张自忠:"外界不明真相,均误以张氏为卖国求荣的汉奸。"其实,这种谣传从张自忠率考察团从日本返回时就开始了,有人说张在日时与日方订有"密约",日方赠其巨款,并送了一个日本女人给他。

对于这一历史,张自忠将军的老上级冯玉祥在《痛悼张自忠将军》文中予以澄清,冯说:"民国二十五、二十六年的时候,华北造成一个特殊的局面,他在这局面下苦撑,虽然遭到许多人对他误会,甚至许多人对他辱骂,他都心里有底子,本着忍辱负重的精神,以待将来事实的洗白。……在北平苦撑之际,有人以为他真要浑水摸鱼,当时我就说,他从小和我共事,我知道他疾恶如仇,绝不会投降敌人,后来果不出我所料。"

我无法判断张自忠将军被人指斥为汉奸时脸上的颜色,那一定是隐忍到怒发冲冠和暗夜里的低沉咆哮,我想着张自忠将军的行迹,既激动,又悲抑。我们能指责那些无辜的民众吗?那抗战爆发的踔厉热情,是应该维护且高歌的,但我们能随着那些民众指责张将军?我无法用孱弱的文字表述自己混合而成不是酸咸而在苦楚之外的感受。

爱国的情怀非是一种,张自忠选择了荆棘。他的行为,已经完全是别样层次上对民族的一种苦爱,是一种含泪的凄异壮烈的美。

二

在西北军里,张自忠向以带兵严格,部下勇敢善战而著称。西北军里流行的顺口溜:"石友三的鞭子,韩复榘的绳,梁冠英的扁担赛如龙,张自忠扒皮真无情!"张字荩忱。"荩"是荩草,本为一种植物,看似柔弱。《诗经》里面有一句"王之荩臣，无念尔祖"，"荩臣"引申出去便是"忠臣"的意思。中国人的字和名是可以互相解释的，字号刚好解释了本名。而唯独"张扒皮"这个绰号显得那么刺眼，那么冷酷。其实这三个符号只有一个血肉之躯，那就是一个山东汉子身上崇高勇武、为国捐躯的壮烈。扒皮，其实说穿了是对犯错士兵打军棍、关禁闭，对临阵逃脱的人毫不留情抬手就地枪决的冷酷。然而这种冷酷背后，是否让人感到他疾恶如仇的不苟和果决？

张自忠将军在北平和日本人周旋一周后脱险，然而，汉奸的帽子压得他喘不过气来。记得李敖在《大人格与小人格》中说："小人格"标准是"匹夫匹妇的层面"，是随波逐流的、依附权势的、"庸德之行，庸言之谨"的，这种标准的泛滥下，胸怀"大人格"标准的英雄豪杰，都会长期遭到舆论、谣言、群众、世俗的打击。所以，"父子责善"的贤人匡章，全国说他不孝；"弟死不葬"的志士张良，社会说他不仁；周公旦被诬不利孺子；直不疑（人名）被诬与嫂通奸；马援被诬贪污；袁崇焕被诬反叛；张自忠被骂汉奸，蒙羞六七载；岳飞不得昭雪，沉冤二十年……多少大丈夫，在"小人格"标准下，都变成了"人格有问题"的"下三烂"。

写到此处，我的心一阵抽搐，当袁崇焕在千刀万剐，那些薄薄的带血的人肉被皇城根下的北京胡同里的民众吃掉的时候，公道在谁的心里呢？

我们说：如果张自忠在台儿庄大战前就死掉了，在乾隆朝修明史的时候没有为袁崇焕正名，大概他们两个今天都还被当做大汉奸而被人所唾弃吧？

张自忠留平的消息传出后，舆论大哗，皆曰可杀。北平街头也纷纷传闻："出了汉奸了，仗不打了。"二十九军官兵得知此信，也纷纷把张自忠的照片撕得粉碎（当时二十九军各部都挂有旅以上将领照片）。

张自忠在北平市长任上只短短八天，他宣布辞去一切职务。两天后，他化装离开了北平南下，舆论界对他的攻击指责还是有增无减。上海《大公报》一篇题为《勉北方军人》的文章说："在北方军人的老辈中便有坚贞不移的典型，段祺瑞先生当日不受日阀的劫持，轻车南下……那是北方军人的光辉。最近北平沦陷之后，江朝宗游说吴佩孚先生，谓愿拥戴他做北方的领袖,经吴先生予以断然拒绝。这种凛然的节操,才不愧是北方军人的典型。愿北方军人都仰慕段、吴两先生的风范,给国家保持浩然正气,万不要学那寡廉鲜耻的殷汝耕和自作聪明的张自忠!"《国闻周报》的另一篇文章则挖苦说:使当局和战不决的主力是张自忠,当他演了一套得意的"二进宫"以后,委员长的瘾却拘束地仅仅度得八天,就被敌人一脚踢开了。

一位朋友写给张自忠一个字条:

周公恐惧流言日,王莽谦恭下士时。

若是当年身便死,一生真伪有谁知?

在张自忠转赴南京的列车上,列车行至徐州站,忽有三十多名青年学生拥到头等车厢的门前,要求上车搜查"汉奸"张自忠。但学生代表未见张的踪影,只好下车而去。

就在张自忠南下赴宁的路上,南京国民政府下达命令,以张自忠"放弃责任,迭失守地",将其撤职查办。

张自忠失望了,我不是为英雄讳。在人们咒骂张自忠汉奸的时候,他确有点迷茫了,他"开始沾染嗜好,抽起了鸦片烟"——他的内心已经被折磨到了何等地步!

当抗日战争全面爆发以后,张自忠却被赋闲,他形单影孤地困处南京,整天无事可做,度日如年。有人说,落魄与失意者是最易与鸦片结伴的。张自忠本是一名英勇无畏、意志坚毅的军人。他身经百战,历尽艰辛,不知闯过多少难关,然而此时此刻却失去了对自己的控制力,实在令人感慨不已。由此可见,一个人,无论他怎样坚强,也总有其脆弱的一面。

张克侠来到南京看望张自忠。他在当天的日记中写道:"今往见荩忱师长,其貌憔悴,心绪不佳,闻已染嗜好,诚为可叹,宴安鸩毒真不虚也。余勉以自重自珍,来日方长,是非可明,彼有惜别之意。良将难求,余当助之。"

我们不难设想,张自忠将军后来一死报国,以示清白的决心,怕也是下于这极端苦闷的时候。张自忠毕竟不是会在鸦片的烟雾中消磨意志的失败者,沉默啊沉默,不在沉默中爆发即在沉默中灭亡。当他重返部队的时候,我们看到了一个历经磨砺爪牙的猛虎,已经度过了荒寒,开始生风呐喊。

　　我们叙述一个在台儿庄大战前的轶事，有人把它写成小说，我曾问过二十九军的老兵，小说？笑话，这是真的。当时叫做五十九军，1937年12月7日，张自忠回到河南道口李源屯五十九军军部。

　　与大家见面时，张自忠只说了一句话："今日回军，就是要带着大家去找死路，看将来为国家死在什么地方！"大家听到这句话，都哭了。

　　有记者采访张自忠对即将展开的作战发表感想，张自忠沉痛地说："现在的军人，很简单讲句话，就是怎样找个机会去死。因为中国所以闹到这个地步，可以说是军人的罪恶。十几年来，要是军人认清国家的危机，团结御侮，敌寇绝不敢来侵犯。我们军人今天要想洗刷他的罪恶，完成对于国家的义务，也只有一条路——去死，早点死，早点光荣地死！"

　　然而就在接敌的时候，那些行军的队伍却听到了传令兵疾驰到队伍前，宣布军长的命令：暂停前进！原地待命！接着是凄厉的军号，大家感到一种威压和不祥。

　　魁梧的骑着高头大马的张自忠将军，在卫队的簇拥下，来到军前。只见张将军满脸怒气，眼中射出令人不寒而栗的凶光，人们一下子想到了"扒皮"的来由，接着张自忠将军下令"给我把那两个败类带上来"，军法处处长手一挥，两个五花大绑的士兵被带了上来。

　　张自忠将军双脚站立在马镫上，右手按住佩剑，他悲愤地吼道："弟兄们，就是这两个败类，昨天夜宿市镇时，拿了人家小老板的伞，不仅不给钱还动手打了人。我们的弟兄还没有上前线打鬼子，现在我却要先杀了他们，这都怨我，怨我没有教好他们。"将军把手一挥，声音有些哽咽。

　　五花大绑的两个兵士被带到了野地里，接着是两声清脆的枪声低低地划过天空。然而就在大战开始之前的夜里，还发生了一起强奸民女的恶劣的事情，最后查出竟是敢死队队长孙二胡，孙二胡被打进死囚，等待发落。

　　第二天一早，军法处处长来请示军长，如何处置孙二胡。进了房子，吓了一跳，地上落满了烟蒂，显然将军一夜没睡。五十九军上下谁不知道，孙二胡是一条"功狗"，是张将军手下的能征善战的"功狗"。从喜峰口到卢沟桥，每役必与，在他的手下，光手刃的鬼子不下百名。谁知，这样的狗既能看家护院，也反噬主人。这让张自忠陷到了两难的境地。军法处处长请示，将军冷冷地吐出几个字："依法从事"。

军法处处长走了，过了一会儿，军法处处长进来请示说孙二胡想最后见军长一次。张自忠默然，但随即摆手坚决地回绝："不见，快杀！"军法处处长看到张自忠将军冷峻的脸颊上挂着一滴浑浊的泪。将军受不了，怕杀晚了，自己会后悔。枪又响了一声，部队继续前进了。

三天后，部队到达临沂，阻击日军，大胜，这是国民党正面抗日以来取得的第一次真正的胜利。

一个月后，张将军率部驻扎休整。忽一日，传令兵脸色苍白地进来报告，结结巴巴地说："长官，他，他回来了。"军长纳闷，斥责道："谁？谁回来了？这么慌张？"传令兵气喘不过来："是，是孙队长回来了。"

孙二胡被带了进来，满脸黑炭，衣衫褴褛，头发胡子一样长，仿佛从另一个世界走来。

原来那天行刑的士兵，敬慕孙队长是条汉子，手有些发抖，结果子弹没打中要害。孙二胡也是命大，被好心的老百姓救回了家，休养了几日就恢复元气了。老百姓劝他逃命去，但他打听到张自忠带部队在这一带驻扎，就又赶了回来。

张自忠将军倏地从地图前站起，接连下了三道命令："换衣服；备酒菜；关起来等候处置。"孙二胡，早就被处置过了，而且是最高级别的处置了，还能怎么处置呢？

副官试探性地问张将军："是否让孙二胡归队？"张自忠没有回答。

第二天，副官再去见张自忠，指挥部里烟雾缭绕，看见将军一夜未眠，满脸憔悴地坐在办公椅上，身前落满了烟蒂，桌子上堆了一堆纸片。副官用眼睛瞅了瞅，大惊，每张纸片上都写了一个大大的"杀！"字。

军法处处长再次来到孙二胡面前，宣布张自忠手令。孙二胡似乎早知有此一天，面不改色，听完命令，标准地敬礼。没等孙二胡提出见将军，军法处处长就又宣布将军备好酒菜为他饯行，孙二胡一脸的茫然，然后嘴角动了动。

将军来了,酒菜也只是几只烧鸡和肘子,这在战争期间,也是丰盛之至了,几位师长陪酒。席间无话,师长们轮流给孙二胡劝酒。孙二胡眼圈红红的,只是每劝必喝。几巡过了,孙二胡突然抬头,眼直直地盯着将军,张自忠将军马上接过这目光,仿佛要刺透对方。

突然,孙二胡把身上的上衣扒去,满身的伤疤,如铜钱,如石子,如树瘤,或凹或凸,也如起伏不平的山川河流。师长们有的不忍心,扭了头。张自忠将军随即指着身边的一位师长说:"把衣服脱了。"师长脱了,也是一身的震惊,到处是伤痕累累。军长又指着另一位师长,说:"你的也脱了。"师长脱了也是一样的凹凸不平。后面的军人齐刷刷跟着脱掉上衣,简直就是一次血与火的重塑,是战争的馈赠与光荣。

最后,张自忠将军猛地扒去自己的上衣,胸口一处致命的碗口大的伤疤震撼人心。大家都低下头,孙二胡也把头埋了下去,目光有点躲闪,忽然跪在地上,说:"我对不起将军!"

张将军扶起:"你放心走吧,弟兄们会替你多杀几个鬼子的。"

翌日,孙二胡躺在了定身量做的柏木棺材里,张自忠跟他握手作别。枪声再次响起,随后是五十九军密集的送行的枪声响彻苍穹。

三

在张自忠殉国三周年的时候,周恩来在《新华日报》上撰文《追念张荩忱上将》:张上将是一方面的统帅,他的殉国,影响之大决非他人可比。张上将的抗战,远起喜峰口,十年回溯,令人深佩他的卓识超群。迨主津政,忍辱待时,张上将殆又为人之所不能为。抗战既起,张上将奋起当先,所向无敌,而临沂一役,更成为台儿庄大捷之序幕,他的英勇坚毅,足为全国军人楷模。而感人最深的,乃是他的殉国一役。每读张上将于渡河前亲致前线将领及冯治安将军的两封遗书,深觉其忠义之志,壮烈之气,直可以为我国抗战军人之魂!

是的,张自忠是怀着赴死之心渡河求死的。我想起古琴曲《公毋渡河》："公毋渡河，公竟渡河。公竟渡河，其奈公何？"

1940年日本发动了旨在控制长江交通、切断通往重庆运输线的"宜昌作战"（中方称枣宜会战），当时希特勒以闪电战袭击北欧，一举成功。此举使日本军阀深受刺激，也为之鼓舞，颇欲在中国战场也有一番作为。再就是为纪念日本天皇生日（即4月29日天长节），日军战役计划是先将襄河东岸国军部队包围歼灭于枣阳地区，而后推进至襄河西岸，将国军主力部队歼灭于宜昌附近。

战役开始后，张自忠决定渡河督战。当晚，张自忠给副手冯治安写了一封信，派人连夜送之。信中说，仰之我弟如晤：因为战区全面战事之关系及本身之责任，均须过河与敌一拼。现已决定于今晚往襄河东岸进发。到河东后，如能与38D、179D取得联络，即率该两部与马师不顾一切向北进之敌死拼；设若与179D、38D取不上联络，即带马之三个团，奔着我们最终之目标（死）往北迈进。无论做好做坏，一定求良心得到安慰。以后公私，均得请我弟负责。由现在起，以后或暂别或永离，不得而知。专此布达。小兄张自忠手启五月六日于快活铺。

我们想到了《史记·刺客列传》中的荆轲一节，那是古代中国男人在大义面前的担当。那渡河文字如钻石，在历史的深处闪光，撼动哺育了秦汉以降的中国人。

易水已逝，岁月不再。但两千年后的张自忠的渡过襄河却又一次震撼了世界。

我们知道燕国的人马来到了易水，却出现了一个小插曲。由于荆轲队伍动身延迟，燕太子丹产生了怀疑。当太子丹婉言催促时，荆轲震怒了。这段《刺客列传》上的记载多少被人忽略了，荆轲和燕国太子在易水上的这次争执，让人感到一种悲凉。这个记载说明：那天的易水送行，不仅是不欢而散甚至是结仇而别。燕太子只是逼人赴死，只是督战易水，至于荆轲，他此时已经不是为了燕国，不是为了太子丹，他此时是为了自己，为了诺言，为了表达人格而战斗。此时的荆轲，是为了同时向秦王和燕太子宣布抗议而战斗。

那一天的故事脍炙人口,没有一个中国人不知道那支慷慨的歌。但是我们怎么还原荆轲的心情?他是激昂,还是暗淡?我想愤激义气多于承诺。刺秦的队伍尚未出发,已有两人殒命,都是为了荆轲的渡河西行。田光的自杀,樊於期的头颅,这都是逼迫荆轲西行的约束。风萧萧兮易水寒,壮士一去兮不复还。荆轲和他的同道高渐离在易水之畔的悲壮唱和,其实藏着的是别人无法破解的秘密,那也许是以血践履历史的承诺。

张自忠渡河了,从人们骂他汉奸的那一刻,他就想着有一天的渡河。只有当他殉国之后,结束自己的生命时,我们才会体味张自忠信中这誓言的沉重。"良心"二字,在张自忠的手令及谈话中时常出现。我的家乡与张自忠将军的老家同属鲁西,相距二百里路,我知道这两个字在山东话中是表明心迹、分量很重的用语。山东人做事常是捶着胸脯说:做人要讲良心。"求良心得到安慰",就是要为这个"任它草堆也好,破窑也好,你儿时放摇篮的地方,便是你死后最好的葬身之所"的国家、民族流尽最后一滴血。中国人的血只有流在脚下,那良心才不负国家,那良心才安妥。美国作家史沫特莱曾称张自忠为"有良心的将军",这正是张自忠作为一名传统濡染的军人,在民族危亡之际,不惜以命为抵所求的一种悲壮而崇高的境界。诚如古语所云:"受命之日忘其家,临阵之时忘身,军人之武德,于斯尽矣。"

是的,在张自忠身上,有着传统名将的印记,那种对栽培自己提携自己的老官长不离不弃,这种情义的激扬已经深入骨髓,化为血液。张自忠是西北军瓦解后,仍对冯玉祥忠心耿耿的少数几个将领之一。他认为自己之所以能有今天,实乃冯玉祥栽培的结果。尤其是在他几次危难坎坷之际,冯总是力挽狂澜,伸以援手,更使张自忠感激不尽。虽然冯玉祥对他称兄道弟,但张自忠内心一直将冯视为前辈,言必尊称"先生"。同样,冯玉祥也对张自忠寄予厚望。张自出任五十九军军长以后,屡建战功,连获擢升,官至上将衔集团军总司令和战区右翼兵团总司令,成为西北军的正统继承者,使冯先生倍感欣慰。此时,冯玉祥虽然手无兵柄,远离前线,但无时无刻不在关注着前线的战况。临沂大捷的喜讯传来,冯先生异常兴奋,一面致电张自忠祝捷,一面派人赴前线劳军。以后,张自忠历经徐州突围、潢川之战、随枣之战，屡克劲敌，所至有功，成为名闻遐迩的抗日名将，不仅为民族争了气，也为冯先生争了光。

在张自忠将军殉国前一年，他来到重庆看望隐居读书的冯玉祥先生。

最难风雨故人来，那时心情抑郁的冯先生阴霾一扫而空。他在巴县中学设宴为张自忠洗尘，张自忠将临沂战役中缴获的日本军刀作为礼物赠给了冯先生。1945年9月2日，日本正式签署无条件投降书，抗日战争终于胜利。冯先生感慨万千，睹物思人，在军刀上刻下一句话："此刀是张上将自忠在临沂大战得的日本鬼子的，民国二十八年送给我。"

相见那天，两人连床夜话，苍穹大地，圆颅方趾，巴山夜雨，喋血烽火，相谈甚惬。张自忠对冯先生再一次说到慷慨赴死："我不管枪不如人，炮不如人，我总要拼命地干一场，做一个榜样给人看。我一定尽我所有的力量，报效国家，不给先生丢脸。活着我要活个样子，死也要死个样子！"

第二天，两人互道珍重，依依而别，"马鸣风萧萧，落日照大旗"。张自忠走出不远，却又心事重重地停住了。是预感到他生死未卜今生休？已经预感到今生今际再难与冯先生相见？

张自忠折转身来，怀着诀别的心情回到屋里，扑通一声跪倒在地，重重地向冯玉祥磕了个头。冯先生被这一情景惊呆了，忙说："荩忱，你这是干什么？"只见张自忠眼含热泪，神色庄重地说："我这一生是先生培植了我，我活着要一心一意地为国尽忠，像个人，像个军人，不辜负你培植我这一生；我死了也要像个鬼，像个忠魂，不会辱没先生练兵带兵的英名！"

冯玉祥因惊愕而语塞，但他内心明白，荩忱行此大礼，作这样的告别意味着什么。就这样的一跪，这是一个血勇的将军震撼抗战历史的一瞬，这是名将忠义和烈性的象征，作为一种对历史的承诺和对倭寇不共戴天最古老的仪式，被岁月记住被后人激动了。

后来，冯先生常对前来看望他的老部下说："张荩忱这个人，到底是条山东汉子！他临走前到我这里来辞行，走了又回来，趴在地下给我磕了个头。我能不能和他胜利后相见，或者再见一面，都很难说了。"言下不胜难过，在场诸公也无不为之动容。

作为一名位膺封疆并指挥着几个集团军的上将衔总司令,张自忠统率的部队少则数万,多则十余万,但他个人的生活却依然保持着西北军时期艰苦俭朴的本色。除非重大场合,他从不着呢料或滑稽制服,也不佩戴上将军衔,而是与士兵一样穿老灰布军装,一样剃着光头,只有一条武装带可以表明他的军官身份。平常的饮食也非常简单,同士兵一样每日两餐。

有一位采访过他的记者写道:"他对于吃是不考究的,只要是菜,随便是青菜、毛豆、几个馍馍、一碗小米稀饭,这些便可算是他一顿丰盛的午餐。"有时候,因招待来宾而改善一下伙食,他也感到不安。

在一次战斗中,给养中断,总部人员和特务营几乎一昼夜都没有找到吃的,勤务兵把随身携带的一点烤馒头片和炒豆子送到跟前让他吃。看到弟兄们挨饿,张自忠哪里忍心吃,说:"要吃大家吃,这个时候,怎么能一个人吃呢?"大家共同忍着饥饿同日军作战。天将黄昏时,一位士兵因饥饿而犯了疟疾,张自忠急忙叫勤务兵把仅有的一点干粮拿出来让他吃。这位士兵无论如何不肯吃,流着泪说:"总司令都不吃,我也不能吃,我不能破坏总司令'要吃大家吃'的规矩。"

"武官不怕死,文官不爱钱"是岳飞的理想。张自忠身为武将,不光是不怕死,更不爱钱。他为将多年,且数绾政要,而私储无几。他要求各级部队长都要公开财政,严厉杜绝克扣军饷、吃空名、喝兵血之类的事情发生。每次战役,所获奖赏,必按功论赏,悉数分发,绝不居功为己,留赏与私。他的部将李九思说:"平时官兵家属,受其礼遇者自多,战时伤亡将士,受其优赠者尤重,凡此事迹,不胜枚举。"张自忠牺牲后,大家在整理他的遗物时,曾翻箱倒柜地寻找他关于家事和经济方面的遗嘱,但终无所获。他的侄子廉卿在旁边说:"你们不要找了,一定没有。如果他顾及家庭和金钱,就一定不会战死了。"

著名作家梁实秋在张自忠将军驻防前线时候,曾作为慰劳团成员,记下了当时访问张将军司令部的情形:

他的司令部设在襄樊与当阳之间的一个小镇上,名快活铺。我们到达快活铺的时候大概是在二月中,天气很冷,还降着蒙蒙的冰霰。我们旅途劳顿,一下车便被招待到司令部。这司令部是一栋民房,真正的茅茨土屋,一明一暗,外间放着一张长方形木桌,环列木头板凳,像是会议室,别无长物。里间是寝室,内有一架大木板床,床上放着薄薄的一条棉被,床前一张木桌,桌上放着一架电话和两三叠镇尺压着的公文。四壁萧然,简单到令人不能相信其中有人居住的程度,但是整洁干净,一尘不染。我们访问过多少个司令部,无论是后方的或是临近前线的,没有一个在简单朴素上比得上这一个。孙蔚如将军在中条山上的司令部,也很简单,但是也还有几把带靠背的椅子;孙仿鲁(连仲)将军在唐河的司令部也极朴素,但是他也还有设备相当齐全的浴室。至于那些独霸一方的骄兵悍将就不必提了。

张将军的司令部固然简单,张将军本人却更简单。他有一个高高大大的身躯,不愧为北方之将。微胖,推光头,脸上刮得光净,颜色略带苍白,穿着普通的灰布棉军服,没有任何官阶标识。他不健谈,更不善应酬,可是眉宇之间自有一股沉着坚毅之气,不是英才勃发,是温恭蕴藉的那一类型。他见了我们只是闲道家常,对于政治军事一字不提。他招待我们一餐永不能忘的饭食:四碗菜,一只火锅。四碗菜是以青菜豆腐为主,一只火锅是以豆腐青菜为主,其中也有肉片肉丸之类点缀其间。每人还加一只鸡蛋放在锅子里煮。虽然他直说简慢抱歉的话,但我看得出这是他在司令部里最大的排场。这一顿饭吃得我们满头冒汗,宾主尽欢。自从我们出发视察以来,至此已将近尾声,名为慰劳将士,实则受将士慰劳,到处大嚼,直到了快活铺这才心安理得地享受了一餐在战地里应该享受的伙食。珍馐非我之所不欲,设非其时非其地,则顺着脊骨咽下去,不是滋味。

回到重庆,大家争来问讯,问我在前方有何见闻。平时足不出户,哪里知道前方的实况?真是一言难尽。军民疾苦,惨不忍言,大家只知道"前方吃紧后方紧吃",其实亦不尽然,后方亦有不紧吃者,前方亦有紧吃者,大概高级将领之能刻苦自律如张自忠将军者实不可多觏。

就是这样抗战异数的张自忠将军为一洗身上的所谓汉奸的污垢,渡河赴死了。在襄河东面一个叫南瓜店的地方,将军殉国。

那是下午三时许,天空有沥沥细雨,面对步步逼来、怪声吼叫的大批日军,这些跟随张自忠多年的忠诚士兵,表现出惊人的勇敢和顽强,他们用血肉之躯将绝对优势之敌阻于山脚下达两个多小时。

厮杀在雨中持续,手枪营士兵所剩无几。张自忠眼看前方弟兄一个个倒下,再也按捺不住,提起一支冲锋枪,大吼一声,向山下冲去,扣动扳机向日军猛烈扫射,十几名日军应声倒毙。就在这刹那间,远处的日军机枪向他射来,他全身数处中弹,右胸洞穿,血如泉涌。马孝堂见他突然向后一歪,飞奔上前为他包扎,鲜血溅了马少校一身。

伤口还未包扎好,日军就一窝蜂地冲了上来。危急中,张自忠对身旁的马孝堂等人说:"我不行了,你们快走!我自己有办法。"大家执意不从,张自忠拔出腰间短剑自裁,卫士大惊,急忙将他死死抱住。

弥留之际,张自忠躺在地上,脸色苍白,平静地说:"我这样死得好,死得光荣,对国家、对民族、对长官,良心很平安。你们快走!"

这时,日军步兵已冲至跟前,从日军战史资料中,我们找到了这场战斗的最后情节:第四分队的藤冈一等兵,是冲锋队伍中的一把尖刀,他端着刺刀向敌方最高指挥官模样的大身材军官冲去,此人从血泊中猛然站起,眼睛死死盯住藤冈。当冲到距这个大身材军官只有不到三米的距离时,藤冈一等兵从他射来的眼光中,感到有一种说不出来的威严,竟不由自主地愣在了原地。

这时,背后响起了枪声,第三中队长堂野君射出了一颗子弹,命中了这个军官的头部。他的脸上微微地出现了难受的表情。

与此同时,藤冈一等兵像是被枪声惊醒,也狠起心来,倾全身之力,举起刺刀,向高大的身躯深深扎去。在这一刺之下,这个高大的身躯再也支持不住,像山体倒塌似的轰然倒地。

时间仿佛蓦然停止,历史留下一个静穆的场面,殷红的热血交织着迷蒙细雨,构成一个永恒的瞬间——1940年5月16日下午4时!

张自忠,一代抗日名将,怀着平安的良心死去,时年四十九岁。与他同时殉国的还有五百多人。张自忠牺牲后,南瓜店一带枪声骤停,格外寂静。硝烟笼罩在上空,细雨无声地飘落在横七竖八的尸体上,血迹随着雨水缓缓流淌,染红了一片片泥土。

　　日军开始打扫战场。堂野和藤冈估计刚刚死去的这位军官一定是位将军,便翻动遗体搜身,堂野从他身旁的手提保险箱中翻出了"第一号伤员证章",藤冈则从遗体的胸兜中掏出一支派克金笔,一看,上面竟刻着"张自忠"三字!两人大为震惊,不禁倒退几步,"啪"地立正,恭恭敬敬地向遗体行了军礼,然后靠上前来,仔细端详起仰卧在面前的这个血迹斑斑的汉子来。接着他们把情况报告了上司二三一联队长横山武彦大佐,横山下令将遗体用担架抬往战场以北二十余里的陈家集日军第三十九师团司令部,请与张自忠相识的师团参谋长专田盛寿亲自核验。

　　专田盛寿"七七事变"前担任中国驻屯军高级参谋,与时任天津市市长的张自忠见过面;"七七事变"时又作为日方谈判代表之一,多次与张自忠会晤于谈判桌前。

　　遗体被抬进陈家集三十九师团司令部时,天色已黑。专田盛寿手举蜡烛,目不转睛地久久注视着张自忠的面颊,突然悲戚地说道:"没有错,确实是张君!"

　　在场者一齐发出庆祝胜利的欢呼声,接下来则是一阵鸦雀无声的肃穆。师团长村上启作命令军医用酒精把遗体仔细擦洗干净,用绷带裹好,并命人从附近的魏华山木匠铺赶制一口棺材,将遗体庄重收殓入棺,葬于陈家祠堂后面的土坡上,坟头立一墓碑,上书:"支那大将张自忠之墓"。

张自忠墓

　　现在有谁还为张自忠将军的殉国悲壮感动呢?有谁还会想着在乌合之众的压力下自己的坚持与修为?有谁还想着民族国家,视民族利益高过头高过额呢?张自忠将军是军人,是传统的军人,他赌了身家性命,赌了孩子的涕泣和夫人枕边的泪痕。那些无聊的文人、向张自忠将军泼污水的文人,他们赌了什么?

当奉命驰援的三十八师到达南瓜店时已是深夜,黄维纲师长得知张总司令战死,当即率领数百人的便衣队夜袭陈家集,在混战之中将张总司令遗体抢走。当日军三十九师团接到司令部"将张自忠遗体用飞机送往汉口"的命令,为时已晚。

18日上午,忠骸运抵快活铺,三十三集团军将士痛哭相迎。冯治安将军和两名苏联顾问含泪查看了张将军伤势,发现全身共伤8处:除右肩、右腿的炮弹伤和腹部的刺刀伤外,左臂、左肋骨、右胸、右腹、右额各中一弹,颅脑塌陷变形,面目难以辨认,唯右腮的那颗黑痣仍清晰可见。冯将军命前方医疗队将遗体重新擦洗,作药物处理,给张将军着马裤呢军服,佩上将领章,穿高筒马靴,殓入楠木棺材,然后率众举行了庄重的祭奠仪式。

5月21日晨,六辆卡车从快活铺启程,护送张自忠灵柩前往重庆。沿途数万群众,挥泪祭奠。

车抵宜昌,十万群众自发送殡,全城笼罩在悲壮肃穆的气氛中。敌机在上空盘旋吼叫,却无一人躲避,无一人逃散。张自忠灵柩在此换船,溯江而上重庆。28日晨,船抵储奇门码头。蒋介石、冯玉祥、何应钦、孔祥熙、宋子文、孙科、于右任、张群率文武百官臂缀黑纱,肃立码头迎灵,并登轮绕棺志哀。蒋介石看来真的动了感情,在船上"抚棺大恸",令在场者无不动容。后来人们说,蒋介石的办公桌从此摆上了张自忠的遗像。

大刀赵登禹

一

　　我寓居的这座小城史书上称为曹州府,隋唐以降,这里予人的印记是:随处都是高一头、阔一臂、横眉竖目的响马。清人写有一本书《地理辨惑》,在世间声色颇著。书以答问的形式解释这片硬气的土地:大凡名都巨邑风水之区,一要城池得地,二要宫署合宜,三要文庙合武,四要书院培养英才,五要土著人士立志向学,再有醇儒指教,自然人文蔚起矣。这些曹州都不具备,于是"曹州人,多响马"一说就风行矣。

　　我总以为,在朝廷不义的时候,响马也许是悲壮的正道,他们代表着另一种公正,即使最后鱼死网破,斧钺临颈,也绝不尿洒裆里,为了诺言可以捐弃生命,为了名誉可以饮刀求快,但现在这种品性和血性越来越稀薄了。

　　在暮色苍茫中领略曹州的参差老屋,柿树虬龙,于古巷逡巡驻足,就想触摸一下响马的血脉,但也总感到多的是蟊贼,少的是那种国家危亡之际挺身而斗,视国耻为不可容忍,把对民族和家国的挑衅侮辱看做自己私人的不堪与耻辱,然后以一腔沸血浇灌相抵的大豪迈。

　　是真的没有,还是历史遮蔽不彰?直到我翻开抗战史,他的名字便一次次地撞击我,撕扯我,轰击我,瘫痪我,那是一个雄武的形象,一米九的身量,曾如武松一般用手击杀老虎的曹州人,他是使《大刀向鬼子头上砍去》歌曲唱响天穹的人,他的身上焕漫着古之名将忠勇义诚之气,而内有不忍之心的根基,这个每次母亲脸色不好,跪在母亲面前俯首帖耳的汉子,这个在战场上操着一口浓重的曹州方言的曹州人。

赵登禹画像

这是赵登禹。

在秋日的午后,我终于走到小城郊区西北十里的地方,探访将军的遗迹。在目前争夺名人的时代,将军的旧居也一定热热闹闹吧。然而看到的是连废墟也谈不上的一片空地,无言地在四周屋脊围拢下,显得空旷。有个耳朵不好的老人告诉我,没有了,一切都没有了,连一个柴火棒一个瓦片也没留下。将军的旧居先是附近几个村庄的孩子如麻雀般叽喳读书之所,后来"文革",千里之外的北京红小将们忙着把将军的坟墓掘开,骨殖抛撒,将军家乡却忙着把将军旧居的砖瓦梁木拆下,哄抢一空。

这是一片空地,只有一圈土墙围着,土墙边上有菊花强茂地开,我跳进墙里,用自己的体温亲自感受一下曾回响过将军脚步和呐喊的土地。当年赵登禹将军在这里的曙色中,透着四周的鸡叫起舞。今天我站在这里,似乎仍能听到那大刀旋舞的回声。

"没有了,都拆光了。"耳聋的老人连连摇头,唏嘘不已。

还好,在这空地里,还有着菊花丛显露着生命,面对渐渐下坠的夕阳,我好一阵发呆。曹州这苦寒的黄壤上有两种花在世间非常知名,春天的时候,浑厚的平原多被猩红或莹白的颜色大肆侵没,层层叠叠,气韵非凡,如一片莽莽苍苍的锦缎鼓荡着阡陌,那是从明代就名甲宇内的牡丹;到得秋日,菊花就会燃烧起来,在柴草垛、河畔沟渠、晴天碧空,黄的粉的升腾如烟雾。曹州菊花的名声在唐代就开始壮阔了,一个私盐贩子,一个秀才,一把剑啸,那是出生在曹州的响马黄巢,如今你读那"飒飒西风满院栽,蕊寒香冷蝶难来。他年我若为青帝,报与桃花一处开。"你都无法置信,是这土地养育的菊花濡染了黄巢,还是黄巢成就了菊花?

曹州人喜欢花,也喜欢刀,我以为喜欢菊花,是一种乡野的高洁拔俗,菊花的本身是高傲的,有点冷,但骨子里却是热烈,是柔软。

日本人也是把菊花和刀放在一起尊崇的,这是矛盾中的平衡。本尼迪克特在《菊与刀》里说:"日本人既好斗又和善,既尚武又爱美,既蛮横又文雅,既刻板又富有适应性,既顺从又不甘任人摆布,既忠诚不贰又会背信弃义,既勇敢又胆怯,既保守又善于接受新事物,而且这一切相互矛盾的气质都是在最高的程度上表现出来的。"菊花作为日本皇室的徽记,代表了至高无上的皇权,当菊花和代表武士道精神的军刀媾和,开始在中国的大地肆虐的时候,迎头撞见的是出生在菊花濡染处的赵登禹,赵登禹对菊花是不陌生的,但赵登禹更喜爱刀。

人们说赵登禹将军常是枕着大刀睡眠,从冯玉祥的卫兵到排长、连长直至旅长、师长,枕戈待旦,夜夜辄鸣。要写抗战兵器史,注定是绕不过这在炉火和风箱夹击中锻打、在水缸里淬火,没有杂质,还是冷兵器的大刀的,那把寒刃舞得生风,切倭人头颅,如夜雨剪春韭的大刀。

大刀是赵登禹将军在喜峰口一役喊响的,人们评价赵登禹的大刀:砍铜剁铁,削钢如泥。把铜钱十个一叠放在八仙桌上,赵登禹一刀寒刃劈下,那十个铜板火花迸溅,如鸟羽磔然而失。杜甫《观公孙大娘弟子舞剑器行》诗云:"昔有佳人公孙氏,一舞剑器动四方。观者如山色沮丧,天地为之久低昂。㸌如羿射九日落,矫如群帝骖龙翔。来如雷霆收震怒,罢如江海凝清光。"在公元1987年的秋冬季节,我曾在赵登禹将军的村庄见到一个西北军老兵,他说赵登禹大个子,一进堂屋的门就碰头。他说起赵登禹的刀法,劈、砍、撩、扎,鬼神莫测,刀、手、步法,缠绕协调,长穗飞旋如杨叶鼓舞,看起来眼花缭乱,脚踏如垒石落地,身轻如鸢飞唳天。老兵说当赵登禹将军舞刀到兴致处时,卫兵曾用容器桶盛满黄豆向将军泼洒,只见黄豆如虫四外飞溅,等赵登禹停下刀来,身周方圆七尺,不会容有一粒豆子生根。

当刀剑到了一定的时候,如庖丁解牛,身边万物皆可为刀。身边柳丝,河边蒲草,可以手为刀,手断合抱巨木。说有隐士,可以山涧朝露为刀,去砍落风中的飘尘。玄虚也许是玄虚,但我想所谓的刀剑气伤人,那庶几近于赵登禹将军的境界,他以浩然之气,以曹州的那种忠烈血勇,虎口一吐,就是半部凛冽的民国抗战史、民族呐喊史。

二

"一个轻骑兵30岁时还未死去,那必定是个装病的开小差者。"死于瓦格拉姆会战的拉萨尔如是说,这小个子拿破仑手下的骁将,以颈血溅杀伐,时当34岁。

赵登禹白刃蹈海喋血,几死于喜峰口,时亦34岁;"七七事变"后20日,赵登禹死去,正是38岁的韶华盛年。赵登禹是道义贯骨的职业军人,他是为战争而生为战争而死的,如若不是喜峰口一役,赵登禹的血性和天性,乃至渗透他骨髓的那种曹州人的呐喊,也不会恣肆汪洋地发挥到极致。但他卢沟桥畔的鲜血与慷慨悲歌呢,则是白白洒在了汉奸小人之手,赵登禹是被那些在大义面前有愧的民族败类和倭寇联合绞杀的。

宁做飞灰,不做浮尘,将军的死,是死得其所的,如不为这个民族流血五步,他亦只是一部中国近代军阀征伐时的一个逗号或省略号而已。如果你熟悉中国现代史,一个叫做"西北军"的军事集团就会触碰你的神经,他们的多面和多变像狐狸,他们的勇猛像狮子,他们的坍塌又像暴雨中的土墙,这里面有英雄,也有群小,有的壮烈殉国,如赵登禹、张自忠辈,有的做汉奸像石友三辈。民族处刀锯鼎镬之中,赵登禹将军之所以血花溅作红心草,不甘为某一集团做鹰犬,并非为一己的甘肥、轻暖、妻妾计也,实则是不忍见民族河决鱼烂,而使敌寇淫威谋成。

菊花与刀,一柔美,一阳刚,当日人的菊花和大刀下的血花在昂然顾盼生姿的时候,大和民族尊尚的美却是以无数中国人的血做养料而塑就的。

美国人本尼迪克特在菊花和刀的意象里看出了大和民族的走向,月晕风,础润雨,在一些关节处是可以窥见一个民族的品性的。在写赵登禹将军的时候,我知晓了这样的细节。1931年冬天,日军占领中国东北,此时,侵华日军步兵第37联队的井上清一中尉新婚燕尔,正在雪中的大阪家中休假度蜜月,可归期已至。临行的中尉井上清一最后两日落落寡欢,两眼望着户外的雪,迟迟疑疑,这一切,新娘子千代子都默默地尽收眼帘。

逆转发生在井上清一行将出征中国的前夜,没有美酒,没有和歌以壮行色,21岁的千代子躺在丈夫身边,悄然用小刀剖开自己的喉管,由于她

下手不够利落,这个残酷的举动持续了很长时间,而她始终一声不吭,直到黎明到来时才默然死去,鲜血溢满了榻榻米,像菊花骤然地开又骤然地凋谢。我不知如何评价日本人的这种无美不殇的民族品性,夜静啼月的杜鹃,阵雨散落的秋叶,落花飘风的钟声,途中日暮的晚雪,这种哀感意识,使他们对死有了一种别样情怀。我知道日本人认为精彩的诗句是:枯梅……有如死者仰卧。实在令人震撼的不是诗本身,而是日本人以死为美,无美不殇的没有畏惧的那种执著。

次日清晨,井上清一才发现妻子余温的尸体以及千代子留下的以血做墨之遗书:"我的夫君,现在的我正满怀高兴之情,我都不知如何表达我的高兴之情了,我将在您明天出征之前快乐的离去,不管如何,请您不必担心往后的事情……"阅毕遗书,中尉井上清一未掉一滴眼泪,默默地收拾起行囊,挎上家传之佩刀,头也不回地步出家门,挥手自兹去,从大阪军港踏上军舰。

身后的血与白雪,是那样的冷与热地媾和在一起。而遗书上的血如菊花,如绣在和服上挣扎的几朵菊花,像是直指一场生命的浩劫。

千代子事件后,日本舆论媒介开始发酵,如蝇见血,似蚁争膻,把井上千代子尊崇为"昭和之烈女";两家电影会社以惊人的制作在极迅疾的时间里,拍出《啊,井上中尉夫人》和《死亡的饯别》,从北海道到高丽,从高丽到台湾一路的蒙太奇去,并将影片空运到侵华战争的前线;皇后陛下则驾临"昭和烈女"遗德显彰会。而后,千代子的媒人安田夫人发起组织了"国防妇人会",短短 10 年,其成员由 40 人猛增至 1000 万人。这是怎样的一个比例,那是上千万的家庭啊,上千万的日

插
图

本女人加入了他们侵略的后援。

我知道喜峰口一役,赵登禹将军和那些热血的军人也遇到一个女人的难题,一个进不得退不得的两难境地。

赵登禹的大刀队集合起来,刚喝完临行酒,"当"的把碗摔碎,一筐一筐银圆放在队列面前,任人随意抓取。赵将军一条腿绑着绷带站在队列前,手臂上缠着白毛巾,他看着大家的手臂,也一律地缠绕着白色的毛巾。每人一把匣枪、5颗手榴弹,背后一把镔铁大刀,红的穗子在雪地里发出暗紫色。

这是一群20岁上下的农民子弟,如不是战争,他们可能都在老家娶妻生子。可是这片土地在落雪,寒冷从长城的那边过来,这片土地即将被强奸蹂躏。一场震惊世界的大战就要在今晚拉开帷幕,而傲慢的日本军人开始准备休息。熄灯号隐隐传来。雪下着,白的银圆在雪里,银圆上有厚厚的雪,酒坛的口冒着寒气。

全军肃立,等待着赵将军的口令。就在此时,有人策马奔到将军面前,耳语一下,赵登禹将军的脸色陡然生变。他凝视着将要出发的大刀队,然后让人带来一位山村老太和她女儿。

大家不知道发生了什么事情,赵登禹将军嗓音沉痛,他声带谴责说:"我对不起这里的父老,也对不起冯先生(冯玉祥)的教诲,今天我们还没接敌,竟然在我的队列里出现了这样的败类,我不杀鬼子,我要先杀败坏武德的东西!"

敢死队员疑惑了,不知将军在说什么?

雪夜里赵登禹将军的眼睛,像燃烧着炭火,如诉如怒。他说,"就在刚才吹集合号的时候,我军的一个弟兄竟摸到民房里去祸害人家姑娘。才17岁的一个黄花闺女呀,以后怎么找婆家?刚才一吹号,那东西就兔子一样跑了,那姑娘哭泣不敢说,姑娘的娘肯定地说,他就是我们手下的人!现在,他就站在队列中!"

此时雪如结冰,空气凝滞,没有了呼吸。

赵将军犀利的目光像刀,要剔除人的皮肤直到骨髓。"裤裆里长蛋子不

是提溜着玩的。谁做的,敢站出来? 那才叫有种! 裤裆里的蛋子要丁当响,不是被人劁的! 有种的站出来!"一切都静止了。

姑娘拉着老太的衣襟,小声地哆嗦着,"娘,他没动俺,只是说看看,你一喊他就跑了!"

"站出来吧。你如果有母亲,就想想你母亲;你如果有女儿,就想想你女儿。要对得起她们。站出来,我赵登禹尊你为好汉。"赵登禹双手抱拳,左手压着右手,在胸前如石雕一般。

霰雪敲在军衣上,沙沙作响。

"那好吧。"赵登禹冷笑一声,"那就把上衣揭开,露出脖子。大娘说她姑娘把那兔崽子的脖子抓伤了。"

刷的一声,赵登禹撕开了自己的领子。接着是刷刷撕领子的声音。

其时,一个敢死队员扑通跪在赵登禹的脚下,大家惊呆了,去摸人家姑娘的是赵登禹的警卫随从。赵登禹愣在那里,嘴开始颤:"我竟瞎眼了,养了一个畜生。绑起来! 砍了!"

警卫才18岁,是赵登禹带出来的曹州子弟,大家面面相觑,不知如何应对。

警卫跪在雪地里,单手挥泪,"旅长,我没有害姑娘的意思。我只是……"

"只是什么?!"

"晚上,就要接敌了,不知是死是活,我还没有见过女人的妈妈(曹州方言:乳房)。"

"妈妈?"大家躁动一片。警卫员的"妈妈"这两个字无异惊雷,在敢死队员耳轮旁炸响。赵登禹头颅一扭,吼出曹州方言:"你奶奶的,丢人!"

那母女俩也愣了。也就在那刹那间,雪地里齐刷刷跪倒一片人,如出殡时的孝子齐刷刷跪着,苍茫的天地间,只有赵登禹和那母女挺立若石。花白头发的母亲拉了一下闺女,腿哆嗦着准备跪地为警卫随从求情。谁知那女孩,在人们齐刷刷跪下的时候,把棉袄揭开了,盘着的扣子一个一个在手下展开,一层层的衣服开始解开,在雪地里,跪着的人们惊愕的眼睛里,一对还未发育成熟的乳房羞怯地绽露出来。雪地白得发黑,敢死队员眼前一片眩晕。

在雪的余光照射下,女孩子的乳房是如此的娇弱圣洁。也许因了营养不良,胸前一对坟起的乳房,并不丰满坚挺。那些赴死的敢死队员几百双眼睛,没有退避,没有猥亵,是那种热血,有一种易水送别的慷慨。

将军被深深撼动了!"敬礼!"将军马靴一扣,两眼含泪,敢死队员齐刷刷敬礼,泪如雨注。

将军心里清楚,若不是战争,这些战士,在家乡的唢呐里,不说个个能走进洞房,绝不会在临战前夜犯如此低级的错误。将军一言不发,从跪在雪地上的警卫员身边走过。那母女俩扶起警卫员,眼睛望着将军。将军好像不敢看母女,胳膊往前一挥,前面,喜峰口在雪下苍灰色的轮廓隐隐在望。

将军的大刀队开始在雪夜移动。当晚,冰冷的大刀开始嗜血。日本人的头颅如曹州老家漫长冬季里菜窖储满的白菜、土豆、萝卜,多数日寇在睡梦中未及还击,便纷纷被大刀片砍杀。那血呢,则如鸟扇动翅膀,成为大刀的徽章,如菊花艳丽的花瓣在秋风中纷纷飘落。日本一家报纸评论说:"明治大帝造兵以来,皇军名誉尽丧于喜峰口外,而遭受六十年来未有之侮辱。"

第二天,大刀队返回,将军骑马检查部下,警卫员的尸体被抬着经过队列前,赵登禹敬礼,全体弟兄肃立,一阵哀悼的军号声响起来。将军吩咐部下将警卫员的尸体好生掩埋,然后将军沉痛地说:"此役成败,不在弟兄拼杀,功在大娘和姑娘。"

将军着人为大娘送银圆200块,可大娘与女儿已在门板上自尽。

三

在民族危亡关头,很多人选择了躲避或是投降。同是西北军的袍泽,多少人无廉耻,无节操,迎合敌寇而取其禄位,石友三、孙殿英、庞炳勋、孙良诚等都落水做了汉奸。那种望风而降的场面,让人想起历史上一个女人

写过的诗句:十四万人齐解甲,更无一人是男儿。

这是咒骂没有一点爷们气质的男人,赵登禹将军是在势不可为的情势下,慷慨任之,决意舍一己之身,做一番万夫莫挡的事业。当右臂和腿部相继中弹,传令兵要背他走,他说:"不要管我。北平城里还有我的老母,告诉她老人家,忠孝不能两全,她的儿子为国死了,也对得起祖宗!"

将军于"七七事变"后20日殉国,当时日军占领北平,赵登禹将军率部驰援,可是,将军没有料到,他率部北上的军情,已被汉奸潘毓桂出卖给日军。

在抵御日寇大规模进攻前,赵将军举酒为壮行色:"今天,我和冯先生(玉祥)通话,我向冯先生告别,冯先生问我何时回来,我说,快则两天,晚则三天,或许……或许再也不来了!"

下面有人啜泣,将军顿了顿:"哭什么? 先留着眼泪吧,等胜利了一起哭!"将军走到哭泣的战士面前,一把扯开战士的衣服。这胸膛惊心动魄,从中原大战到喜峰口,每一枚伤疤,都会述说一个流血不流泪的故事。

将军:"你是二十九军爷们吗?"

战士:"报告师长——是爷们。"战士立正、挺胸,动也不动,像尊雕塑,只是眼角流泪。

将军:"爷们流血不流泪,更何况抗日军人!"

战士:"师长——"

将军:"有什么话要留下来? 这样吞吞吐吐的?"

战士:"我从中原大战就跟着将军,只是家有待产之妻,不知是男是女,如果我死了,望将军抚恤,待如子侄。"

将军的戴着雪白手套的右手缓缓举到帽檐边,人们都静无声息,只听将军炸雷般吼叫:"书记员! 把他的话记下来!"

第二天将军死了,他身边倒着一个壮士,就是昨晚啜泣的战士,他的镔铁大刀砍翻七个鬼子! 朦胧的火光里,日本人的人头被劈开,刀刃已卷。

其实赵将军上前线时,他的妻子倪玉书身怀七个月的身孕,将军殉国三个月后,他的孩子出世……

28日拂晓,敌寇向宛平县城南苑一带发动大规模进攻。当日人在飞机大炮等现代兵器掩护下冲至阵地前沿时,赵登禹挥起大刀,跃出堑壕,赤膊率将士杀入敌群。刀光闪闪,号哭一片。正是暑天,光着上身的将士看到将军身先士卒冲锋陷阵,个个如狼入羊群,撕咬腾挪,砍杀声惊天动地。

南苑地区地势平坦,无险可守。在枪林弹雨中反复拉锯冲杀,从拂晓战至中午,日军派兵绕到侧翼,企图包围赵登禹部。

赵登禹将军率领部属向大红门方向集结,准备反击。这时天已经黑了,为突破敌阵,借着夜幕,赵登禹挥动大刀,率部冲杀。在接近敌阵时,日军发射了照明弹,埋伏在大红门的机枪以密集的火舌吼叫,赵登禹将军身中数弹,倒在血泊中。

当将军从昏迷中醒来,借着火光,他对身边满面泪水的传令兵说:"军人战死沙场原是本分,没有什么值得悲伤。"然后嘱咐告之母亲不能尽孝,言毕而逝。这不是私人之间的话。赵将军临死的话,有一种悲壮,还没有看到敌寇溃败,自己却舍命疆场。风萧萧兮易水寒,壮士一去兮不复还。

军人是应该战死沙场的,赵登禹将军就是提着脑袋去拼去杀的。在中国,从来孝优于忠,忠孝不能两全时,两权相较,大部分国人选择孝,少数人才像岳飞、赵登禹将军那样,对母亲没有尽孝,先去尽忠。赵登禹殉国时,其母年逾七旬,备尝老年丧子之痛;其妻倪玉书时年仅27岁,身怀七月身孕,华年丧夫;存世的儿女,其子4岁,其女2岁,尚不解生离死别,即与父亲阴阳暌隔。

今天想象复原将军的行迹,我热血沸漾,但又怅然若失,日人寇我之时,先是精英卖国,从汪精卫到周作人这样的"五四"文人。

赵登禹将军和他们比起来,是粗人,在民族危如累卵,山河飘摇,一些人物能够自持,已属不易,但也是底线,而赵登禹将军是用一腔子血灌溉脚下热土的。其实,平常岁月,天下是大人物的天下,到了国家不可收拾的时候,才想起兴亡关乎匹夫。如果说赵登禹将军受多少民国的恩泽,那恐怕不会太大,从小颠沛流离,辗转沟壑。但是,他内在的一种心理品性和地域性格规定着他制约着他,这根深蒂固的文化一脉在赵登禹将军的大刀上,也在他的菊花情怀里,熠熠闪烁。

赵登禹将军殉国后，在夜间由北平红十字会草草掩埋，几天后，陶然亭内龙泉寺的僧人们将赵登禹将军的遗体取出，用烈酒和毛巾擦拭将军身上的血痂。那张脸血肉模糊，但赵登禹将军圆目怒睁，那

插图

是一张不屈而庄严的脸，在烛光下，凛凛正气呈现在出家人面前。方丈用手为将军合上眼，用一洁白的粗布，覆了上去，棺材上了盖，打下了木钉。和尚们点上了一炷香，插在上头，开始诵经。赵登禹将军被龙泉寺的和尚用柏木棺材在夜间盛殓了，就暂厝于寺内。和尚们崇敬将军伟岸的人格，在以后的日子就一遍又一遍地给棺材上漆，怕棺木朽腐，那棺木后来就变得锃亮逼人。赵登禹将军的棺木在龙泉寺被僧人秘密守护八年，有时和尚说棺木里有大刀的铮铮声、马蹄衔枚疾走的风雨声……

佛教没有国界，但和尚有国籍，这些能托死生的大德高僧们，受曹州后生一拜，为将军，也为我们历史的血脉。

书生意气

一

何思源常以"曹州府人"来说自己的出处,虽然人们常说英雄不问出处,但你出生的那片土地是你永远抹不掉的印记。曹州府人是什么样的人呢? 曹州府现在是一个历史的地名,位于山东省的西南部,在明清和民国时期,却是大大的有名。

此地多平原,无山阿峻岭之茂,偶在巨野县境有残岭断阜,这里是黄河冲积平原,黄河奔裹而下,成了肤色的象征,谷豆黍麦,五谷具备,麦以夏收,谷以秋入,而民性犷悍,不事商贾。兴许因了贫困和固塞,派生了鲁西南这仗义行侠、崇武好勇的一群。鄄城孙膑的兵法,曹县吴起的弯弓劲射,冤句黄巢的萧萧大旗,水堡宋江的拔刀相向,每每给中国这部喧喧扰扰的历史,抹下了独特的一笔。而庄子妻子死鼓缶,赵州从谂的狗子佛性,临济义玄的当头猛喝,又每每令今人对这片土地青眼相加,费劲咂磨。

曹州首先是一个地域概念,在清代下辖菏泽、郓城、单县、巨野、定陶、曹县、成武、濮县、范县、朝城、观县。这是一个拒绝山也拒绝了海的黄壤积淀、坦阔平展的平原。亘古以来,这里便有养人的黄土、池泽。舜在历山遣象耕耘,尧亡殡葬谷林……日出日没,便有了平原的说法给男人叫"外头",给女人叫"家里";便有了牛大如驼,霜柿如雪;便有了鸡斗天下,羊走九州。走遍平原五百里,所见村庄皆位于苍天之下黄壤之上,堂屋瓦脊必有兽头朝天吼,院里常有墙壁,或在某处竖一砖,上隽"泰山石敢当"。每于薄暮降下,村头土冈、路口、粪堆之上,有哥唤弟、姊唤妹、娘喊儿的,总是一声

声"听见么？喝汤来！"

曹州人犷悍，日常中便不能没有肉和酒的维持。吃肉最是包容，虽不像南方捕鼠捕猫，但凡是驴牛马羊以至兔鱼鹅，游物走兽飞禽无不脍口，最是喜食肉猪，黑碗盛肥肉，蹲在席上，呼呼噜噜。喝酒必是高烈有度数。从村到乡，从乡到城，举凡红事白事，婚丧嫁娶，以至上梁造屋，三人喝，五人喝，十人八人也喝，喝必举酒三巡，然后流动坐庄。酒场上最见真性情，不论地位、身份、性别、男女。有牛饮者如厕小解，淅沥皆是酒味，顺手火柴一根，小便腾地炎炎如灸。

曹州人不尚穿，只求蔽体，但民间制作的粗布，名为"鲁锦"被漂洋过海，到达海浪拍打的彼岸。更有许多中国的外国的学者，来到平原深处颠颠仆仆，索求本源。于是生孩子用粗布包，嫁闺女讲究粗布十铺十盖，到了婆家，沾亲带故，对门邻居，也是一家一方织的手巾。

有了吃穿，曹州人的腔嗓便痒，于是枣梆、柳子、高调、平调、四平调、二夹弦就应运而生。如果早生五十年，便知村村有自乐班，夜夜有台灯戏，最是名角辈出，村人一谈起他们，便眉飞色舞，宛如娘家舅家姨家亲戚。生人娱乐，有了孩子唱戏，死人也娱乐，吹起唢呐《北回风》。最是村里人有死人有嫁娶，就有热闹看，这边唢呐吹得阴云惨淡，那边唢呐吹得阳光纷纷。

看遍史书，曹州地面上多的是勇武的男人，历代官府便悟出：曹民如水，用的时候载人，浪的时候翻船，你要予以好处，他便涌泉相报，你要压榨，他便如葫芦，压下了葫芦却浮起了葫芦做的瓢。史书有载：陈涉以降，曹民代有暴动，尤以近世为烈，三五成帮，集聚为捻，于麦陇间就杀死僧王僧格林沁。最是义和团起自民间，一直涌到北京，使洋人和清帝瑟抖如鼠。民国之初，凡有招兵处，必有曹州人。有一谚"无曹不成兵就是"。这里的男人从小就练武，常说高粱晒米之时，在平原赶路，见人锄地，若是上前打问路途，见有钱财，便出其不意用锄头把路人敲死，刨坑埋掉，然后又尽心尽力锄地。当然这是过去。曹州这地方，确实出匪，出歹人，常常天不傍黑，则路断人稀，而今也有数个杀人越货之徒。但正应了"世上有好人，也便有了孽种"，谁的袜子不曾露过头。

何思源雕像

曹州的女子也多泼辣，她们不施粉黛，但也不乏丽质。这里曾有过出名女子：吕后、孙二娘。这里有些地方，春秋曾属卫地，桑间濮上的风习一直未有绝迹，男男女女，或是麦垛，或于壕沟，贫贫爱爱，给受儒教浸淫最深的古老民俗，一点令人惊异的光。

悠悠万代，在曹州，从来就把生殖与生存封为第一，没有媳妇不行，没有儿子不行，虽然有苦痛有蒙昧，但人类代代相衍生生相续的业绩也在这里。为了生儿子，,他可以背井离乡，他可以一路讨饭；为了有媳妇，他可以负债买，他可以用姊用妹换。尽管这生存与生殖不啻是一种悲哀一种苦痛，但你不得不惊异于他的生命力。

曹州人质朴而惰，每于冬闲或暑天，必窝在屋中树下聚赌，老人赌，小孩赌，男人赌，女人赌。有的在灶房，有的在牛棚，有的在旅店，有的在商铺，随处的路途随处的街口，你或见几个婆婆、几个老头，耳聋目昏，也一样聚集不误。在赌场，输赢不动于色最为人敬仰，那输掉些钱或拈刀抹颈或麻绳悬梁最为人们所不齿，个中原因真费人琢磨。

正是在这样的文化的濡染下，何思源开始了他最初蹒跚的脚步。

何思源说他是曹州人，曹州人的血液里涌动的是什么呢？那是一种被外界人称为响马的内在的质地，而最能反映曹州地方特点的就是这样一个词：山东响马。

响马不是土匪，响马是这样一种人：行侠仗义、打家劫舍、杀富济贫，他一般不做见不得人的偷鸡摸狗的小勾当，也非鸡鸣狗盗之徒，当身会不义的时候，响马是一种对不义争斗的力量。

响马之中的大手笔可以使皇帝的江山为之飘摇，脸色为之煞白。响马之名叫得最响的是隋末唐初的瓦岗寨结义的起义军,这支队伍的军师徐懋公即是曹州离狐人。徐懋公起兵反隋加入瓦岗寨后投奔李世民,李世民非常佩服他的才干和品德,并赐姓李,单名绩。他智谋深广,通览兵法,善于用兵,临敌应变,深合时宜,他死后,陪葬昭陵。

曹州这片土地上有这样一句话:"家住山东一山东,杀人放火称英雄"。在反隋群雄蜂起之时,这里有徐懋公、程咬金、单雄信、孟海公等响马举义。

响马,说穿了,是这里剽悍民风的反映,这里的人们心底涌藏着一种叛逆的热血,从秦末打鱼出身的巨野人彭越,到冲天大将军黄巢以及宋江等一百单八将和近代轰轰烈烈的义和团,这里面都有响马的热血影子。他们像这片土地一样,既忠勇又剽悍。也许离曲阜圣人近的缘故,虽然他们打家劫舍,其实他们是更高一层的仁义,因此,无论时间怎样流逝,他们的口碑一直不错。响马的形象是鲜明无比的,他们很少唯唯诺诺,韬光养晦。他们就是爱夸饰,飞扬跋扈,他们像小孩子一样,思维方式和生活方式都讲究痛快,即使失败了,引颈一快,也决不吓得尿裤裆,而是凛然面对最后的审判。

何思源是在这样的氛围里成长的,这里的民风喂养了他,尚武、义气,虽然何思源是一介书生,但他的那种关键时候的侠肝义胆可以在这里找到根源。他说:"我自幼喜欢听老人讲故事,如《武松打虎》《窦二墩盗马》等。到七八岁也认识了一些字,就学着看唱本、小说,逐渐能看《西游记》《水浒传》以至《三国演义》等小说",何思源小时候接触的民间的传说多是一些流传在当地的民间侠义传说。

二

何家在曹州府是大家巨室,但在他的祖父辈开始衰落。他出生在菏泽城里西典当街,但这时是破败了,何家是诗礼传家的仕宦世家,菏泽的大街上有雕刻精美的何家牌坊。上面有皇帝御笔题写的"四世一品"的牌坊,何思源的先祖是明代的铁面御史何尔键,何尔键之子何应瑞则是一个有气节的官吏,官至工部尚书,甲申年,李自成打进北京,崇祯皇帝吊死在煤山,何应瑞则绝食七日殉节。

何思源,字仙槎,乳名金鼎,街坊邻居一般都叫他"鼎"。何思源出生的曹州尚武,在明清时期,曾以"武术之乡"著称,和徐州、沧州、青州并称"四大武术之乡",故小时候的何思源常打拳弄棒,这是他的精神底子,爱侠义、豪迈,虽是一介文人,也难掩他为人处事的豪侠性格。曹州地面上每到秋冬的闲暇季节,当地的民众常常组织起来,练武强身,这里的人称为"拉架子",这里流行有二十多个拳种,主要有梅花拳、洪拳、炮拳、螳螂拳、太极拳等。人们常说"冬练三九,夏练三伏",在破旧屋子里,在野外的漫漫的场地上,即使大雪飞舞,那些习武的人常是光着脊梁,你一拳,我一脚,招招见精神。鲁西南有这样的儿歌:"一月二月去踢腿,松松拉拉打个滚;三月四月去练拳,比比划划自顾玩;五月六月练大刀,悠来晃去挑眉梢;七月八月练标枪,手脚划破脸扎伤;九月十月练棍棒,一棍打得屋梁晃;十一十二功练完,回家吃碗羊肉丸"。鲁西南的练武的风气很盛,何思源也曾在小时候拉架子,并且他在中学求学时,学校专门有武师辅导。鲁西南的男女老幼,喜爱武术,连新媳妇也不例外:"三嫂子,娶到家,一身武功真利洒,双手能推四斗门,单腿会踢八字花,巴掌一拍墙掉土,双脚一跺砖成渣。三哥上前交把手,一跤摔个仰八叉,三嫂擀了张白面饼,摊上鸡蛋煎葱花,三哥一吃怪香哩,明儿个再摔个仰八叉。"

菏泽的百姓有一句话,是说何思源求学轨迹,以这句话来砥砺学童上进:六中北大哥伦比亚。六中者,山东省立第六中学在曹州府的府衙位置。何思源幼年家贫,在考学看榜时候,他穿着破棉袄像叫花子挤进看榜的人群,人们躲闪着,怕身上沾染晦气,谁知就是这叫花子打扮的何思源以第一的成绩被六中录取,后到了北大,风云际会,"五四"时曾跳墙火烧赵家楼,显示曹州人的勇武。

后留学美国、法国,最有意思的是他回国后,与军阀韩复榘共事八年,被士林看作书生救国的典型。

在我的心目中,虽然"学而优则仕"的何思源入了仕做了官,但他依然

是书生，就像屈原、陶渊明、苏轼、陆游也都做过官，但骨子里依然是书生，和何思源是北大同学的傅斯年也做过国民党的官，但议政论政都还是一身书生气。如果能够用鼻子嗅一下的话，"书生气"与"仕宦气"是很有些不同的。

何思源回国后先在中山大学任教授，旋即参加北伐军，任政治部副主任。1927年，何思源随军到达山东，蒋介石留他在山东任教育厅厅长。

韩复榘的省府班子基本上都是他由河南带来的原班人马，只有何思源与南京方面关系密切，又是蒋介石点名安排在山东的。起初，韩对何怀有相当戒心，态度也十分冷淡。

韩、何之间的第一次交锋是因省财政要削减教育经费引起的。在这件事上，我们可以看出何思源作为一个来自曹州的新型知识分子的传统的书生意气。平常我们说书生，也多是指他们身上的痴气傻气，也即独立的自由人格，"天子不得臣，诸侯不得友"，即使面对颛顼的军人，何思源依旧书生本色。

何思源闯进韩复榘的办公室，激动中有愤慨，他见到韩复榘，态度强硬地表示：教育经费不但不能减少，以后每年还要增加。何思源说："这不是我个人的事，事关后代青年。主席要我干，就得这样，不叫我干，我就走人！"不承想韩复榘非但没有被何思源的书生气所"触怒"，作为军人的韩复榘反而十分欣赏这种耿介的书生气。韩复榘躬身而起对何思源说："决不欠你的教育经费，你放心吧！"

正是书生与军人骨子里的一种硬气的冲撞，不打不成交，韩复榘与何思源从此反倒成了朋友。韩非常赏识何的耿直和勇气。何则发现"和韩复榘相处很容易，向韩直攻是有效的，对他要爽快些，说话不要转弯抹角。韩复榘虽然好明杀人、暗杀人，但他不是阴险的人。"

尽管如此，韩复榘周围的人还是不能容忍书生何思源的存在，非要把他从山东挤走不可。有一次，韩复榘手下的军务处处长开车，撞伤了济南女一中好几名学生。何思源闻讯后，非常气愤，当即来到韩复榘的办公室告状，要求严惩肇事者。恰巧韩复榘此时不在济南，何思源在省府发了一通牢骚,便回去了。

韩复榘的秘书长张绍堂等几位韩复榘的手下早就对何思源嶙峋骨气不满,韩复榘一回来,他们就向韩告状,说何思源大闹省政府,要求撤掉何思源的教育厅厅长。韩听后对他们说:"全省政府只有何某一个人是山东人,又是读书人,我们还不能容他?不要越做越小,那样非垮台不可!"

韩复榘主鲁八年,山东教育事业有了很大发展。对教育工作,韩总是放手让何思源去做,而且没有向教育界安排过一个私人,这在当时是很难得的。

1938年,韩复榘在开封被蒋介石诱捕后,蒋为搜罗韩的罪名,曾召见何思源,开口先问:"韩复榘欠你多少教育经费?""韩复榘是怎样卖鸦片的?"何不肯落井下石,直言道:"韩复榘从未欠过教育经费,也并不出卖鸦片。"

何思源20世纪30年代曾任省教育厅厅长,有一次因上班迟到,韩复榘要责打他20军棍。有人劝说:"何乃文官,如何用军棍打呢。"韩说:"不打也得罚。罚他把省政府礼堂扫一遍!"于是何思源就到礼堂扫起地来,有人戏曰:"何思源斯文扫地矣。"

在何思源任山东省教育厅厅长的时候,有一件轰动中外的事件:《子见南子》案。在这个案件里,我们看到了何思源作为书生的坚守,在封建卫道士的围攻里,为"五四"精神传薪。

1929年6月8日,山东省立第二师范学校演出了独幕话剧《子见南子》,《子见南子》一剧取材于《论语·雍也》篇:"子见南子,子路不说。夫子矢之曰:'予所否者,天厌之!天厌之!'"为林语堂原作,载《奔流》月刊第一卷第六号。

《子见南子》开场了。帷幕徐启,笙匏齐鸣,乐鼓声中,孔丘登场。只见他身着玄衣黄裳,头戴"章甫之冠",足踏夫子高履,宽颐高颡,粉面朱唇,确乎道貌岸然。只听他唠唠叨叨,哼哼唧唧,唱了几段有音无字,谁也听不懂的曲子,然后高呼:"由啊,快赶车!"呼声刚落,子路雄赳赳登上前台。看他长缨高帽,短衫长剑,二目灼灼,恰似绿林好汉。这是师徒二人为播扬"圣道",谋求一官半职,来到卫国,准备通过"内线"南子,去走卫灵公的后门。环佩铿锵,南子出场了。只见她锦缎宫装,珠玑满身,光艳逼人。在歌舞队簇拥下,她翩翩而行,婀娜多姿,媚态百出。两人相见,孔子向前深施一礼,随后疾行追赶,南子猛一转身,"胸腹嘴脸两相接触",惹得观众哄堂大笑。在这笑声中,"至圣先师"头顶的光轮,顿时化为乌有。

一会儿,孔子与南子攀谈了。双方共同研讨了"饮食、男女及人生的意义",不料,向以"唯女子与小人为难养"的老夫子,竟然与卫灵公的宠姬观点如此一致。南子提出要成立"六艺"研究社,孔子也至为赞佩,并提出此研究社应按"德、言、政、文"四方面内容去研究。但南子执意不从,坚持要去掉"德行"一条,因它与人生是矛盾的。老夫子只好屈从。南子喜上眉梢,旋赐孔子白璧一双。老夫子受宠若惊,竟然以堂堂"圣人"之躯,拜倒在"寡小君"南子的石榴裙下,咯噔咯噔地直磕响头。台下又是一阵哄笑。

接着,南子手执月琴,率领歌姬们围着老夫子,口唱《桑中》之诗翩翩起舞。老夫子陶醉在歌声乐舞之中,神魂颠倒,如痴如醉,两眼直盯着年少貌美的南子,口中喃喃有词:"我现在才真正体会到人生的意义了!""我孔丘,在阙里街也干过那事,在新街也打过茶围!""看来,我过去讲的那套仁义道德全是放狗屁啊!"这时,台下掌声齐鸣,欢声雷动。台上,子路却为老师的丑态又羞又气,怒发冲冠。孔子见此,急得顿足捶胸,面对自己的学生指天骂誓。一个道貌岸然的"圣哲",顿时变作一个丑末。看到这里,"特邀"席上的"圣裔"们再也坐不住了。在哄闹声中,一个个悻悻退出了会场。

《子见南子》的演出深深激怒了孔府。孔府以孔教会会长孔繁朴等为首,笼络几个青皮讼棍,冒"孔氏六十户族人"名义,以"侮辱宗祖孔子"、"反对日宾"罪名,具呈越级控告二师校长宋还吾至南京国民政府教育部。

蒋介石立命教育部"严办"。教育部并专派参事朱葆勤,会同山东教育厅厅长何思源亲赴曲阜查办。7月11日,蒋介石由孔祥熙陪同赴青岛,路过济南,又召何思源到火车站,当面训斥,并令其对二师"严究"。

何思源骨子里有很重的"五四"情结,他与二师校长宋还吾是曹州同乡,又是北大的同学,何思源对蒋介石的命令明顺暗抗,对宋还吾则明批暗保。从火车站回来，何思源马上召集手下紧急磋商对策。他认为，对"子案"不能处理，一处理，蒋介石势力必定乘虚而入。会议决定，对宋还吾要明撤实升，后一起研究宋还吾的答辩书，为宋还吾撑腰。

南京方面，国民党中央研究院院长何思源的老师蔡元培、教育部部长蒋梦麟均同情、支持二师学生。"子案"发生后，蔡元培、蒋梦麟二人认为学生排演新剧，未有侮辱孔子情事，孔氏不应小题大做。7月初，当何思源以商量筹办青岛大学为名邀请其师蔡元培、蒋梦麟及马寅初到青岛共商对"子案"的应付办法时，蔡元培又对何思源说："反动势力很难消灭，处处都能遇到，你应该下决心坚持抵抗，决不让步。"

因何思源对"子案"拖着不办，几天后，孔祥熙、张继又在国民党中央常委会上，对何思源提出弹劾。

在此形势下，何思源只得委派省教育厅督学张郁光，以他的名义陪同朱葆勤赴曲阜调查。调查结果，认为孔氏所控三点，均查无实据，学生并无侮辱孔子言行。据此调查，教育部发出第952号令，指出宋还吾及学生"尚无侮辱孔子情事，自应免予置议"。对此，孔府不服，再具呈告。

开庭了，原告上来的是孔繁朴、孔传垍、孔继伦等一些六七十岁的白胡

插 图

老头子,被告却是六七个十岁上下的小孩子。原来,他们是二师附小的学生,经过二师师生的精心安排,冒名顶替来打官司的。法官提问喊的是二师学生孔昭义,上堂来的却是九岁的小学生孔宪鹏。上得堂来,一问三不知,连提问几个,都是如此。当问到两个稍大些的孩子时,他俩就和孔繁朴等在法庭上辩论起来。

孔繁朴等人说:"你们演剧侮辱圣人,该当何罪?"

小学生说:"编剧本的没罪,为什么演剧的就有罪呢?"

孔繁朴等人又说:"你们祭孔时为什么不穿祭天服?"

小学生反问:"国家叫我们穿中山服,你们叫我们穿祭天服,我们是服从国家,还是服从你们?"

人虽小,但言辞犀利。孔繁朴等人张口结舌,无言以对,狼狈不堪。法官也哭笑不得,斥责他们:"你们这些六七十岁的老头子告一些几岁的娃娃,不怕人笑话?"

输了官司又丢丑,几个老朽气得两眼昏花。孔繁朴当场气得不能动弹,被人用躺椅抬了下去。

鲁迅先生一直关注着"子案"事态的发展,他曾一针见血地指出:正是因为"圣裔"们的特权的压迫,"使那里的非圣裔的青年们,不禁特地要演出《子见南子》"。"子案"基本结束后,鲁迅于8月21日将全案过程中十一篇公私文字收集起来,加上"结语",在《语丝》发表,作为揭露反动派镇压革命的生动材料。

何思源在《子见南子》案里,看似柔弱的书生,但他柱立中流,蔑睨权贵,不为蒋介石的权力所拘,一如既往地把"五四"精神贯彻下去,即使他侧身官场,依然热血书生。他有一股书生的痴气,在官场流动,使民国山东的教育有了自由的空间。

三

何思源作为一介书生,当民族危难的关头,他选择的是以身赴难,表现出了曹州人的独有的侠气。韩复榘被蒋介石处死后,何思源作为教育厅厅长到了鲁北,负责指挥鲁北游击队,当时从济南到渤海湾的鲁北平原都属于何思源的地盘。何思源先收编那些土匪,显示了何思源的过人胆识,他一人骑着自行车,到土匪的营地,那些土匪见了他,都说"老厅长来了"。

在抗战的那些日子里,何思源数次遇险。1942年1月14日,日军动员山东河北几千兵力、几百辆汽车包围何思源,日军拿着照片,和何思源对面走过,但是没有认出。还有一次,敌人知道了何思源的住处,集中兵力要活捉何思源,但何思源获得了情报,由别人驾着走亲戚的骡车接走何思源。到了庄外,车夫把车鞭交给何思源,何思源成了车夫,跳出包围圈。因为敌人知道何思源是骑马作战的,但没有想到,何思源是一个车夫。日本人抓不到何思源,于是就想出一个恶毒的办法,用人质来对付何思源。

1942年1月1日,侵华日军宪兵队伙同天津意大利租界当局,将何思源的夫人何宜文和子女四人突然逮捕,随即押往鲁北惠民县城,以此胁迫何思源投降,日本人扬言何如果归顺,南京的部长或山东的省长任其选择,否则就将其家属杀掉。这便是当年曾轰动一时的"人质事件"。

抗日战争爆发后,国民党的大官很多把自己的家属撤退到大后方,但何思源没有钱,就把夫人和孩子放到距离鲁北较近的天津的租界。当时何思源的夫人何宜文带着四个孩子,最大的孩子8岁,最小的孩子4岁。

人质事件发生后,何思源很快就作出了反应。他认为自己作为一名主政一方的抗日领导人,尽管家属已被日军扣为人质,但绝不能示弱,一定要强硬对待,否则就会落入日本人设下的圈套。于是他马上将详情电告重庆政府,要求政府通过外交途径向意大利驻华使馆进行交涉,另一方面,他向各大报馆、教会、学校、慈善机构、各国驻华使领馆、南京汪伪政权反侵华日军总司令发出通电,揭露日本军方不顾国际公约,在战争中擅以妇女儿童做人质的暴行,并特别指出意大利租界当局对这一事件负有严重责任,如果事情得不到正当解决,他将采取严厉的报复措施,对此一切后果均由意大利方面负责。正在这时,日本人给何思源送来一封劝降信和一张何的家人在日本宪兵队的大照片,信中说要派重兵包围鲁北行署驻地,并且把何夫人和孩子放在部队的前面,如果进行抵抗,就先打死他们。何思源接信后马上在驻地举行了军民集会,集会上何思源大义凛然、慷慨陈词:"现在我们和日本之间只有战争,没有其他话可说。日本不过虚张声势,垂死挣扎,其失败已为期不远。至于我的家人已陷敌手,生杀在于他们,但如果认为以此要挟可以迫我就范,那他们完全看错了。今天的会议,就是我对日本人的回答。"说罢将日方的劝降信当场撕得粉碎。

在战争年代,何思源与妻子儿女天各一方,现在卑鄙的敌人拿手无寸铁的女人和孩子要挟,他怎能不对对手的卑劣义愤如火?何思源决定采取反人质的方法,以眼还眼,以牙还牙。他把在鲁北的意大利传教士和修女全部逮捕,共70人,秘密关押。因为何思源的夫人是法国人,何思源的夫人是在意大利租界被逮捕的,于是一场牵扯四个国家的人质事件轰动了国际。

在人质事件中,何思源牵挂着亲人,但他知道,他越强硬,亲人的安全越有保障。日军如果杀何思源的一个亲人,何思源说就会杀十个意大利人。

"人质事件"一经曝光,舆论立时大哗,社会各界纷纷指责日本侵略者的卑鄙行径,向何思源一家发出声援。国民党政府外交部也照会意大利政府,对意租界的助纣为虐之举提出严正抗议。何思源积极动用各方面的力量,他派人用重礼找到汪精卫伪政府的立法院院长陈公博,让他协调,陈公博是何思源的留美同学,于是陈公博也就答应下来。迫于各方面的压力,日军总司令只好答应在1月26日前把何宜文等人送回天津。但狡猾的日本人不甘心就此罢休,又以旅团长松井的名义送来一信,信中说:现决定14日把何夫人和孩子送济南转天津,途经清河镇,希望何思源到此与家人一聚。但据何思源在惠民伪军中的内线报告,日本人已从山东、河北等地调集重兵,想借此事稳住何思源,然后南北夹击,将何部一举歼灭。何思源当机立断,立刻率部连夜安全转移,让日寇一无所获,空手而归。当时何思源正在病中,他让卫队骑着马向另外的方向疾走,自己则迎着敌人坐着大车从敌人眼下走脱。

在日本人押着何宜文到处捉拿何思源的时候,在姓丁的看守的安排下,姓丁的头目和日本人喝酒,何思源和夫人何宜文见了一面。后来何思源说那些日本兵是傻种,最后技穷的日本人只好将何宜文和孩子送回天津。在人质事件里,何思源的书生气是一种天不怕地不怕的刚正,谁说"百无一用是书生"? 在民族危亡的时刻,何思源把自己的性情和胆识化做担当的道义,化做精神,他不是那些一头扎在书堆里的人喊作"书蠹"的书生,他是那样的慷慨大气。

莫谓书生空议论,头颅掷处血斑斑,何思源是有大义在胸的人,他后来背离蒋介石,不愿为一家的私利而害国家,毅然和蒋介石决裂。在蒋介石的爆炸暗杀中,一女死掉,自己负伤,但他还是痴气不改,走自己选择的路。他在意自己的个人得失,他和那些官场的"冠冕满台皆奴仆",把国家民族的大义抛到天边的人形成了巨大的断裂。但是这样的书生,现在是愈来愈少,一个拥有独立人格、能够自由思考、有信仰、有操守、真诚待人的书生,在电脑时代,怕是秋日的黄花了。

梁漱溟与曹州

有人把梁漱溟先生定位为最后一个儒家,我想这不是从著述而言,虽然梁先生也有文字传世,但这是从立身的大来讲,从虽千万人吾往也的儒家人格来讲,即使处危局处乱世横世,也不降身以求,奴颜婢膝,把自己轻易卖掉。大丈夫慷慨入世,以不变通应世,在外人看是愚,是不知脸色不懂颜色,这样的不苟且阿世的铮铮骨气,直如李贺写的那匹瘦马,从唐代走来,瘦骨嶙峋,在庸凡人眼里,这只不过是匹筋疲力尽的瘦马耳,但在通马之人看来,定会悲老马之遇,满含热

梁漱溟先生晚年近照

泪"向前敲瘦骨,犹自带铜声"。是啊,尽管这老马被恶顽的境遇折腾得不成样子,却仍然骨带铜声,从千年前的唐代,走过宋走过元,走过明清走到现代。

关注梁漱溟先生经年,而最近二载在写作《梁漱溟与曹州》的时候,曾阅读搜集了许多梁漱溟的材料,渐渐形成了内心里清晰的梁先生的形象。但怎样以一个词概括梁先生叙述梁先生,颇费踌躇,每个词都有漏洞,也许,用"真人"这个词来概括梁漱溟先生是稍稍恰切的,但这"真人"非道家餐霞饮露的真人,而是一种儒家的从心所欲不逾距,道家的逍遥游和佛家的大自在的及身而化的一种境界、一种高格,不在俗谛的范围。

人们说梁漱溟狂。确实狂。其实狂是原初的儒家所推崇的做派,这一

派血脉来自夫子孔丘和夫子孟轲。《孟子》里满目触碰到的是"万物皆备于我""天将降大任与斯人也""欲平治天下,当今之世,舍我其谁也"这样男人气的豪言壮语。孔子也有这样的话:"不得中行而与之,必也狂狷乎!狂者进取,狷者有所不为也。"按照夫子的意思,如果能兼有狂者和狷者的长处,取中行之道,这是最好;若不能这样,退而求其次,或狂或狷,不也是圣人之行吗?夫子痛恨的是乡愿小儿,无操守,无人格,无底线,当利益一来,如蝇嗜血,如饿犬逐骨。

1924年,泰戈尔来华,梁漱溟向印度的大哲介绍儒学之ABC,对狂狷的意蕴加以自己的诠释、自己的体悟,他告诉泰氏:"狂者志气很大,很豪放,不顾外面;狷者狷介,有所不为,对里面很认真。好像各趋一偏,一个左倾,一个右倾,两者相反,都不妥当。然而孔子却认为可以要得,因为中庸可能,则还是这个好。其所以可取处,即在各自其生命真处发出来,没有什么敷衍迁就。……狂狷虽偏,偏虽不好,然而真的就好——这是孔孟学派的真精神真态度。"

好个真精神真态度,我们从这里可以看出梁漱溟人生的真途径,由此来抵达先生内在的深处,是最好的观察口。

于是,我们看到梁漱溟"吾曹不出如苍生何"的激扬文字。于是我们看到1942年,梁漱溟从沦陷的香港只身突围,一路惊险,别人都在为他的生命安危担忧,但梁本人却镇定自若非常自信,他说:"我相信我的安危自有天命。今天的我将可能完成一非常重大的使命,而且没有第二人代得。从天命上说,有一个今天的我,真好不容易。我若死,天地将为之变色,历史将为之改辙,那是不可想象的,乃不会有的事!"

而作为一个从乡村(从梁漱溟先生曾思考过,实验过,流过泪,有过忧思,多年拳拳挂念的曹州乡村)走出来的人来说,接触到梁漱溟这个名字,还是在少年时候的1977年,那时虽然"文革"已结束,街街巷巷还有很多的"文革"遗风,当小镇在集市上敲锣打鼓庆祝《毛泽东选集》第五卷发行的时候,正是麦子割下,父老劳碌的时分,我知道了梁先生。毛主席的文章白纸黑字印刷的《批判梁漱溟的反动思想》,那里列举了梁漱溟的十五条罪状,真是气盛言宜,如惊涛裂岸。记得在初中曾学习《战国策·秦王使人谓安陵君》,上面有秦王发脾气:天子之怒,伏尸百万,流血千里。

作为小人物的唐雎说:"大王尝闻布衣之怒乎?"

秦王说:"布衣之怒,亦免冠徒跣,以头抢地尔。"

唐雎说:"此庸夫之怒也,非士之怒也。夫专诸之刺王僚也,彗星袭月;聂政之刺韩傀也,白虹贯日;要离之刺庆忌也,苍鹰击于殿上。此三子者,皆布衣之士也,怀怒未发,休寝降于天,与臣而将四矣。若士必怒,伏尸二人,流血五步,天下缟素,今日是也。"秦王与唐雎的延争与毛泽东和梁漱溟的争执是不好比附的,这两个人是朋友,都是以关注农民而走上了不同的拯救农民的路数,虽结局各异,但不能以成败论。在毛梁的这次争执中,我们看到:两个人的脾气都不小,也可见出雅量与水准,是棋逢对手,虽然不像在延安的窑洞里,毛泽东曾和梁漱溟彻夜长谈时候的争论,但中华人民共和国成立后的北京不是延安,就像毛泽东给柳亚子的诗里,"莫道昆明湖水浅,观鱼胜过富春江!"

延安窑洞,毛泽东在1938年一见梁漱溟就说:"梁先生,我们早就见过面了。你还记不记得,民国七年在北京大学,那时你是大学讲师,我是小小图书管理员。你常来豆腐池胡同杨怀中(杨昌济)先生家串门,总是我替你开大门。"梁漱溟在1986年回忆说,1938年与毛泽东在延安长谈六次,其中两次通宵达旦,虽"相争不下,直至天明,谁也没有说服谁",然而毛泽东"轻松自如,从容不迫。他不运气,不强辩……明明是各不相让的争论,却使你心情舒坦,如老友交谈。"

1928年的毛泽东是北大的图书管理员,当时毛泽东没有和梁漱溟争论的机会;1938年的延安窑洞,毛梁二人,虽争执,但颇愉快;而1953年的争执,毛泽东的语言如雷霆之怒,驾雷挟电,如惊涛裂岸。即使现在我们看《毛泽东选集》第五卷里的文字,很多地方也能见出当时的火药味:梁漱溟先生是不是'有骨气的人'?他在和平谈判中演了什么角色?梁先生自称是'有骨气的人',香港的反动报纸也说梁先生是大陆最有骨气的人,台湾的广播也对你大捧。你究竟有没有骨气?如果你是一个'有骨气的人',那就把你的历史,过去怎样反共反人民,怎样用笔杆子杀人,跟韩复榘、张东荪、陈立夫、张群究竟是什么关系,向大家交待交待吗!他们都是你的密切朋友,我就没有这么多朋友。他们那样高兴你,骂我是'土匪',称你是先生!我就怀疑,你这个人是哪一党、哪一派!不仅我怀疑,还有许多人怀疑!"

"讲老实话,蒋介石用枪杆子杀人,梁漱溟是用笔杆子杀人……伪装得最巧妙,杀人不见血的,是用笔杀人。你就是这样一个杀人犯。"

"梁漱溟反动透顶,他就是不承认,他说他美得很。他跟傅作义先生不同,傅先生公开承认自己反动透顶,但是傅先生在和平解放北京时为人民立了功。你梁漱溟的功在哪里?你一生一世对人民有什么功?一丝也没有,一毫也没有。而你却把自己描写成了不起的天下第一美人,比西施还美,比王昭君还美,还比得上杨贵妃。"

这样的语言正是毛泽东的语言风格,直白有力,这样的语言风格曾折服胡适,连胡适都说白话文写得最好的是毛泽东。

这是《毛泽东选集》里的句子,当时在乡间读到直觉过瘾,心想是什么恶毒的语言让毛主席老人家发这么大的火,气着老人家,全国人民怎么办?当时是看不到梁漱溟的只言片语,到底梁漱溟用什么言语、什么观点,能这么激怒了伟大领袖,少年时的我觉得这老头实在可恶。直到多年后,我才看到了材料,这时觉得梁漱溟有点像鸡蛋对着一堵石墙,是一个人与一群人的争执。鸡蛋无疑是弱小的,但鸡蛋无疑也是生命,梁漱溟坚定地站在了鸡蛋这一边,成为一枚鸡蛋,成为石墙下的蛋。

《毛泽东选集》里《批判梁漱溟的反动思想》一文,是根据毛泽东9月16日插话和9月18日的插话整理而成。对于毛泽东的这篇文章,梁漱溟后来曾有过这样的评论:"一是有些内容在我的记忆中并没有,不知是怎么加进去的;二是本来是毛主席的许多插话,不是在一天讲的,现在串起来变成一篇完整的讲话和文章了。"

毛泽东出身农家,对农民在骨子里有一种亲近,后来还是依靠农民兄弟坐上了江山,梁漱溟年轻时曾有多年在山东的曹州邹平搞乡村建设,梁

漱溟是因为农民问题和毛泽东发生了争论，我不知道梁漱溟最早接触农民是在什么年月，但在曹州槐坛演讲时，他说到曹州的农民，说到那些农民的悲苦酸辛。那是1923年的夏天，梁漱溟来到曹州，由于天气炎热，他就在一棵大槐树下为同学上课，有时太阳炙烤得厉害，索性就脱掉长衫，光着膀子讲演。这棵槐树是唐代的孑遗，唐槐的主干极粗，够两人合抱，主干高出地面齐腰处，有一个椭圆形的大窟窿，在撑出的丛丛如盖的绿荫间，往窟窿里瞧，似乎里面仍蕴藏着许多尚未做完的梦。唐人李公佐的《南柯太守传》中，有淳于棼的游侠居广陵，宅前就有一棵大槐，淳常邀众友槐下豪饮，一次豪饮过度，飘然入梦……而这棵在曹州省立六中校园的槐树储存着多少人的梦呢。这里原本是曹州府衙，这古槐的年轮里一定记下《老残游记》里暴虐的毓贤曾在此杀人如麻。其实梁漱溟何尝不是一个在世间做梦的人。这棵树够年岁够枯槁，但很多的人是否想着它在唐代的高度呢，曾经占领唐朝天空的槐树啊，她也曾有过梦吧？这省立六中的人在槐树下也筑了一个坛，如夫子的杏坛，在槐坛下梁漱溟如夫子在杏坛，侃侃如也。当时的六中校长是山东四大教育家的丛禾生，他在晚年的《鸿泥自忆》里记载下了这件盛事，并还透露了梁漱溟先生到曹州府下的郓城陈坡学生的村庄读书的事情，这就为他在数十年后的"大跃进"凋敝的年份，来到郓城看望农民种下了兰因絮果。丛禾生《鸿泥自忆》记载：

癸亥民国十二年，四十九岁。春，梁漱溟赴陈坡读书（梁对亚三为人，甚为感报，且欲实地观察乡村情形，故有此举）。夏，来校演讲，设讲席於槐坛（当时常以此与礼堂，同为演讲重地）。

槐坛。

古槐连抱上参天，历劫心空不计年。晚有北楼依树起（楼系前清府署时物，何时建筑，不知其年），焚香展拜奉槐仙。礼堂改建留余地（自民国废府，即以此署全地址归中学，当时以楼改做礼堂，而人数增多礼堂须更扩大，佥议将后墙向外开大，而余不忍伐此古树，故指挥匠人将左右后墙外开，中一间后墙则以槐下为限。内缩二三尺，为保存老槐也，并为培土筑台，台下四周，约以半圆形之坛围护之，即槐坛）。

犹幸勿伐天年延，筑坛其下说诗礼，洙泗遗泽流涓涓，是谁传来北鄙声，礼义诟病功利先。从兹槐坛顿冷落，花坛却筑大门前，炎炎大言满墙壁，虚堂镇日少诵弦。吁嗟乎，古槐无心心自远，只愁花好不常妍。

梁漱溟故居

这篇演讲是崔万秋记录的，在演讲中，梁漱溟忆起住在曹州府郓城、其弟子陈亚三家里时看到的情景："我这次在陈坡(郓城县城西南三十五里之一乡村)住，有一天吃完晚饭，出在门外闲立，看见那么矮矮的三四岁小孩和白发的老头，正在拿着黑红色的粗粮食在那里吃，我心里就一阵难过，我刚才吃的那白面馍馍，好饭食，怎么不给这小孩和老头吃？这么小的小孩，是社会上人人应当保护他，好好养他的；这么老的老头，是社会上人人应当尊敬怜惜的，他老了，须要滋养的东西养他的。然而现在那小孩老头却没得吃，而我一个壮年人偏偏有得吃，这是什么道理？"

据崔万秋记载，梁漱溟讲到此处的时候，潜然泪下，听者莫不寂然无声，垂首掩泣！梁漱溟停顿了许久，慨然而叹："这真是不合理的！"

也许梁漱溟后来关注乡村的种子在此时种下了，以后农村和农民成了他一生的牵挂，这就是他认为中国现代化的正确选择决不应该是牺牲农村、农民和农业而发展畸形的城市、畸形的工业的心理基础了，于是梁漱溟说"农民生活在九天之下，工人生活在九天之上"，来和毛泽东在公开场合发生冲突了。

1953年9月11日下午，在中央人民政府委员会的一次扩大会议上，作为政协委员的梁漱溟，以被邀者身份走上主席台，在说完客套话之后，梁漱溟话锋一转，矛头直指自己所关心的农村和农民问题：

"有人说，如今工人的生活在九天，农民的生活在九地，有'九天九地'之差。这话值得注意。我们的建国运动如果忽略或遗漏了中国人民的大多数——农民,那是不相宜的,尤其中共之成为领导党,主要亦在过去依靠了农民,今天要是忽略了他们,人家会说你们进了城,嫌弃他们了。这一问题,望政府重视。"

不料,梁漱溟以"农民代言人"的姿态触怒了也是搞了半辈子农民运动、出身农家的毛泽东,毛泽东的反应是激怒一样的强烈:"有人不同意我们的总路线,认为农民的生活太苦,要求照顾农民,这大概是孔孟之徒施仁政的意思吧……有人竟班门弄斧,似乎我们共产党搞了几十年农民运动,还不了解农民? 笑话! 我们今天的政权基础,工人农民在根本利益上是一致的,这一基础是不容分裂、不容破坏的!"

梁漱溟随后写信,要求向领袖澄清事实,但对方频频泼过来的话却是:"人家说你是好人,我说你是伪君子!""你提出所谓'九天九地'……这是赞成总路线吗? 否! 完全是彻底的反动思想,这是反动派的建议。"

18日,在一片汹汹攘攘的批驳声中,梁漱溟狂狷的姿态,不肯服输的强项的声音又一次回荡在会场:

"各位说了那么多,今天不给我充分的时间是不公平的。……同时我也直言,我还想考验一下领导党,想看看毛主席有无雅量……"

毛当即回答:"你要的这个雅量,我大概不会有。"

梁仍不甘心:"主席,您有这个雅量,我就更加敬重您,若您真没这个雅量,我将失掉对您的尊敬!"

"这一点'雅量'还是有的,那就是你的政协委员还可以当下去。"

"当不当政协委员,那是以后的事。我现在的意思是想考验一下领导党,因为党常常告诉我们,要自我批评,我倒要看看党的自我批评是真是假……"

当然,场上的那些观众不会无动于衷或保持中立,梁的声音被一阵阵狂愤的呐喊所打断:"不听梁漱溟胡言乱语!""民主权利不给反动分子!""梁漱溟滚下来!"

最后大会举手表决是否给梁漱溟发言的机会,少数人举手给梁漱溟发言的机会,多数人都举手轰梁漱溟下台。很少有人站在鸡蛋这一边,但很多举手轰梁漱溟下台的人,在1957年的"反右"时,有几个幸免呢,试看剃头者,人也剃其头。农民是弱者,在这次发言的争执中,为农民代言的梁漱溟是弱者。而很多人的根子是农民,但这些人却鄙夷起脚下的泥土,鄙夷起养活了历史养活了炊烟的泥土,从农民的草屋子里走出,再也想不起草屋子的庇护和温暖。

梁漱溟真是太天真了,犹如孩子处子。很多的人转向了,学乖了,政治生态的转变和持续的政治运动如秋雨连绵,把知识分子的真性情洗刷掉了,如一块木头洗掉了颜色,或者沤臭,很多的人推举以"外圆内方"处世,而更多的人则从规规小儒后退而流于乡愿,国家事管他娘,如孟子所痛恨的"非之无举也,刺之无刺也,同乎流俗,合乎污世,居之似忠信,行之似廉洁,众皆悦之,自以为是,而不可与入尧舜之道"。多少头颅高昂的知识分子,多少青眼白眼,现在只有了低眉顺眼,经过"脱裤子洗澡",知识分子的尾巴没有了,尾骨也没有了,那里只是倒抽凉气的洞,连脊骨都透出的是冰碴子,直到喉头。罗素看得很清,他说有三条可以去除你的自由的东西,教育宣传和经济压迫。知识分子就是毛,毛要依附到皮上,就像有人警告顾准,再不听话不让你吃饭。很多的知识分子没有了锐气,也没有了脾气,何论那种纵意西风的豪气狂气,荡涤去了"富贵不能淫,贫贱不能移,威武不能屈"的大丈夫气概,在权势面前就只有谦卑和怯懦,就只有逢迎和嘻哈,只有今天天气哈哈哈了。

但梁漱溟,还是一路狂下去,这自然就有了同毛泽东的当面顶撞。其实所谓的争论,到最后不是争的是非曲直,而是争的一种个人的权利,能有雅量让不同的声音透出来的一种权利,但梁漱溟错了。个人在这个时代是多么的渺小,这是强调集体的时代,集体的合唱就会把个人的声音淹没了,你要拒绝合唱那只有沉默,梁漱溟沉默了,一连几年也没有再听到他孤独的声音。

到了"大跃进"的时候,这时的曹州府已变成了菏泽地区,并且合并到济宁专区,1960年3月12日上午,梁漱溟乘坐由菏泽地委派的吉普车来到郓城,他三十多年前曾到过的地方。当时的郓城县委正在大力批判"右倾

1938年，梁漱溟与毛泽东在延安

机会主义分子"鲁成，鲁成曾任郓城县的县长，因反对遍地的浮夸风以及所谓同情"右派"的问题被撤职靠边了，因此对于梁漱溟这样一个既特殊又敏感从北京来的人物，在接待的时候分寸就很难拿捏，有关部门感到非常棘手。为防止靠边的县长借机喊冤闹事，就将鲁成先关进县公安局，这样，大墙内无论你呼喊，还是顿足，咫尺之外的梁漱溟就听不到了。而梁漱溟到郓城后，也没有住进当时一般按照接待领导或者上层来人住的县政府招待所，而是被安排到县政府内某一干部的房间居住。为防止意外，县政府派人带枪随身保护，即使梁上厕所也守在门口，围拢得连水也泼不进，只差不把梁漱溟罩起来。笔者没有查到1960年菏泽郓城的情况，我知道，在庐山会议上，彭德怀元帅的万言书里，曾写到了菏泽饿死人的情况，但笔者查到梁漱溟到菏泽郓城的一年前，山东省委第二书记谭启龙1959年3月23日，从郓城接壤的巨野给第一书记舒同的信。其中写道：

近三个月来，很多地方没有人干活，有的虽然下了地也是应付应付，效率很低，巨野一个队24个人一天只浇一亩麦子。全县72万亩耕地现在只耕了22万亩……牲畜死亡仍未停止，原有23000头，死了5000头，还有瘦弱的，现在能使用的仅有2100头。……巨野、单县、曹县挖麦苗吃的现象相当普遍，有些丰产田的麦苗也被挖掉吃了。

郓城县发生抢粮库事件130多起，有10000多人参加，抢去粮食19万多斤。昨天早晨宋江公社又有50多人集合准备抢粮。

金乡县共62万人,据他们汇报,有42万人需要救济。前天往单县运的29000斤粮食,行至金乡被抢走了13000多斤,有100多人伪装成挖野菜的,见运粮车来了就一拥而上……

这样的情况不是个别的。由于措施失当,生产没有安排好,现在除了挖麦苗剥树皮吃以外,巨野把枕头里的糠也扒出来吃了。田桥公社榆树皮四角钱一斤,饼干一角钱一片。有些人饿得脸已经变了颜色,有的摔倒了爬不起来,全县水肿病人原来4000人,现在12000人。人口外流现象也没有停止,单县枣庄管理区最近每天逃走12人,有一个生产队弃婴6人。有的已经把棉衣卖掉了,现在只穿单裤。巨野县已经发现饿死的。现在群众情绪很不正常,有些人整天愁眉苦脸,有的连脸也不洗了,大小便随地拉,根本无心过日子。

谭启龙1959年4月11日从济宁给舒同的信:

……很多妇女、小孩提篮子挖麦苗,有的树皮也剥光了。牲畜毛猪大量死亡,农具破坏非常严重,单县原有牲畜44532头,死亡10669头,占24%,原有农具58784件,破坏36446件,占62%。

据地委初步统计,最近三个月非正常死亡1200多人(我看不止此数),已发现弃子卖婴58起,单县仅三个月非正常死亡253人,蔡堂一个公社死亡153人,有一个生产队弃婴6人。曹县一个县外逃40000多人(全地区外逃34万人),他们在外面流浪,有的半途饿死,有的自杀,有的晕倒在河里淹死,有的躺在大街上叫喊救命。据了解,仅在河南开封就死亡62人,情景之惨,令人难忍;影响之坏,无法估计。全区水肿病发病人数曾达67万多人,单县4月上旬水肿病达53000多人,黄后楼一、二排32户260人,患病的达227人,占81%,很多人卧床不起,有的大小便不通,有的肚皮肿裂了口。巨野县刘官屯村共3000多人,有一半以上水肿病,干部还扣着粮食不发。

……造成这种严重紧张局面的原因是多方面的。在所有制问题上不仅是"一平二调三收款",违反按劳分配、等价交换原则,而且还大量侵犯了个人生活资料所有制。例如,"猪羊大集中,粮食一脚踏(即全部入国库)","苦战两昼夜,完成三脚踢"(即粮食、钢铁、猪羊都大集中)。单县实行穷拉平，全县统一分配。巨野、郓城去年秋收时，只准留三天口粮，其余全部入库，实行"三库合一"（国库、社库、队库），全部变成国库。他们全县较好的大车和大牲畜无代价地划归县运输公司。有的调社员的自行车归干部所有。很多地方将粮、草、菜、砖瓦、木材、锅，全都归了公。各县都有一部分地方实行移村并村，全县几天之内移村714个36140户，占全县总户的三分之一以上。群众说："这比日本鬼子的'三光政策'还厉害。"

山东的"五风"刮得疯狂（所谓"五风"是指"共产风""浮夸风""强迫命令风""干部特殊化风"和对生产"瞎指挥风"）但在1960年的2月27日、3月21日，在由舒同任第一书记的山东省委给中央的报告中说："对于社员的生活安排问题……取得了较为显著的成绩"，虽也承认山东存在水肿、饿死人现象，却把坏事当作好事汇报，报告认为全省"当前形势无限好"，还总结形势无限好的几大表现。

万户萧疏人似鬼，1960年的郓城农村一样是毫无生气，这时梁漱溟的心情是可预料的，他能听到低层的呻吟吗？这里是鲁西南平原，黄壤深厚，无山野之胜，无丘阜之耸，平坦素朴得好像没有特色，天是灰的，地是灰的，面有菜色的父老是灰的，有良知的人还有游览的兴致吗？"大跃进"的农村有什么可游览的呢？梁漱溟最想知道如今的曹州农村是什么样子，但真相却被遮蔽了，果然，好戏就在听取汇报后的就餐时开场了。为招待梁漱溟，郓城县专门从百里外的济宁市购买了虾、海参等高档菜肴，由专人在县政府食堂烹饪。午间梁漱溟看到餐桌上摆满了鸡鸭鱼肉、山珍海味，如此奢侈之宴席竟然出现在1960年的这平原的深处，虽然他听不到外面的啼饥号寒，但梁漱溟的脸色陡然生变，他用疑惑的眼神从陪同人的脸上扫过，像秋冬之季的冷凛的风，尖锐，嘹厉，他说："这样丰盛的宴席，真香呀。县里这要破费不少的钱吧？"陪同的不知梁是何用意，就赔着笑急忙回答："郓城是小县，准备仓促，以表寸心，只是尽地主之谊，不成敬意……"梁漱溟开始粗声责问陪同的人："郓城有这样的菜吗？郓城的土里产这些东西吗？现在大家吃的是什么？百姓吃的是什么？你们在县里却大摆宴席，还美其名曰为我接风。"梁漱溟对大厅里等着陪他用餐的县政府的大小官员们说：

"诸位,你们自己慢慢享用吧,我吃不了……"

这大概是1953年后,梁漱溟走出北京,为数不多的一次发怒吧,当时是在庙堂之上,而今在水浒旧地,郓城县有关陪同的人想必也没有料到梁漱溟竟然会这样使出性子,这样不给他们面子。那些陪同的人面面相觑,不知如何收场。

梁漱溟说完,掉头就退出了餐厅。陪同的人慌忙紧跟在后面道歉,郓城是小地方,唯恐招待不好,影响梁先生的健康,表示以后不再这样,由梁自己点菜。梁漱溟朗声地说:"由我点菜,那只吃白菜豆腐!外加烤红薯!"

此时的中国的大地,饿殍遍野,无论老幼恐怕都不能免于匮乏,大都陷于饥饿的威胁里。在刚刚视察过的菏泽的乡下,梁漱溟亲眼看到农民家里吃的是又黑又硬的草籽,虽是春天了,但很多父老身穿棉衣却还是冻得直打哆嗦,没有火力的身子骨在春风里竟也禁不起折腾了,梁漱溟内心的酸楚可以从他冷峻的神态里看出。他知道郓城的百姓绝不可能比菏泽百姓生活得更好,但从这大摆宴席的举动看,郓城方面对他的视察看来是早有准备的,街道没有了要饭的,也没有了浮肿的人,一切都像做戏,一切都在虚空里。

果然,当天下午,在郓城县领导的陪同下,梁漱溟去乡下视察时,在街上看到有小孩在吃油炸丸子,这在大饥荒的年代绝对是罕见的场景。梁漱溟就问孩子这油炸丸子的来历,天真无邪的孩子说这是生产队发的。当时的1960年的春天农村还实行公共食堂制,以生产队为单位。又有一小女孩说,今天上面当官的要来看看我们吃得好不好,所以发丸子。孩子的话令梁漱溟悲哀,但更让他心酸的是这时有人说起了顺口溜:

节节草(当地的一种水草,三年困难时期被普遍用来充饥),

拉弦子,生产队里炸丸子。

大人仨,小孩俩,生产队长用碗挖。

赶快吃,赶快咽,别让社员看得见。

说顺口溜的人可能不知道,他所面对的是谁,他的话又在梁漱溟的心中激起怎样的波澜。但随后梁漱溟竟然看到了这样荒诞的景象:四五十个农民拉一辆牛车,车上装着农家肥。梁对此不解,陪同者解释说,这是社员劳动积极性高的表现。

梁问:"那牛呢?"

回答是:"生产队里正在让牛长膘,不忍心用。"

其时生产队里的牛大多羸弱,站立不起来,或者就死掉了,这样用人代替牛让牛长膘看似多么"牛道",却是美丽的谎言。

看不到真相,一切为了视察而装扮,一切的装扮为了视察,这样所谓的视察还有什么价值呢,梁漱溟沉默地回返到县城。但令他想不到的是,他的视察已经给有关方面带来麻烦——他们已经决定要让他赶快离开!就在梁漱溟回到县城后,郓城有关方面立即与菏泽地委联系,表示梁在郓城只会添麻烦,不如让他提前回去,并建议说可以北京来电话让其回京开会的名义骗梁走。对于这样低等的谎言,菏泽地委提出让郓城县方面去对梁说。梁听后感到疑惑,说从北京来时没有听说有什么会要开,并坚持要再看一天——虽然梁漱溟也很清楚,他的视察不会给这里的农民带来任何好处,也不能影响有关方面的农村政策,他的坚持与其说是一种姿态,不如说是一种精神,一种无奈,一种蕴涵悲凉的选择。

回吧,还是回去吧,田园已芜兮,何处归? 在由郓城返回菏泽途中,梁漱溟于黄安公社稍作停留,为的是看看30年代"重华书院"(其石制校匾至今仍在)的故址。在喝茶时,梁说:"我这次来是看一看一个小指头的问题,看来这个小指头的问题还不小。"临上车时,梁口占一绝:

> 郓城历史有千年,
>
> 春秋战国古城垣。
>
> 东临阿泽西结鄄,
>
> 孙膑宋江生其间。

梁一生极少作诗,他的心思不在雕刻辞章,不在平平仄仄的声韵,如果说梁漱溟是诗人,那他的血液的上游是杜甫,他用血在大地上写民生多艰的诗行,但如今是什么触动了他的诗思? 是民瘼,是民生? 从他这短短的四句吟诵中,从他着意拈出孙膑宋江这些身处乱世的豪杰,菏出阿泽即古水泊梁山，我们是不是可以感悟到一些字外的东西呢！郓城历史上以民风刚烈著称，多的是响马，多的是蟊贼，可以喋血，可以刀上求生存，水泊不远，梁山很近，这里面有透着梁漱溟先生深广的忧思吧。

梁漱溟是一个异数，也是一个余数，很多的体制就好像一道四则运算，思想意识大多被整合归位，但是最后还剩下一些因素，通过最后一道除法，怎么也除不尽，成了一些除不尽的"余数"。这些小数点后的余数，造成一些别样的情怀、别样的风景，梁漱溟就是没有被淘洗净的一个余数。

他经历了太多的沧桑和磨难，但似乎并没有使他改变什么，他没有被四则运算整除掉，在晚年，他依然是那样的矍铄地狂放，一样的率真，没有渣滓，如琉璃般明净。他一直到死都不曾世故过，都没有学会乡愿。无论做对做错，人格总是透明的，始终不失其单纯的赤子之心。他的个性是执拗的，当"批林批孔"人人都附和着时势、鹦鹉学舌时，他老人家偏偏要站出来为自己一直崇拜的孔子辩护。有人说他有百分之九十九的同意也非要把剩下的百分之一争个明白，这正证明他的迂直。在那个充斥着假话的年代里，梁漱溟像安徒生童话《皇帝的新衣》里的孩童，说出自己眼睛——没有被阴翳蒙蔽的眼睛看到的一切。

让人惊世骇俗的是，当人们问梁漱溟被批斗的感想时，梁漱溟几乎是脱口而出："三军可夺帅也，匹夫不可夺志。"这一时刻的梁漱溟让人想到当伽利略被罗马教廷判处终身监禁时，这位体态虚弱、诸病缠身的科学巨匠，口中仍在喃喃自语："可是地球仍在转动。"七年后，他双目失明，但他心中仍然相信存在一个无限的宇宙，仍然相信地球在转动。梁漱溟在此刻还是那么地坚持自己，让人想到二十年前那次与毛泽东的争论。是啊，梁

梁漱溟纪念碑

漱溟坚信自己没有错，他对自己的卑弱十分清楚，但他没有缩身没有缩头，没有像一般的儒家那样，面对险恶，可以以退为进，改守犄道。但梁漱溟毕竟是梁漱溟，他是儒家，却没有把儒家的那套看家的"中庸"习到手。在他的衰年，依然是面对着气势汹汹的逼问，他慨然回答："'匹夫'就是独自一个，无权无势。他的最后一招只是坚信他自己的'志'。什么都可以夺掉他，但这个'志'没法夺掉，就是把他这个人消灭掉，也无法夺掉！"

这让我想到了日本作家村上春树在2010年初获耶路撒冷文学奖时发表的著名"墙蛋说"：

"假如这里有坚固的高墙和撞墙破碎的鸡蛋，我总是站在鸡蛋一边。是的，无论高墙多么正确和鸡蛋多么错误，我也还是站在鸡蛋一边。正确不正确是由别人决定的，或是由时间和历史决定的。假如小说家站在高墙一边写作——不管出于何种理由，那个作家又有多大价值呢？"

"……轰炸机、坦克、火箭、白燐弹、机关枪是坚硬的高墙。被其摧毁、烧毁、击穿的非武装平民是鸡蛋。这是这一隐喻的一个含义，但不仅仅是这个，还有更深的含义。请这样设想好了：我们每一个人都或多或少分别是一个鸡蛋，是具有无可替代的灵魂和包拢它的脆弱外壳的鸡蛋。我是，你们也是。"

"再假如我们或多或少面对之于每一个人的坚硬的高墙。高墙有个名称，叫做体制（System）。体制本应是保护我们的，而它有时候却自行其是地杀害我们和让我们杀人，冷酷地、高效地、而且系统性地。"

中国有以卵击石的成语，那成语带有贬义，是不自量力的亲族，和这个成语相近的还有螳臂挡车，但我们从村上春树的演讲里，可以感受到做一个鸡蛋的凛然坚忍，也感到那枚鸡蛋带给我们的温暖。

我们说，梁漱溟是一个以苍生为念的理想主义者，也是自己所信仰的躬行者，他是传统的儒生，也有西方知识分子独立不迁的自由秉性和理性觉悟。如果从客卿从士大夫的角度看待梁漱溟，那是不完备的，这也许就是中国知识分子们纷纷易辙更帜的50年代，梁漱溟还那样依然故我、不媚新朝，连远在美国的胡适都大为激赏，敬叹不已的原因吧。

　　梁漱溟是"异数""余数",他坚持自己的余数的立场,敢于不被整合,独立不迁,但更是一枚可敬爱的鸡蛋,他没有加入合唱,也许这样的声音有点刺耳,但这个世界如果只剩下一种声音,那又是多么的可怕。

　　我想,若没了这枚"鸡蛋"的闪光,若没有了这样的余数和异数,我说的是像胡风、马寅初、顾准,那我们的历史该多么乏味,我们知识分子的面孔该多么苍白,那这知识分子给历史的答卷该是多么的羞愧。

　　以鸡蛋和卵击城墙击石头,以螳螂的手臂挡车的生灵们多么不自量力啊,但因为有了这些,我们的历史才多了些亮色,多了些温暖。

　　记得前几年在出版《梁漱溟与曹州》一书的时候,负责设计封面的人从北京打电话征询我的意见,我说就用晚年梁漱溟的一张照片,头戴一顶深蓝色的圆帽,满是沧桑,深邃睿智的双眼透着钢铁一样的锐利。而出版社让我在封面上写几句话,我写下了:威武不屈,贫贱不移,虽千万人吾往矣,不乡愿,不与世俯仰,无论为文还是救世,始终秉天地之正气,凛凛然如霜雪,无愧中国最后一位儒家。

风致风韵 之

那一场大雪飘在八百年前。

那雪是下得紧，如掌如拳，

如片片的鹅羽。

从远处来了一个人影，走近了才看清，

此人"豹头环眼，燕颔虎须，

八尺长短身材"，

人是从戴敦邦绘《水浒人物谱》逸出的吧。

多么传神写照的一幅"夜奔"图啊：

毡笠腰刀，花枪葫芦，斜身蹒行。

身外四周虽没怎么点染，

却让人觉得雪紧风劲。

也唯林冲这样的孤独者才配得上这样的空间，

耸肩缩首，负冤衔屈，

苦寒中另有一股英气。

雪夜上梁山

男儿脸刻黄金印　一笑身轻白虎堂

——聂甘弩《咏林冲》

林冲画像

我有很长时间，曾在夜间到梁山为生活奔波，有时霜雪遍地，有时残月挂枯枝，夜奔，真的是夜奔，夜行的驿车，叮叮咚咚的，本来昏昏睡睡，但一到梁山就醒来，真是奇怪，像惦记着什么。不是红拂夜奔，有那奇女子在夜间到旅馆投奔，是一辈子的造化和激荡，但一想到夜奔这词，心里莫名激动。词也是有体温和声音的，词也有机缘，人到了中年才深深理解夜奔的无穷的丰富。

那一场大雪飘在八百年前。那雪是下得紧，如掌如拳，如片片的鹅羽。从远处来了一个人影，走近了才看清，此人"豹头环眼，燕颔虎须，八尺长短身材"，人是从戴敦邦绘《水浒人物谱》逸出的吧。多么传神写照的"夜奔"图一幅啊：毡笠腰刀，花枪葫芦，斜身蹭行。身外四周虽没怎么点染，却让人觉得雪紧风劲。也唯林冲这样的孤独者才配得上这样的空间，耸肩缩首，负冤衔屈，苦寒中另有一股英气。若换了李逵踏雪呢，必坏了宋朝的一场大雪。戴着一顶旧毡帽，一副冷峻的颜面，肩上扛着枪，枪上挑着的不是敌人的首级，而是一个包袱，包袱里面就是这个人的全部家当——一些换

洗的衣物和一些碎银子,他是谁? 他便是京城八十万禁军教头——林冲,而现在却成了一个逃犯,一个任人追讨的逃犯!

应该说林冲是亲近雪的,他把雪当成一种砥砺自己的他物,下吧,你下啊,在沧州的时候,大家还记得风雪山神庙那节。那也是一个雪夜,冬天里取暖的最好方式是回家,但林冲的家呢? 他买了酒。整部《水浒》都是贯穿和飘散着酒香,但酒色和酒性是多么的差异啊。武松的酒是豪情的道具,你这酒不是烈吗,是67度的烧刀子? 不是三碗不过冈吗? 我老武偏要喝上一十八碗。再是鲁智深,智深的酒香缠绕着狗肉和花椒麻翻了和尚的三大纪律和八项注意,只要心里有原教旨,何畏惧肉啊酒啊色等和平演变? 而林冲的酒呢,却是苦的。寒冷的雪中,这匹金黄的豹子,孤独的豹子,金黄的皮不能取暖,而酒是豹子的最适宜的巢穴啊。"好大雪",林冲的这句话从八百年前传来,这是一种英雄末路的孤独的呐喊,是一种面对漫天彤云迎接命运的对未来的期待,是一种对人生低谷最重打击的承受。在听李少春扮演的林冲在舞台上喊出"好大雪"时,我的眼里总是泪花绽开而内心渴望:

按龙泉血泪洒征袍/恨天涯一身流落/专心投水浒/回首望天朝/急走忙逃 顾不得忠和孝/ 良夜迢迢/ 红尘中 误了俺武陵年少/实指望 封侯万里班超/到如今 做了叛国黄巾 背主黄巢

凄凉哀婉,诉尽命运无常。无论林冲还是我们,谁能逃脱命运的巨掌? 这个貌如张飞,身手如赵云,隐忍求全像窝囊刘备的林冲,何尝不是我们自己身上或多或少的影子,性格就是命运。作为八十万禁军教头,武艺高强,无辜善良,本想成为国家的干城,在履历表上写下光辉的一笔,但被高俅这小子像拨算珠似的随意摆弄,最后被害得家破人亡远走异乡,上演一出风雪山神庙和公家人彻底断裂的两讫戏,然后夜奔窜入草泽。一个奸邪无赖的书童靠伶俐钻营靠足球国脚的身份,位列三公,照片上凌烟阁,而身怀绝技、政治思想品德高尚的林冲呢? 既没有贪污腐化也无男女关系的臭事,却在大宋的朗朗乾坤下,惶惶如丧家之犬,可叹也夫。黄钟毁弃、瓦釜雷鸣、大贤处下、不肖居上、暗箱操作政治格局在一句"好大雪"我们听到

了愤懑、讥笑、高洁，也听到了无奈。这样的命运，是我们民族一再书写的主题，千百年来，诗里有，戏里有，弹词里有，身边有，朋友中有，这道题不知被中华民族演算了多少遍：只要屈原仍被放逐，只要岳飞风波亭还在，这道怨郁而又慷慨的悲壮题还要被我们算下去，谁也抢不去。

林冲呢？是谁把你送上了梁山？是高俅的白虎节堂国防部的大楼？还是发配路上，董超、薛霸两个人渣的水火棍？是沧州牢城营，因银子稍慢掏出，被小人得志的差拨骂得一佛出世、二佛升天？忍啊，忍啊，我想到母亲的话：憨瓜长得大。这也是母亲教导我的，记得母亲常说"庄稼冤，庄稼冤，庄稼人长远。"这是面对无边黑暗的生存哲学呢，还是犬儒主义？母亲不懂那么多，母亲只是教导我：忍。不知林冲在小时，林老太太是否如此教诲？但林冲一切都逆来顺受，一切都忍了，可他要忍到何时何地？陆虞侯来了，这个两脚兽来沧州了，终于有什么东西醒来了：一幕风雪山神庙，那男儿的豪气如睡狮猛醒，在漫天的好大雪中，在火烧草料场的熊熊火光中，血溅山神庙前的石狮子，留下一幅血红雪白的木刻雕塑一般的身影让后人评说，而后，大踏步走上了夜奔梁山的不归路。

那夜是冷啊，风雪之途，经过柴进的庄园，进入看米囤的草屋烤火，这是多么温暖的细节，晚来天愈雪，能饮一杯无？但是天寒白屋呢，那些野狗和家犬怎样对待这"风雪夜归人"，但我们看到了裂变后的林冲的大快乐："林冲烘着身上湿衣服，略有些干，只见火炭边煨着一个瓮儿，里面透着酒香。林冲便道：'小人身边有些碎银子，望烦回些酒吃。'老庄客道：'我们每夜轮流看米囤，如今四更天气正冷，我们这几个吃尚且不够，哪得回与你，休要指望！'林冲又道：'胡乱只回三两碗与小人挡寒。'老庄客道：'你那人休缠休缠。'林冲闻得酒香，越要吃，说道：'没奈何，回些罢。'众庄客道：'好意着你烘衣裳向火，便来要酒吃！去便去，不去时，将来吊在这里。'"

为了御寒，酒入豪肠，三分变成热量抵挡风雪之夜，七分化成快乐，林冲为两碗酒再三软语商量，但在遭到呵斥拒绝后，再接下来却是像李逵一样了，这是林冲吗？我说是林冲，是新生的林冲。

林冲怒道："这厮们好无道理！"把手中枪看着块焰焰着的火柴头，往老庄家脸上只一挑将起来,又把枪去火炉里只一搅,那老庄家的髭须焰焰地烧着,众庄客都跳将起来。林冲把枪杆乱打,老庄家先走了;庄家们都动弹不得,被林冲赶打一顿,都走了。

林冲道:"都去了,老爷快活吃酒。"土炕上却有两个椰瓢,取一个下来,倾那一瓮酒来,吃了一会儿,剩了一半,提了枪,出门便走。一步高,一步低,踉踉跄跄,捉脚不住。走不过一里路,被朔风一掉,随着那山涧边倒了,哪里挣得起来。大凡醉人一倒,便起不得。当时林冲醉倒在雪地上。让他快活地醉一次吧,压抑太久的灵魂需要放松,果真林冲醉倒了。在水浒中,林冲饮了唯一一次快活酒后,他醉倒在山涧边的雪地上,如一头沉睡的豹子。身外是好大的雪啊。

这是林冲的一生唯一的一次放胆喝酒啊,从他的嘴里竟然喊出"快活"的口号;武松在快活林饮酒,如龙虹吸;鲁智深是揣着狗腿吃酒,那是烂漫的快活;而没有心计的李逵呢,是凡吃酒都能获得快活的没心没肺的主儿。而这时林冲有点无赖似的夺酒及大呼"老爷快活饮酒",那真是心底压抑后想学习李逵、武松、鲁智深那般的放纵啊,其实放纵是人的另一种状态,林冲在体制内,从身体到心灵都是扁平的,什么时候大声爽朗地笑过呢?什么时候大声呜咽地哭过呢?这被压抑的豹子,颓然一醉吧,喝快活酒,颓然一醉的豹子也是最别样天然的图画,在山涧边。

小时候在牛屋听人读《水浒传》时,是不理解林冲的,只觉得武松打虎、醉打蒋门神、斗杀西门庆的爽快,总觉得林冲缺少敢作敢为的气魄。年龄渐大,觉出林冲蕴涵的宽广和丰富,林冲的忍是能看出和体味的,而老金同志圣叹还说林冲毒和狠,"林冲自然是上上人物,写得只是太狠。看他算得到,熬得住,把得牢,做得彻,都使人怕。这般人在世上,定做得事业来,然琢削元气也不少。"林冲是一个血性少的人,属于遇事掂量几分,计算成本

的人。这样的人在金圣叹看来是可怕的。高俅高衙内往林冲的头上扣屎盆子往眼里楔钉子，林冲能忍得下，你有妻子，有老母，有嗷嗷待哺的娇儿女，你如何争得了气？我想到我出生时候，正是秋季，家里无小米，无红糖，无鸡蛋滋补母亲，而在我出生的前几日，生产队里为一干部的父母的三年祭奠拿出很多的粮食招待乡间的来往宾客。父亲就胆怯地提出借一些谷子舂成米温补产后的母亲，但是生产队的主管一口回绝。没有奶水的母亲、在哭声中挣扎的我，也许是这些使父亲在大庭广众下，向那乡里小儿跪下了，向他叩头，喊出了令我一直不能忘怀，每每要激动和耻辱的话：爹！然而即使如此，还是没有得到半粒米，我赞赏不为五斗米折腰的陶潜，但不是勇者和智者的父亲是为了一撮米下跪了，因为有妻儿，他只有忍，为生活所迫，他投井而未死，就到山西安徽河南或做货郎或与一条驴子为命拖一地排车苦做。读林教头的遭遇，最易让看官们联想起一句格言："哀其不幸，怒其不争"。但我说林冲是大宋江山的一根毫毛，他依附在皮上啊，毛怎能挣脱皮呢？我们身边这样的事例何其多哉。忍的反面是出手，但你也就意味着走上了一条与所谓的江山社稷安稳相对峙，被官府画像通缉悬赏的不归路，这时没有了家，没有了工资，从此过一种或刀口舔血，死里求生，或亡命天涯，故里难归的日子，意味着你从一条在编的狗沦落成了一条丧家的狗，没有保障的狗，从此不再有主人关照宠幸，可以安闲地趴在灶火边或门楼里，而是被村落排挤，被家狗围攻，夹着尾巴走小路躲避的丧家之犬，其惶惶如也，其何能堪呢？

　　人们说忍者无敌，从韩信的胯下之辱我们或许找到一点安慰，但林冲真的是想做一只为大宋江山看家护院的优良的狗，而他算得到、熬得住、把得牢、做得彻的功夫真是令人感慨。但是这样的成本是否过大？林太太被高衙内调戏，林冲闻信怒不可遏，正要修理采花贼，一看是高衙内，只好把打掉的牙自己吞进去。一个堂堂男儿，东京八十万禁军教头，自己的妻子被人当众调戏，帽子差点变绿，无疑是奇耻大辱，但林冲熬得住。

　　林太太第二次被高衙内调戏时，林冲是该要发狠，但林冲也只是冲着参与害他的、他的好朋友陆谦陆虞侯，"林冲把陆虞侯家打得粉碎"，"林冲拿了一把解腕尖刀,迳奔到樊楼前,去寻陆虞侯,也不见了。却回来他门前等了一晚,不见回家,林冲自归"。并且,林冲连等了三日。对高衙内呢?林冲还是网开一面"只怕不撞见高衙内,也照管着他头面。"这是典型的柿子单找软的捏,林冲只是惦记陆虞侯,林冲不知怎样回家对娘子交代,林冲真熬得住。

林冲误入白虎堂,后被发配去沧州,林冲熬得住;在途中,董超、薛霸对他像对待一只猪,林冲奉行的是打左脸给右脸,还时不时地买账,"林冲也把包来解了,不等公人开口,去包里取些碎银两,央店小二买些酒肉,籴些米来,安排盘馔,请两个防送公人坐了吃。……(薛霸)口里喃喃地骂了半夜,林冲哪里敢回话,自去倒在一边。"在野猪林前不靠村、后不靠店的地方,董超、薛霸要结果他,林冲也是老鼠求猫一样地求猫有佛心放下屠刀,"泪如雨下",林冲真熬得住。

在沧州劳役呢,林冲想着的是好好工作争取减刑,回家和娘子团聚,这太天真了。陆谦他们先是烧了草料场,想把林冲火葬,林冲侥幸逃得性命,这时我们才看到了林冲这匹豹子的表演。到了梁山呢?那里一样也有不正之风,领袖王伦心胸狭隘,对林冲的猜忌、排挤,甚至刁难,林冲也都忍了。而《水浒传》写到梁山好汉捉了高俅,这时的林冲呢?只是"怒目而视,有欲要发作之色。"林冲还是以大局为重,压住内心的火气。

忍是林冲的一面,他的狠呢?狠是和准连在一起的,他的火并王伦,是看准了发狠。但我以为林冲的狠是他的对待妻子,有人说林冲和娘子是《水浒传》中唯一的爱的故事,我是怀疑的。他们夫妻之间"……已至三载,不曾有半些差池。虽不曾生半个儿女,未曾面红面赤,半点相争"。但林冲去沧州决定休掉妻子,这不是把羊肉送入虎口,任人宰割吗?一个弱女子,被丈夫休掉,改嫁还是死掉?都不是好的去处,妻子等待林冲不行吗?林冲不想担当道义的责任,你以后即使被高衙内抢去,也不是我林冲的责任了。林冲表面上对丈人说:"只是林冲放心不下,枉自两相耽误。"林冲一个八十万禁军教头尚且保不住妻子,何况一个老翁?林冲的休书是这样写的:

"东京八十万禁军教头林冲，为因身犯重罪，断配沧州，去后存亡不保。有妻张氏年少，情愿立此休书，任从改嫁，永无争执。委是自行自愿，即非相逼。恐后无凭，立此文约为照。"

是啊，女人在关键的时候总是要抛弃的，假使林冲把妻子休掉，妻子后来生活得好，这证明林冲的远见，但妻子最后呢？是死掉呢。

塞万提斯在《堂·吉诃德》中写道："猫儿给围赶得走投无路，也会变成狮子。"是高俅的步步紧逼，林冲才杀了陆谦上了梁山；是吴用的巧言善逼，林冲才火并王伦出了那口糟践恶气。但没人逼呢？林冲其实和我们一样是需要补钙的，血中少火气，骨中少硬气。

林冲是可怜的，他抡起的拳头，打下去固然惹祸，收回来呢，收回来也是祸，在一个不能自由生活的时代，每个人都不能握住自己的命运，但沉默啊沉默，不再沉默中爆发，就在沉默中灭亡，林冲的"落草为寇"也就成了他的唯一的正途。这时，我们才理解了豹子头绰号的雄强来，但这个隐忍的英雄啊，一个让人想落泪的英雄，一个在夜奔的路上走着的英雄，多少兄弟走在夜奔的路上啊。

水泊梁山城楼

及时雨宋江

我母亲常说,别作,这是鲁西方言,我家离郓城三十里,郓城的人也这样说,作吧,作吧,总有一天作死你!如果你不理解作的意思,那就让我举个例子,在农村当时很少有白面馒头,在吃白面馒头的时候,如果吃得剩下一块,你扔掉了,大人就会说:你作吧;比如坟头冒青烟,你娶个队长的闺女当媳妇,但不好好过日子,对媳妇横挑鼻子竖挑眼,你爹娘或者街坊邻居就说:你作吧,早晚头上作个疙瘩。"作"有点不安于现状的意思,跟折腾离得不远,是邻居。

我当时是不理解老母亲的苦心,作吧,是奋斗,还是奋斗中的道德问题? 后来我琢磨,"作吧"是远离传统,还是道德的溃败? 作,是超越,一直作,一条道走到黑,最后就作成了疯子,是自作自受,是咎由自取,是罪有应得?

我对宋江的看法:作吧,作吧,不是错! 但,最终他还是辜负了郓城父老的期望,"作"得不很到位,是"小作",最后还是乖孩子,回到了政府的怀抱,而没有如老乡黄巢,把唐朝闹得稀巴烂,宋江醉后写的诗"敢笑黄巢不丈夫",就如现在的愤青诗人,满嘴里跑火车而已。黄巢不是随便"作"的,黄巢敢以人肉做军粮,这点作为以孝义标榜的宋江只能自愧弗如,望巢兴叹。

宋江是个小吏,能干聪慧,狡诈憨厚,是个做派大王,要黑有黑,呼白是白,他熟知官场和黑道的种种权变,能圆润地像泥鳅游动在其间,获得最大的利益,但他还是缺少一股心劲,只能是"小作"而已。先说他的做秀,有这样一幕:宋江被发配江州时路过梁山泊,他早就料到梁山泊好汉会在山下

劫他，就建议押送他的公人绕道而行，却仍然被刘唐截住，挥刀欲杀公人并抢宋江到山上坐把交椅，弟兄快活逍遥。宋江骗过刀后说"要杀公人，不如杀我"，把刀往喉下自刎。刘唐慌忙夺过刀来。金圣叹在此批注："自刎之假，不如夺刀之

宋江画像

真。然真者终为小卒，假者终为大王。世事如此，何可胜叹。"是的，宋江不可能为押送的公人而殒命，这是宋江的做秀，给公人看，也给刘唐看，更给读水浒的人看，历史就是如此，假得要像真的一样，没有假话办不成事，这在历史上

是百试不爽的潜规则。作秀文化，是我们的传统，宋江也像历史上一切犯上作乱的人一样，利用鬼神，利用舆论，来替自己造势。孩子是无辜的，童言无忌，但童谣却并不是那么单纯，《水浒》上写"耗国因家木，刀兵点水工。纵横三十六，播乱在山东"，这很可能就是宋江的御用写作班子暗箱操作写成，然后走村串户，给孩子一把糖，说把童谣唱开，变成流行，就能得更多的糖。于是村村唱，一直唱过山，唱过湖，唱到大家的心里发毛，大家感到这是上苍的旨意，非宋江做我们的带头人不可。

这是宋江为自己找造反的合法性，我们看宋江更玄的一招，梁山排定座次不久，宋江就称挂念老父，要回家搬老父上山，途中差点自投罗网，惊慌失措之际，得到了九天玄女娘娘的保佑。宋江做了一个梦，这梦是真是假只有宋江一人知道，玄女娘娘称宋江为星主，并授天书三卷和四句天言："遇宿重重喜，逢高不是凶。外夷及内寇，几处见奇功。"借助鬼神迷惑人心，是我们的民族的秘籍法宝。秦汉之际，陈胜、吴广为树威于众人，篝火狐鸣，丹书鱼腹，着实蒙蔽了不少人，成功地竖起了老大的大旗。之后的黄巾起义的"苍天已死，黄天当立"，白莲教韩山童、刘福通起义的"弥勒下生"、"明王出世"，"石人一只眼，挑动黄河天下反"。用得最好的就算太平天国的诸位领袖了，像洪天王宣扬自己见到了上帝，在天国里，人家用轿子抬他，"两旁无数娇娥美女迎接，主目不邪视"，这些伎俩，"自幼曾攻经史，

长大亦有权谋"的宋江焉能不会？那天书只有天机星吴用可以同观，"其他皆不可见"，晁天王也不例外。宋江使用这一手成功拉拢吴用。搞定了吴用，有无天书，是真是假，反正最终解释权在宋江吴用手中。于是二人的私下交易就把晁盖驾到了半空，梁山上的诸位弟兄都知道自己的大老板是宋江，而不是晁盖。这我们在《水浒》里还看到，梁山人劫法场，救出宋江、戴宗二人，宋江上山，这时宋江的实力已经远胜过晁盖，晁盖想把第一把交椅让给宋江，但宋江扭捏婉拒："仁兄，论年龄，兄长也大十岁，宋江若坐了，岂不自羞。"金圣叹斥之为"权诈之极"，所谓的"权诈"，其实是一时，此时宋江虽然实力超过晁盖，但刚上梁山就谋了第一把交椅，众人难以心服，于是就慢慢以自己的行动来谋取最大的利益。

宋江的绰号"及时雨"，是最能表现宋江做秀的功夫。"好雨知时节，当春乃发生"，雨什么时候下，什么时候不下，下多少，下给谁，是大有讲究。施耐庵在宋江一出场时，是这样的文字："平生只好结识四海上好汉，但有人来投奔他的，若高若低，无有不纳，便留在庄上馆谷，终日追陪，并无厌倦；若要起身，尽力资助。端的是挥金似土！人问他求钱物，亦不推托，且好做方便，每每排难解纷，只是赒全人性命。时常散施棺材药饵，济人贫困，赒人之急，扶人之困，因此，山东、河北闻名，都称他做及时雨，却把他比做天上下的及时雨一般，能救万物。"

"及时雨"的好事太多了，出门一二里，好事一箩筐。比如卖糟腌的唐牛儿"如常在街上只是帮闲，常常得宋江赍助他"，因此被唐牛儿称为是自己的"孤老"（即经常来买东西的主顾）；又如送阎公一口棺材，给其家人十两银子安身；答应给卖汤药的王公一口棺材及送终之资。雨，其实就是钱，钱要用到刀刃上，用十两银子，买得好汉的一条命和忠心耿耿，这生意划算，我们看宋江与武松的结拜，最能看出宋江的为人的奸诈，但表面却春风满面。柴进和宋江远不处在同一档次。《水浒》第二十二回中说道，宋江杀了阎婆惜后，逃官司投奔到横海郡柴进庄园，柴进设宴款待，饮至傍晚时分，宋江起身去净手，不料下面却风云俄起：

宋江已有八分酒，脚步趄了，只顾踏去。那廊下有一个大汉，因害疟

疾,挡不住那寒冷,把一锹火在那里向。宋江仰着脸,只顾踏将去,正跐在火锹柄上,把那火锹里炭火,都掀在那汉脸上。那汉吃了一惊,惊出一身汗来。那汉气将起来,把宋江劈胸揪住,大喝道:"你是甚么鸟人,敢来消遣我?"宋江也吃一惊。

正分说不得,那个提灯笼的庄客,慌忙叫道:"不得无礼!这位是大官人最相待的客官。"那汉道:"'客官'!'客官'!我初来时,也是'客官',也曾相待的厚,如今却听庄客搬口,便疏慢了我,正是'人无千日好,花无百日红'。"却待要打宋江,那庄客撇了灯笼,便向前来劝。正劝不开,只见两三碗灯笼飞也似来。柴大官人亲赶到说:"我接不着押司,如何却在这里闹?"

那庄客便把跐了火锹的事说一遍。柴进笑道:"大汉你不认得这位奢遮(奢遮:了不起,出色)的押司么?"那汉道:"奢遮,奢遮!他敢比不得郓城宋押司少些儿!"柴进大笑道:"大汉,你认得宋押司不?"那汉道:"我虽不曾认的,江湖上久闻他是个及时雨宋公明,且又仗义疏财,扶危济困,是个天下闻名的好汉。"柴进问道:"如何见的他是天下闻名的好汉?"那汉道:"却才说不了,他便是真大丈夫,有头有尾,有始有终,我如今只等病好时,去投奔他。"柴进道:"你要见他么?"那汉道:"我可知要见他哩!"柴进道:"大汉,远便十万八千里,近便只在目前。"柴进指着宋江便道:"此位便是及时雨宋公明。"那汉道:"真个也不是?"宋江道:"小可便是宋江。"那汉定睛看了看,纳头便拜,说道:"我不是梦里么?与兄长相见!"宋江道:"何故如此错爱?"那汉道:"却才甚是无礼,万望恕罪,有眼不识泰山!"跪在地下,哪里肯起

水泊梁山风景

来。宋江慌忙扶住道："足下高姓大名？"

《水浒》里的第一条好汉是如此的落魄出场，每读此处，就想落泪，同是柴家园，一面是尊客新到，觥筹交错，开怀畅饮，一面却是害了疟疾的武松，因挡不住夜寒，凄凉冷落地于廊下烤火，真是咫尺之隔，光看新人笑，不闻旧人哭。这是柴进的眼界和胸襟的问题，人们说孟尝君鸡鸣狗盗之徒出其门，所以豪杰之士就退避，而武松投奔柴进，柴进却不能对好汉有始终，真令人气闷："原来武松初来投奔柴进时，也一般接纳管待，次后在庄上，但吃醉了酒，性气刚，庄客有些顾管不到处，他便要下拳打他们。因此满庄里庄客，没一个道他好。众人只是嫌他，都去柴进面前告诉他许多不是处，柴进虽然不赶他，只是相待得他慢了。"好酒使性，草莽人物本就难免，柴进本当容忍，但奈何却听庄客搬口。

武松何等人物，却"相待得慢了"，这自尊受到的伤害，只有靠打虎来发泄了，而宋江呢，抓住武松的心理落差，最需要抚慰，该出手就出手，把温暖的怀抱敞开，拥抱落魄的英雄武二郎。

这夜宋江拉上武松同坐一席饮酒，"酒罢，宋江就留武松在西轩下做一处安歇。"

"过了数日，宋江将出些银两来与武松做衣裳。柴进知道，哪里肯要他坏钱，自取出一箱缎匹绸绢，门下自有针工，便教做三日的称体衣裳。"柴进的银子让宋江送了人情。

此后，宋江每日都带武松一处饮酒相陪，如温厚的兄长般熨帖武松那受伤的自尊，武松便不再使酒任性。

接下来，武松思乡，要回清河县探望哥哥，向柴进辞行。柴进赠了金银，置酒送行。饮毕，武松启程，这时：

宋江道："贤弟少等一等。"回到自己房内，取了些银两，赶出到庄门前来说道："我送兄弟一程。"宋江和宋清两个送武松。待他辞了柴大官人，宋江也道："大官人，暂别了便来。"

按说，宋江与武松一样，也是客，他陪主人柴进一同送客则可，却并没有主人回返后他再送一程的道理，但小旋风柴进脑子不转圈，自己回去

了。接下来：

三个离了柴进东庄，行了五七里路，武松作别道：“尊兄远了，请回。柴大官人必然专望。”宋江道：“何妨再送几步。”路上说些闲话，不觉又过了三二里。武松挽住宋江说道：“尊兄不必远送。常言道‘送君千里，终须一别。’”宋江指着道：“容我再行几步。兀那官道上有个小酒店，我们吃三盅了作别。”三个来到酒店里，宋江上首坐了，武松倚了哨棒，下席坐了，宋清横头坐定，便叫酒保打酒来，且买些盘馔、果品、菜蔬之类，都搬来摆在桌子上。三人饮了几杯，看看红日平西，武松便道：“天色将晚，哥哥不弃武二时，就此受武二四拜，拜为义兄。”宋江大喜。

武松纳头拜了四拜，宋江叫宋清身边取出一锭十两银子，送与武松。武松哪里肯受，说道：“哥哥客中自用盘费。”宋江道：“贤弟不必多虑。你若推却，我便不认你做兄弟。”武松只得拜受了，收放缠袋里。宋江取些碎银子，还了酒钱。武松拿了哨棒，三个出酒店前来作别。武松堕泪，拜辞了自去。

宋江和宋清立在酒店门前，望武松不见了，方才转身回来。

我想，读《水浒》读到“宋江和宋清立在酒店门前，望武松不见了，方才转身回来”一句，心中都会泛起波澜。武松在宋江温暖的小手的触摸下，浑身没有一个毛孔不熨帖，像吃了人参果，我们看武松的心理流程，由“尊兄远了，请回”“尊兄不必远送”到“哥哥不弃武二时，就此受武二四拜，拜为义兄”，由“尊兄”而“哥哥”，在“哥哥”二字叫出口的一刹，我们知道武松被宋江的思想工作搞定了，以后自己的肝了脑了就都是大哥的了。

宋江还有一个绰号：呼保义。

在《大宋宣和遗事》中，九天玄女的天书，在列出三十六人的名单后，末尾还写了一行文字：“天书付天罡院三十六员猛将，使呼保义宋江为师。广行忠义，殄灭奸邪”。尔后，在龚圣与的三十六人赞中，也冠以“呼保义”这个绰号，并解释道：“不假称王，而呼保义”。而到了元代的《水浒》戏中，“呼保义”这个绰号更是广泛被采用，如《黑旋风双献功》《同乐园燕青博鱼》《大妇小妻还牢末》《鲁智深喜赏黄花峪》等等，都是说“姓宋名江字公明，绰号顺天呼保义。"但与此同时也开始出现了"及时雨"这个绰号。如《都孔目风雨还牢末》杂剧的"楔子"里，宋江登场有段自报家门的道白，开始说自己是"顺天呼保义"，接着又说："知我平日度量宽宏，但有不得已的英雄好汉，见了我时，便助他些钱物，因此天下人都叫我做及时雨宋公明。"

"呼保义"这个绰号是什么含义呢？清人程穆衡的《水浒传注略·呼保义》条中解释："武正八品曰保义校尉，从八品曰保义副将，言吏员未授职，已呼之为保义也，又宋时相呼曰保义，仍亦通称，如员外之类。"从这个解释我们可知其二：一是"保义"是宋代低级武官的官名；二是宋代人相互之间，不管是不是官，都喜互称或自称保义，就好像现在我们称"先生"一样。"呼"是称或自称的意思，就是被人称为保义或自称保义的意思。

其实宋江的这个"呼保义"的绰号，是宋江做秀的招牌，元代无名氏的杂剧《梁山七虎闹铜台》第五折中，宋江有段道白曰："安邦护国称保义，替天行道显忠良，一朝圣主招安去，永保华夷万载昌。"呼保义，就是保持忠义，而宋江自己称自己忠义，脸皮也够厚的，这是自己为自己的脸贴金。我们知道宋江还有个名：黑三郎。因为脸黑的人常想把自己的脸洗白，宋江那时没有雪花膏之类，他很会化妆，就用呼保义这样免费的面膜贴在自己的脸上，不知宋江揽镜自照的时候，是否会脸红？

水泊梁山聚义厅

讲故事的人

一

本雅明说：“我们要遇见一个能够地地道道地讲好故事的人，机会越来越少。若有人表示愿意听讲故事，十之八九会弄得四座尴尬。似乎一种原本对于我们不可或缺的东西，我们最保险的所有，从我们身上给剥夺了，这就是交流经验的能力。”

本雅明有一篇文章，专门提到了“讲故事的人”。在本雅明看来，在一个经验趋于贫乏的时代，即阿伦特所说的“黑暗时代”，“讲故事”是保存、交流和传播经验的最有效的形式。对这一点，阿伦特在她的哲学著作《人的境况》中，曾有过更深入的阐述，《黑暗时代的人们》算是对“讲故事的哲学”的一个形象诠释。阿伦特认为故事帮助人发现意义。一个故事向许多人显现，而不仅仅是向故事中行动者显现。故事使得人们共同行动和言论，并且相互向对方显现。在《黑暗时代的人们》中，阿伦特曾以《走出非洲》作者以萨克·迪内森为例谈到过，故事拯救了她的生活，“故事揭示了这样一些东西的意义，如若不然，它们仍将是纯粹事件的一个令人无法忍受的序列”。实际上，从书中提到的十个人物身上，阿伦特看到了每一个人所发出的、帮助我们理解人类的生存的光亮。这些人的故事显示了实现人性的种种可能性，即使在缄默的“黑暗时代”。

和本雅明一样，阿伦特也有一种“殉道精神”，她的思想总是不免和政治挂钩起来。不像罗兰·巴尔特，她从不“把政治看作对人类（和思想）主体的一种压抑”，相反，人类要想从“黑暗时代”得救，恰恰要回归政治的公共领域,人与人之间实现交流沟通,而"讲故事",正是打破缄默和孤立的途径之一。

北京时间2012年12月8日凌晨,2012年诺贝尔文学奖获得者、中国作家莫言身着胸前刺绣着"莫言"两字红色篆刻图案的深色中山装,面对着二百多名中外听众,在瑞典学院发表文学演讲,题目为《讲故事的人》(story-teller)。演讲结束后,嘉宾都被莫言的故事感动,听众集体起立鼓掌长达一分钟,这是对莫言的最大的敬意,也是对莫言讲的那些故事,那些中国乡土文化的尊重和震撼。古老的农村,那些宽厚的泥土既生长庄稼更生长故事,莫言的母亲本身就是一个质朴的故事核。

莫言的母亲虽然不识字,但不代表她不懂做人:比如卖白菜会因为多算别人钱而感到愧疚;因为捡麦穗而受人欺负,但多年后竟能心平气和说出"这个老人与当年打我的不是同一个人"这样宽容的话;过年了,母亲毫不吝惜将家里一年只吃一顿的饺子送给乞讨者吃。母亲还给了莫言作为一个男子汉的自尊心,告诉莫言只要心存善良,丑也能变美。这些话语就如种子,母亲死了,但这些种子却萌发了,当莫言说出"当哭成为一种表演的时候,更应该允许有的人不哭"这样的话,我们一定知道这话的上游有一个质朴的母亲。

是土地给了莫言以营养,莫言认为一只鸟、一棵树都是有生命的。于是他对鸟歌唱,对树诉说心声,内心的孤独会让一个人变成诗人或小说家。莫言说他是一个有神论者,相信万物都有灵性。这也许是受两百多年前,他的故乡诞生的专讲鬼故事的天才——蒲松龄的影响。狐仙、动物、鬼魂成为他故事的主角。这些超脱世俗的故事看似荒诞,其实却是一个孤独的灵魂和浩瀚天宇的对话。在人都说着鬼话的时代,也许真正的鬼或者人以外的生灵,才是我们不用去防备,可以倾诉的。

当然,家境的窘困和无书可读,莫言从小养成"用耳朵阅读"的习惯,聆听了前辈和说书人的故事,并会把听到的故事复述给家里人听。可以说他从小就是一个"讲故事的人",虽然讲故事通常会和贫嘴联系起来,给人不好的印象,也曾引起母亲的担心,但是只要怀揣着一颗良心,讲真实的故

事,布施智慧和道理,这样的讲故事就应该推崇。何况那些故事都是与当地的自然环境、家族历史紧密联系的,带有强烈现实主义,最后这些就变成了莫言这个迷恋听故事的孩子笔下的素材了。莫言坦言,一直以来,都以自己的方式,讲着自己的故事,并且是对自己讲。他甚至不需要听众,也许他的听众只有母亲和最亲密的人,渐渐地,这些人,也成为他故事中的一部分。

莫言的讲演里突出了一个最为本质的东西:"讲故事"。通过讲故事,莫言建立了他的"幻觉现实主义"(hallucinationary realism)王国,而非magic realism(魔幻现实主义)。"魔幻"属于拉美,属于马尔克斯,而"幻觉"属于神秘的东方,属于《搜神记》《聊斋志异》和《西游记》《封神榜》的传统。

山东不乏好故事,齐鲁更不缺讲好故事的人。我们可以回溯历史第一个会讲故事的人,非庄子莫属。

庄子名周,宋之蒙人(山东曹县人),庄子是个乡下人,常常挨饿,吃不饱穿不暖,《庄子·外物篇》叙说庄子"家贫,故往贷粟于监河侯",《山木篇》则说他"衣大布而补之,正緳系履而过魏王"。这故事是否写实他穷得向监河侯借粮,但庄子是乡间织草鞋为生的,当年和他一样的穷小子曹商一不小心"一悟万乘之主而从车百乘",即从秦王那里得到一百辆车的赏赐,得意洋洋返乡向庄子回报时,这时的庄子已穷得"槁项黄馘"——脖子里干枯而褶子叠加,脸胛削瘦而面皮发黄,如现在的吸毒者模样。

庄子画像

在当时那个时代,以庄子的智商,如果他稍稍低身俯就一下,要交结那些权贵,赚些名声利禄,可说易如反掌。司马迁说庄子"其学无所不窥",又说他"善属书离辞,指事类情,用剽剥儒墨,虽当世宿学不能自解免也"。楚王曾派人去请他,说愿意以天下相烦,但庄子却是专心致志地在濮水上钓鱼,眼神直盯着水面上闲逸的浮子,对那些到来的飞黄腾达,轻轻地打发走了。他要的是内心的一份自由，做一个野田之龟，弋尾于涂。《史记》又说他做过一段漆园吏，那多半是为糊口计。

庄子是一个讲故事，浑身充满故事，却是一个不肯做事的人，他对楚王的使者讲一个这样的故事：

子独不见郊祭之牺牛乎？养食之数岁，衣以文绣，以入太庙。当是之时，虽欲为孤豚，岂可得乎？

当曹商以百乘车的俸禄炫耀自己的本领时候，庄子的幽默出来了，虽然是那么辛辣，让人难堪。

秦王有病，召医。破痈溃痤者得车一乘，舐痔者得车五乘，所治愈下，得车愈多。子岂治其痔邪？何得车之多也？子行矣！

污浊的官场，让庄子低三下四可以么？于是庄子就专心致志地寂寞了。庄子的朋友惠子屡次攻击庄子"无用"。那真是不懂庄子又懂庄子的人——庄子一生中，唯一的朋友是惠施。庄子诚然是无用，但是他要"用"做什么？

山木自寇也；膏火自煎也。桂可食，故伐之；漆可用，故割之。人皆知有用之用，而莫知无用之用也。

那些王公大臣不用庄子，正合庄子的心意，庄子"学无所不窥"，"属书离辞，指事类情"，这明摆着是有用的嫌疑啊，于是庄子就装傻掩藏，摆出一副"其卧徐徐，其觉于于，一以己为马，一以己为牛"的呆瓜子状，以求自保。

在《齐物论》里"庄周梦为蝴蝶"，我们看到的是一个在天地间潇洒的庄子；在《至乐篇》"庄子妻死，惠子吊之，庄子则方箕踞鼓盆而歌"，我们看到的是一个放达的庄子。

庄子要死了，《列御寇篇》载：

庄子将死，弟子欲厚葬之。庄子曰："吾以天地为棺椁，日月为连璧，星辰为珠玑，万物为赍送。吾葬具岂不备邪？何以如此？"弟子曰："吾恐乌鸢之食夫子也。"庄子曰："在上为乌鸢食，在下为蝼蚁食，夺彼与此，何其偏也！"

一部《庄子》，是故事的海洋，或正或邪，或直白或弯曲，或滑稽幽默或

激烈锐利,或高超入云,或辛辣如姜芥,那是一个琉璃,是不同的庄子的折射。

庄子是寂寞的,寂寞就寂寞在生前无对手,惠施勉强算一个,他们是朋友,也是最大的仇敌。惠施是现实主义,庄子是浪漫主义的,好像庄子一开口便和惠子抬扛;一部《庄子》,几乎页页上有直接或间接糟蹋惠子的话。

有故事说,庄子到梁国,惠子得着消息,下了一道通缉令,满城搜索了三天。说惠子是怕庄子来抢他的相位,那是小瞧了惠子,也污蔑了庄子。惠子死后,庄子送葬,走到朋友的墓旁,叹息道:"自夫子之死也,吾无以为质矣,吾无与言之矣!"两人本是旗鼓相当的敌手,难怪惠子死了,庄子反而感到孤寂。

闻一多先生说庄子讲故事的本领引领几千年的中国的文学:

寓言本也是从辞令演化来的,不过庄子用得最多,也最精;寓言成为一种文艺,是从庄子起的。我们试想《桃花源记》《毛颖传》等作品对于中国文学的贡献,便明了庄子的贡献。往下再不必问了,你可以一直推到《西游记》《儒林外史》等等,都可以说是庄子的赐予。《寓言篇》明讲"寓言十九"。一部庄子几乎全是寓言,我们暂时无需举例。此刻急待解决的,倒是何以庄子的寓言便是文学。讲到这里,我只提到前面提出的谐趣与想象两点,你便恍然了;因为你知道那两种质素在文艺作品中所占的位置,尤其在中国文学中,更是那样凤毛麟角似的珍贵。若不是充满了他那隽永的谐趣,奇肆的想象,庄子的寓言当然和晏子、孟子以及一般游士说客的寓言,没有区别。谐趣和想象打成一片,设想愈奇幻,趣味愈滑稽,结果便愈能发人深省——这才是庄子的寓言。

是啊,庄子在一个个寓言故事里,表达着和儒家学派不一样的人生观和价值观,儒家是可以富贵的敲门砖,是庙堂的,而庄子的故事却一代代如春雨滋润着我们的心灵。

林语堂先生也说,街头两个孩子打架,拳头硬的是儒家,拳头软的是道家。西方学者说,哲学家有两大类型:心软的与心硬的。心软的看到人们苦于善恶没有报应而心生不忍,于是肯定有一个赏善罚恶的主宰存在,或者强调行善避恶是出于人性根本的要求。儒家属于这种类型。

对照来看,道家是心硬的,他们认为:与其安慰人心,不如揭示真相,天地万物都在变化之中,唯一永恒不改的是道。道是这一切的来源与归宿。不仅善恶是相对的,所有人间的价值都是相对的,也因而对人构成了束缚与障碍。

儒家讲究"相呴以湿,相濡以沫",道家讲究"相忘于江湖"。

我以为:我们内心深处都有儒家和道家的因子,仕途经济不通了,就折身到庄子那里找安慰,庄子给我们预备好了心灵的按摩器械。

二

在现代要找个讲故事的能工巧匠,那是一件费力的事。

在本雅明看来,讲故事的人,兼及两种故事好手——水手和农夫的二者之长,能将"那种见识多广的人带回的远方的传说与那种当地人了解最深的过去的传说融会到一起"。这种人,既是一位找到人世间生活道路又知归来的远行人,又是族群历史记忆的承担者;既游历于广袤空间,又深深了解时间。可以说,正是讲故事的人,在时间与空间上,维持与开拓了人类精神生活中的一个联结点。不过,"讲故事这门艺术已是日薄西山","要想碰到一个能很精彩地讲一则故事的人是难而又难了"。

在中国,读书人很少没读过《聊斋志异》。莫言老家高密离蒲松龄的家乡很近,莫言对蒲松龄有一种情感的亲昵,血缘的亲昵,"第一,他离我们家乡很近。第二,我从小就听着很多跟蒲松龄(写的)非常类似的民间故事长大。长大后又认真读了他的书,从他的作品里感受到很多的教义。尽管不是一个朝代的人,但我认为,他就是我的导师。"

莫言说:"蒲松龄是根本的影响,是伴随着我的成长所产生的影响。童年时期我就听到了很多和蒲松龄笔下的故事完全一样的故事。像我在乡村的时候,小学的时候,甚至更小的时候,就听村子里的老人讲狐狸变美女啊、公鸡变青年啊、大树成精啊,等等,这样的故事实际上就是蒲松龄故事

的原型。我长大了读蒲松龄的《聊斋志异》发现:哎,这个故事我小时候听村子里的老人讲过。我马上就会产生一个疑问——是蒲松龄的小说在前,被我们村子里的知识分子看到了流传了下来呢,还是这个故事在前,被蒲松龄记录了下来呢?这个答案也许永远不会有。我想也许两种情况都存在:一种情况是,很多乡村知识分子读了《聊斋志异》,然后又通过他们的口还原成乡村故事,继续往下流传,而且(在流传过程中)发生了变化;另外一种情况是,蒲松龄当年确实听到了这类故事,然后改写成他的小说。"

莫言小说的精神管道接通的就是蒲松龄,"我在1984年之前没有想到这样一段生活经验可以变成重要的小说。后来体悟到,一个作家必须回到自己的故乡,必须从自己的童年、少年记忆里寻找故事源头。所以在我后来的创作中,我这一段乡村生活经验——耳朵听到的故事,全部回忆起来了。当然这个从根子上是和蒲松龄连在一起的。或者说,从精神上来讲,从文化上来讲,我跟蒲松龄是一脉相承的。当然我是承接了他的文化脉络。"

蒲松龄活在莫言的文字里:"所以我觉得,还是蒲松龄对我的影响更大。我写作《生死疲劳》的时候,就像你们提到的改写。《生死疲劳》一开始就是阎罗殿上,一个人在地狱里的阎王面前喊冤叫苦,他是一个很善良的地主,也没有做很多坏事,在1947年的土改时,被枪毙掉了,他就感觉自己很冤枉,死了以后冤魂不散,在阎王面前一次一次地叫苦,阎王就让他不断地投胎,一次次地骗他,让他变猪、变驴、变狗,最后终于变成人。这个故事的原型,就是来自于蒲松龄《聊斋志异》中很有名的一篇《席方平》。这个故事曾经被选入高中课本,我最早是在我大哥的语文课本中读到了这个故事,所以印象非常深。我说我这是用这样的方式向祖师爷致敬。"

蒲松龄,字留仙,一字剑臣,号柳泉,世称聊斋先生,自称异史氏,淄博市淄川区洪山镇蒲家庄人,色目人(另说蒙古人),出生于一个逐渐败落的中小地主兼商人家庭。蒲松龄的出世有着浓厚的神秘色彩,明代崇祯十三年(公元1640年),农历四月十六日的夜间,山东淄川蒲家庄的商人蒲磐做了一个很奇怪的梦。他看到有一个披着袈裟的和尚,瘦骨嶙峋的,病病歪歪的,走进了他妻子的内室,这个和尚裸露的胸前有一块铜钱大的膏药,蒲磐惊醒了。他听到了婴儿在啼哭,他共有5个儿子,蒲松龄排行老三,"抱儿洗榻上,月斜过南厢",在月亮的照耀下,蒲磐很惊奇地发现,他的新生的三儿子的胸前有一块青痣,而这块痣的大小、位置,和他梦中所见的那个病病歪歪的和尚的膏药完全相符。病和尚入室,这是蒲松龄在四十岁的时候对自己出生的描写。蒲松龄解释,他这一辈子这么不得志这么穷困很可能就是因为是苦行僧转世。

蒲松龄的祖上曾做官,到蒲松龄的父亲蒲磐时,开始还读书,后来因为家穷,下海做生意了。

蒲松龄从小跟着父亲读书,19岁考秀才,异常顺利。当时他的一篇答卷纵横议论,发挥得酣畅淋漓。主考官恰巧是爱才若渴的学使施愚山。这位施大人为人通达,见到蒲松龄的答卷,非常欣赏,立即将其拔为头筹。随后,蒲松龄连着三场,乡里、县里、道里都是第一名。这事轰动了十里八乡,让蒲家人脸面上着实增光。

在一般人看来,这位青年才子一定前程远大,谁料想此后蒲松龄竟然在科举考试的泥途上一路受挫,再也没能前进一步!其中几次落榜都很意外。一次,他第一场的答卷相当出色,考官极为欣赏,甚至内定蒲松龄为头名人选,不想蒲松龄突发急症,无法继续参加考试,前功尽弃。他那满心的怨怅之情可以想象。还有一次更离谱,蒲松龄费尽心思从当官的朋友那里求来一份推荐信,觉得考官一定会照顾他几分,心里一高兴,文采大发,只顾洋洋洒洒、笔走龙蛇,却没想到有一处写得超出了格式规定,这在当时被称作"越幅",要被取消考试资格。蒲松龄得知后如五雷轰顶,惊愕、茫然、痛悔,最终也只能沮丧而归。啥叫越幅? 就是一页只许写十二行,他却多写了一行字,就叫越幅。蒲松龄自己有言为证:"得意疾书,回头大错,此况何如,觉千瓢冷汗沾衣,一缕魂飞出舍。"

四十多年间,蒲松龄一共参加过十几届科考,每次都是满怀希望而去,垂头丧气而归。逢发榜之日,他就像领受酷刑一般煎熬,最后还是被落榜的大棒当头打下。每当这时,他都会咬牙切齿,发誓再不去赴考,可三年过后考期一到,他心里又蠢蠢欲动,忘记了落败之痛,兴致勃勃地打点行装出

蒲松龄画像

门应考……就这样，翻来覆去，好像被放在热锅上来回炙烤一般，让蒲松龄的人生变得无比凄惨。

尽管一再受挫，直到年过六旬，蒲松龄对带给自己如此苦痛回忆的科举考试还是不肯放弃。他的老妻实在看不过去了，决定出来劝阻，对丈夫说："你还是省省吧！如果命里有这个福气，能够考上的话，现在都该做到司道阁老了。从今往后，你就不要再去碰钉子了！"蒲松龄终于冷静一些，想想妻子的话，的确有道理，从此才不再应考。

蒲松龄一生大半时间在外客居。他先后在数个乡绅家坐馆。外出最远的一次是三十多岁时，在昔日同窗、宝应(今隶属于扬州)知县孙蕙的衙署里帮办文案。蒲松龄与孙蕙同龄，两人关系不错。但后来孙蕙进入官场，日益冷漠蛮横。他喜好享乐，购买了一班歌女姬妾，把这些薄命女子视同玩物。淳朴多情的蒲松龄很难接受孙蕙的做派。尤其孙的一位小妾青霞，美丽多才，擅长诗词，人又单纯柔弱，在嫉妒她的众妻妾间处境艰难，郁郁寡欢，最终落花飘零，不到二十岁就死去了。蒲松龄心中痛惜青霞"明珠暗投"的悲剧命运，自然会格外反感孙蕙的无情，两人最终分道扬镳。

蒲松龄坐馆时间最久的是在本县一个毕姓人家，居然一连任职三十年。东家毕际有是一位退职知府，为人谦和厚道。蒲松龄与毕际有相处融洽，心情愉快多了。毕家几代为官，宅院建造得体面、气派，有敞亮的主建筑"绰然堂"，还有幽雅的私家园林"石隐园"、藏书丰富的"万卷藏书楼"。在这样一个可暂且依栖的世外桃源里，蒲松龄远离俗事煎熬，拥有读书、写作的上好环境，对他的吟诗作赋以及小说创作自然颇有帮助。

当然，对于毕家来说，蒲松龄也是一位很难寻觅到的人才。毕家官绅亲友很多，每逢客人来访，有这么一位有学问、谈吐不俗的先生出来相陪，会给主人挣回不少面子。所以毕家对蒲松龄十分倚重。在毕家任职十余年后,毕际有去世了,蒲松龄想回归家园。毕竟自己的几个儿子也亟待父亲教导,妻子独自一人,已经承受了太多辛劳。但毕夫人与毕家长子都恳求蒲松龄继续任职。蒲松龄出于不忍,又留了下来。当时想着过渡一阵子,等毕家长子成熟一些就辞工,没想到这位毕公子为人天真,处世能力不强,娶亲后孩子又接连出世,于是蒲松龄又承担了教育毕家第三代的任务,结果在毕家居然坐馆30年。直到年届70岁,才苦辞东家,解职归来。

在毕家,蒲松龄也得以结识了一些官场人物。最著名的是身居高位的大诗人王士禛,王对《聊斋志异》很感兴趣,向蒲松龄借阅后,写下36条评语,说《张诚》是"一本绝妙传奇",说《连城》"雅是情种,不意《牡丹亭》后复有此人"。他还写下一首诗《戏题蒲生〈聊斋志异〉卷后》:"姑妄言之姑听之,豆棚瓜架雨如丝。料应厌作人间语,爱听秋坟鬼唱时。"这首诗称赞《聊斋志异》的传奇性与趣味性。有趣的是,当年蒲松龄希望通过王士禛写序来提高《聊斋志异》的知名度,而现在王士禛的《渔洋山人精华录》这部洋洋洒洒巨著里知名度最高的诗,竟然就是《戏题蒲生〈聊斋志异〉卷后》。

《聊斋志异》自问世以来,很快风行天下。在名作如林、异彩纷呈的古典小说领域里,还没有一部作品能像《聊斋志异》那样,用文言写作,而又拥有如此众多的读者,不仅为士林所看重,也因为它题材广泛,花样繁多,故成为一部民间文学,雅俗共赏,老少咸宜。

《聊斋志异》多的是蒲松龄怀着对现实社会的愤懑情绪,揭露、嘲讽贪官污吏、恶霸豪绅贪婪狠毒的嘴脸,笔锋刺向封建政治制度。如《促织》、《席方平》《商三官》《向杲》等。

蒲松龄对科举制度有切身的体会,通过《司文郎》《考弊司》《书痴》等篇,无情地揭开了科举制度的黑幕,勾画出考官们昏庸贪婪的面目,剖析了科举制度对知识分子灵魂的禁锢与腐蚀,谴责了考场中营私舞弊的风气。

也许是对爱的幻想,也许是对心灵缺失的补偿,蒲松龄笔下多的是对人间坚贞、纯洁的爱情及为了这种爱情而努力抗争的底层妇女、穷书生予以衷心的赞美。代表作品有《鸦头》《细侯》等。《聊斋志异》中还有相当多狐鬼精灵与人的恋爱故事,颇具浪漫情调。在这些故事里,塑造了很多容貌

美丽、心灵纯洁的女性形象，如红玉、婴宁、香玉、青凤、娇娜、莲香等。我非常喜欢聊斋故事中的《梦狼》，堪称讽刺佳作。白翁梦中见到公子衙署"巨狼当道"，恐惧万分，进门一看，"见堂上、堂下，坐者、卧者，皆狼也。又视墀中，白骨如山，益惧。"往下就是公子令巨狼衔死人入，"聊充庖厨"，招待自己的父亲，以及由于懂得欺下谄上的做官"诀窍"而高升等等。这里写的是梦境，但也是当时的现实。作者最后点明："窃叹天下之官虎而吏狼者，比比也。"

我想老天是公平的，命运休论公道，蒲松龄要的是身后名，那么生前的坎坷就难免了，他一门心思放在写《聊斋志异》上，考试就不可能考好。他的好朋友张笃庆发现蒲松龄因为写《聊斋志异》影响到考举人，就写了一首诗劝他："聊斋且莫竞谈空"，别写小说了，专心去考试吧。但是蒲松龄不听，还是写，不管哪个朋友听到什么奇闻轶事，他都要了解一下，写到自己的作品里头。

蒲松龄一边当私塾老师，一边搜集民间素材，听人讲故事，回到家里就奋笔疾书。据说他还在村东头开了一个"茶吧"，就是让过路的行人来喝茶的地方，专门听别人说民间故事。

写人写鬼高人一等，刺贪刺疟入木三分，《聊斋志异》虽是文言写成，却一直在群众中广泛流传。就如现在还时兴的斗蟋蟀，多少人家破人亡，人们把蟋蟀叫做国虫，这是在史籍和生活中常见的小精灵蟋蟀！天地难默，或宣之于山呼海啸，或宣之于雷鸣风雨，而最富灵性者，莫过于鸣虫天籁。徐徐缓缓、低低舒舒、急急骤，由唧唧到咯咯到吱吱，千变万化，从立春奏到炎夏，把秋温弹成冬肃，在瓦下说，在阶前说，荒山野岭，远道古寺，于是劳人感叹，高士伤怀，而又助兴人生、诗意栖居，大块文章，鸣虫虽小道，然知风雨，见兴替，以天地为心，替天地立言，它既召唤美的耳朵，又培育善思的魂灵，呜呼鸣虫，人言一默如雷，但是若无鸣虫，世界皆聋。蒲松龄在蟋蟀中看人情说兴替，勾连历史，表达文化感应，对文化内涵进行真的提揭，在一个小小的鸣虫里，把文才和悲悯的入世情怀发挥得淋漓尽致。讲故事的人在故事中提出的"这种编织到实际生活中的忠告"，本雅明称之为

"智慧"，"智慧是真理的一个壮丽侧面"。

吕瑟《明小史》有一段记载：

宣宗酷好促织之戏，遣取之江南，价贵数十金。枫桥一粮长以郡督遣觅，得一最良者，用所乘骏马易之。妻谓骏马所易，必有异，窃视之，跃出，为鸡啄死。惧，自缢死。夫归，伤其妻，且畏法，亦自缢焉。

聂绀弩说："这就几乎是《促织》篇的底本了。"

但在《促织》中，蒲松龄以自己的体验和想象匠心独运，写成妻闻知小孩弄死蟋蟀之时，登时吓得"面色灰死"。在她咒骂之下，小孩更吓得投井自杀。成名回家一听，"如被冰雪"，怒气冲冲地要找儿子算账，等到在井里捞起儿子的尸体时，就又一变而"化怒为悲"，"抢呼欲绝"。接着出现的情景是："夫妻向隅，茅舍无烟，相对默然，不复聊赖。"老两口有嘴说不出话，有眼流不出泪，悲痛达到顶点。后来发现儿子有点气息，稍觉宽慰，但是回头看到笼子空空，又不免"气断声吞"，"不复以儿子为念"了。空笼子令他想起县太爷凶神恶煞的面孔和县衙差役无情的棍棒，使他不寒而栗，再也无心过问独生儿子的死活。成名越想越怕，"自昏达曙，目不交睫。"成子不小心按死一只蟋蟀，本来是极平常的生活小事，但发生在这特定的环境里，就成了无法挽回的灾难。

成名重新得到的那只蟋蟀既然是成子所幻化，当然不同于一般的蟋蟀，斗蟋蟀，本来是有闲人们的消遣玩乐活动，在这里却注入了深刻的悲剧内容。成名的情绪急剧变化也说明了这次斗蟋蟀的异乎寻常。他提心吊胆地注视着小蟋蟀的一举一动，忽而骇立愕呼，忽而顿足失色，忽而惊喜欲狂。灾祸临门的成名难道还有

蒲松龄故居

闲情雅致欣赏斗蟋蟀吗？其实与其说他在关心斗蟋蟀，毋宁说他在关心自己可悲的命运。小蟋蟀的胜败，关系着他的生死，他怎能不全神贯注？蟋蟀相斗未休，大公鸡突然闯来，他怎能不惊呼怒叫？

从《聊斋志异》问世后，中国的文人很少不受其影响。鲁迅先生在少年时候就读这部书，我们看鲁迅小说《铸剑》和《故事新编》里的文字，就可看出蒲松龄的影响。鲁迅的《铸剑》写了一个怪异的复仇的形象"眉间尺"，还有黑衣人。在鲁迅的描写中，眉间尺和那个突然出现的黑衣战友断颈舍身，在滚滚的沸水中追咬着仇敌的头，直至自己的头和敌人的头在烹煮之中都变成了白骨骷髅，无法辨认，同归于尽。鲁迅在《唐传奇体传记(下)》中写道："清蒲松龄作《聊斋志异》，亦颇学唐人传奇文字，而立意则近于六朝之志怪，其时鲜见古书，故读者诧为新颖，盛行于时，至今不绝。"《中国小说史略》中专门有一篇《清之拟晋唐小说及其支流》，对《聊斋志异》做了较多的论述。他说："《聊斋志异》虽亦如当时同类之书，不外记神仙鬼狐精魅故事，然描写委曲，叙次井然，用传奇笔法，而以志怪，交幻之状，如在目前……"

张爱玲《天才梦》中说："直到现在，我仍然爱着《聊斋志异》与俗气的巴黎时装报告，便是为了这种有吸引力的字眼。"

三

莫言是个讲故事的高手，莫言在诺贝尔获奖演说："我该干的事情其实很简单，那就是用自己的方式，讲自己的故事。"

莫言的故事是植根在高密那片神奇的土地上的，莫言就如田塍的一株草，瓦檐下的鸟雀，在他家里只是一个生灵，来了就养，也没特别的。莫言生于1955年2月17日，农历的乙未年正月廿五，按12生肖属羊。但莫言的档案的生日是1956年3月25日，这是个秘密，是为了自己的生存，他故意如此而为的。

童年的记忆不都是美好的，孤独和饥饿是那个时代孩子的功课，莫言曾对自己的出生留下这样的文字：

1955年春天，我出生在高密东北乡一个偏僻落后的小村里。我出生的房子又矮又破，四处漏风，上面漏雨，墙壁和房笆被多年的炊烟熏得漆黑。根据村里古老的习俗，产妇分娩时，身下要垫上从大街上扫来的浮土，新生儿一出母腹，就落在这土上。……我当然也是首先落在了那堆由父亲从大街上扫来的被千人万人踩践过、混杂着牛羊粪便和野草种子的浮土上。

山东的农村都是如此，用浮土给新生的孩子做尿不湿。

后来莫言上学了，在他六岁的时候，读到五年级，就辍学了，莫言说"年龄渐渐大了，就开始参加成人的劳动，我小时候长得就比较高，跟我同龄的小孩子还在学校里打打闹闹的时候，我就跟着大青年、整劳力去干一些大人的活了。虽然干不好，还有点累，但还是感到和人在一起，比一个人放羊、放牛要好得多。在劳动的过程中，在和这些成人的接触中，我也增长了很多知识。当时生产队的人劳动也不认真，大家干一会歇一会，干个把小时抽袋烟，然后再干个把小时抽袋烟，然后就收工回家了。我们在地头休息的时候，老人就讲各种各样的传奇、鬼怪故事呀。这些东西对后来搞文学非常有利。"

"莫言辍学了，最痛苦的是没书看，那是文化专制的时期，"那时候既没有电影更没有电视，连收音机都没有。只有在每年的春节前后，村子里的人演一些《血海深仇》《三世仇》之类的忆苦戏。在那样的文化环境下，看'闲书'便成为我的最大乐趣。父亲反对我看'闲书'，大概是怕我中了书里的流毒，变成个坏人，更怕我因看'闲书'耽误了割草放羊，我看'闲书'就只能像地下党搞秘密活动一样。后来，我的班主任家访时对我的父母说其实可以让我适当地看一些'闲书'，形势才略有好转。但我看'闲书'的样子总是不如我背诵课文或是背着草筐、牵着牛羊的样子让我父母看着顺眼。古人说：书非借不能读也。为了借别人的书读，就为别人推磨，那是班里一个同学的传家宝，轻易不借给别人。我为他家拉了一上午磨才换来看这本书一下午的权利，而且必须在他家磨道里看并由他监督着，仿佛我把书拿出门就会去盗版一样。这本用汗水换来短暂阅读权的书留给我的印象十分

深刻,那在老虎背上的申公豹、鼻孔里能射出白光的郑伦、能在地下行走的土行孙、眼里长手手里又长眼的杨任等等等等,一辈子也忘不掉啊。后来又用各种方式,把周围几个村子里流传的几部经典如《三国演义》《水浒传》《儒林外史》之类,全弄到手看了。那时我的记忆力真好,用飞一样的速度阅读一遍,书中的人名就能记全,主要情节便能复述,描写爱情的警句甚至能成段地背诵。"

　　一次,借到《青春之歌》时已是下午,明知道如果不去割草家里的羊就要饿肚子,但还是挡不住书的诱惑,一头钻到草垛后,一下午就把大厚本的《青春之歌》读完了,身上被蚂蚁、蚊虫咬出了一片片的红疙瘩……

　　书为莫言打开了农村外面的世界,生活的艰难在书里可以缓解,却不能减少。他在《故乡往事》这篇文章里说:

　　……我这辈子记住的第一件事情,是掉到茅坑里差点淹死。那大概是我两岁左右的事。在我的印象里,那是个暴雨很多、骄阳如火的夏天,家里那个用砖头砌就的很深很大的露天茅坑里潴留着很多雨水,水面上漂浮着一层草木灰,草木灰中蠕动着长尾巴的蛆虫。我记得茅坑角上插着一根木棍子,是为我的腿脚不方便的奶奶预备的。我喜欢双手抓着木棍子,身体往后仰着,一边拉一边胡思乱想。那根木棍年久腐朽,突然断了。我仰面朝天跌进茅坑里去,喝了一肚子臭水,辛亏我大哥发现把我捞上来。大哥拿着一块肥皂,把我扛到河里去洗。我记得正是中午头儿,阳光特别强烈,河里的水明晃晃的,耀得人不敢睁眼,满河里都是洗澡的男人和嬉水的男孩。男孩们追逐着,叫嚷着,腾起一片片白色的水花。大哥把我放在河水里。河水滚烫,我嗷嗷地叫着,搂着大哥的脖子使劲地把脚蜷起来。大哥硬把我按在水里。我哭着挣扎着。我记得大哥说:你一身屎一头蛆,不烫烫,脏死了。我还记得周围的滚水中露着一些青色的男人头颅,那些漆黑的眼睛在蒸气中眨动着。……我记得那些男人笑嘻嘻地问我:屎汤子什么味道? 好喝不好喝? 大哥往我的头上抹了很多肥皂,肥皂泡沫杀得我睁不开眼睛。我闻到了肥皂味儿、鱼汤味儿、臭大粪味儿。

　　还有一件莫言难忘的事,那是"大跃进"时候:"……我们两个村庄,一个叫大栏村,一个叫平安庄,两个村子是连在一起的。吃饭的时候,要到大栏村那个公共食堂打饭,打开水,提着瓦罐打稀饭。起初要求所有的人必须在食堂用餐,后来允许打回家去吃。起初还有干饭,后来只有稀饭了。到了只有稀饭的时候,公共食堂——这一所谓的新生事物,距离灭亡已经不远了。我记得自己提着一个热水瓶,装着一瓶热水,"啪"的掉在地上,热水瓶打碎了。当时的农村家庭,有一只手提的热水瓶是一件了不起的事情,一般家里面用的是瓦罐,在外面蒙上一层麦草,垫上一个草袋……打碎一个热水瓶,我吓得就跑掉了,钻在一个草垛里一下午没敢出来。到了晚上,我听见母亲喊着我的乳名叫我,声音很温柔,不像要打我的动静,才从草垛里钻出来,看到母亲正站在星光下喊叫我。"

苦难的童年磨砺了莫言,那是大饥荒的年代:"1960年春天,在人类历史上恐怕也是一个黑暗的春天。能吃的东西似乎都吃光了,草根、树皮、房檐上的草。村子里几乎天天死人,都是饿死的。起初死了人亲人还呜呜哇哇地哭着到村头土地庙里去注销户口,后来就哭不动了,抬到野外去,挖个坑埋掉了事。很多红眼睛的狗在旁边等待着,人一走,就扒开坑吃尸。据说马四从他死去的老婆腿上割肉烧着吃,没有确证,因为很快马四也死了。粮食,粮食都到哪里去了呢?粮食都被谁吃了呢?村里人也老实,饿死也不会出去闯荡。后来盛传南洼那种白色的土能吃,便都去挖来吃。吃了拉不下来,又死了一些人。于是不敢吃土了。那时我已经上学。冬天,学校里拉来一车煤块,亮晶晶的,是好煤。有一个生痨病的杜姓同学对我们说那煤很香,越嚼越香。于是我们都去拿着吃,果然越嚼越香。一上课,老师在黑板上写,我们在下边嚼煤,咯咯嘣嘣一片响。老师说你们吃什么,我们一张

莫言故居

嘴都乌黑。老师批评我们:煤怎么能吃呢?我们说:香极了,老师不信吃块试试。老师是女的,姓俞,也饿得不轻,脸色蜡黄,似乎连胡子都长出来了,饿成男人了。她狐疑地说:煤怎么能吃呢?有一个女生讨好把煤递给俞老师,俞老师先试探着咬了一点,品滋味,然后就咯嘣嘣地吃起来了。"

那个大饥荒,全国饿死的人有人估计达三千万,别说莫言吃煤块,很多人易子而食。莫言的笔下:

"……大概是1961年的春节吧,政府配给我们每人半斤豆饼,让我们过年。领取豆饼的场面真是欢欣鼓舞的场面。有的人,用衣襟兜着豆饼,一边往家走,一边往嘴里塞。我家邻居孙大爷,人没到家,就把发给他家的豆饼全都吃光了。他一到家就被老婆孩子给包围了,骂的骂,哭的哭,恨不得把他的肚皮豁开,把豆饼扒出来。可见爱在饥饿的人群里,要大打折扣。孙家大爷躺在地上,面如灰土,眼泪汪汪,一声不吭,任凭老婆孩子撕掳踢打。孙家大爷当天夜里就死了。他吃豆饼太多,口渴,喝了足有一桶水,活活给胀死了。那时我们的胃壁薄得如纸,轻轻一胀就破了。孙大爷死了,他的老婆孩子,没掉一滴眼泪。……这次年关豆饼,胀死了我们村十七个人,教训很深刻。后来我在生产队饲养室里喂牛,偷食饲料豆饼时,总是十分节制,适可而止,生怕蹈了孙大爷的覆辙。"

为了能吃饱饭,莫言从农村挣扎,先是做棉花厂的工人,再就是参军,然后以文学来拯救自己。莫言的小说,叙事的功能特别强大,故事性特强,莫言是以儿童视角来讲述故事闯入文坛的,如《透明的红萝卜》《红高粱》和《丰乳肥臀》,那里面都有一个像精灵一样的小孩。莫言也说"以前我没有意识到,后来被别人点破后我才发现采用儿童视角讲述故事原来是我的一种潜意识。我想这可能和一个作家的出身、经历、生长环境及其创作心理有关系,是非常复杂的。少年岁月吃的苦,生活环境的寂寞荒凉,无人理睬却又耽于幻想,所有这些都使我从小就对周围的世界充满了观望和想入非非。而在这种情况下,儿童视角就成为了我讲述故事的首选。然而,尽管我一直采用这一方式来构造故事,却一直没能将这种方式用到极致。"

莫言小说有农村的粗砺,在《欢乐》中,高大同的叫骂只有在农村生活的人才感到那种酣畅淋漓的真实：

"你们这些蛤蟆种、兔子种、杂种配出来的害人虫！你们这些驴头大太子，花花驴 DIAO 日出来的牛鬼蛇神！你们不是有权力吗？……你一肚子驴杂碎！就是你勾引了我老婆……你想跑？你能跑到哪里去，跑到耗子洞里去我在洞口支上铁夹子等着你，跑到猪耳朵眼里去我用蜂蜡把猪耳朵眼封起来，跑到你妈的 BI 里去我就操你妈！哈哈哈哈……阴谋和诡计、花言和巧语、赌咒与发誓、收买和拉拢、妓女和嫖客、海参与燕窝、驼蹄与熊掌、黄瓜与茄子……我高大同这种粗人莽汉把命看得轻如鸿毛……你是妓院里的一只黑臭虫！妓女的腚也比你那张脸干净……"

莫言讲述农村故事的方式，很现代，我们看他 如何讲述一个忆苦思甜的故事：

我特别盼望着开忆苦大会吃忆苦饭。吃忆苦饭，是我青少年时期几件有数的欢乐事中最大的欢乐。实际上，每次忆苦大会都是欢声笑语，自始至终，洋溢着愉快的气氛，吃忆苦饭无疑也成了全村人的盛典。

究其根本，忆苦饭比我们家里的幸福饭要好吃得多。（吃忆苦饭之前，生产队队长请方家七老妈上台忆苦）七老妈说：

"乡亲们呐，自从嫁给了方老七，就没有吃过一顿饱饭，前些年去南山要饭，一上午就能要一篓子瓜干，这些年，一上午连半篓子也要不到了……要饭的太多了，这群小杂种，一出村就操着冷的娘，操着热的爹，跑得比兔子还快，头水鱼早就让他们拿了。"

队长说："七老妈，你说说解放前的事儿。"

七老妈说："说什么呢？说什么呢？解放前，我去南山要饭……"

接着，七老妈就说起了人们平常不知听了多少次的故事：她在要饭途中的磨房生孩子的故事，并且事无巨细，没完没了，越说越有劲，还说得声泪俱下。生产队队长趁机振臂高呼：

"不忘阶级苦，牢记血泪仇！……老妈老妈，你下去歇歇吧，歇歇就吃忆苦饭。"

方家七老妈横着眼睛说："就是为了这顿忆苦饭，要不谁跟你唠叨这些

陈茄子烂芝麻的破事！盼星星盼月亮，就盼着这顿忆苦饭啦！"

莫言的小说是语言的狂欢，我们看看小说《红蝗》中的一个片段：

我继承着我们这个大便无臭的庞大零乱家族的混乱的思维习惯，想到了四老爷和九老爷为那个红衣女子争风吃醋的事情，想到了画眉和斑马。

当太阳从荒地东北边缘上刚刚冒出一线红边时，我的双腿自动地弹跳了一下。杂念消除，肺里的杂音消失，站在家乡的荒地上就像睡在母亲的子宫里一样安全。我们的家族有表达情感的独特方式，我们美丽的语言被人骂成粗俗、污秽、不堪入目、不堪入耳，我们很委屈。我们歌颂大便、歌颂大便时的幸福时光，肛门里积满锈垢的人骂我们肮脏、下流，我们更委屈。我们的大便像贴着商标的香蕉一样美丽为什么不能歌颂，我们大便时往往联想到爱情的高级形式，甚至升华成一种宗教仪式为什么不能歌颂？

太阳冒出了一半，金光与红光，草地上光彩辉煌……光柱像强有力的巨臂拨扫着大气中的尘埃，晴空万里，没有半缕云丝，一如碧波荡漾的蔚蓝大海。

荒草地曾是我当年放牧牛羊的地方，曾是我排泄过美丽大便的地方，今日野草枯萎……突然，在我的头脑中，出乎意料地、未经思考地飞掠过一个漫长的句子：红色的淤泥里埋藏着高密东北乡庞大零乱、大便无臭的美丽家族的过去、现在和未来，它是一种独特文化的积淀，是红色蝗虫、网络大便、动物尸体和人类性分泌液的混合物。

在小说《檀香刑》里，莫言的叙事有时又是那样的沉静："书上说凌迟分为三等，第一等的，要割三千三百五十七刀；第二等的，要割二千八百九十六刀；第三等的，割一千五百八十五刀。他记得师傅说，不管割多少刀，最后一刀下去，应该正是罪犯毙命之时。所以，从何处下刀，每刀之间的间隔，都要根据犯人的性别、体质来精确设计。如果没割足刀数犯人已经毙命或是割足了刀数犯人未死，都算刽子手的失误。师傅说，完美的凌迟刑的最起码的标准，是割下来的肉大小必须相等，即便放在戥子上称，也不应该有太大的误差。这就要求刽子手在执刑时必须平心静气，既要心细如发，又要下手果断；既如大闺女绣花，又似屠夫杀驴。任何的优柔寡断、任何的心浮气躁,都会使手上动作变形。要做到这一点,非常的不容易。因为人体的肌肉,各个部位的紧密程度和纹理走向都有不相同,下刀的方向与用力的大小,全凭着一种下意识的把握。师傅说,天才的刽子手,如皋陶爷,如张汤爷,是用心用眼切割,而不是用刀、用手。所以古往今来,执行了凌迟大刑千万例,真正称得上是完美杰作的,几乎没有。其大概也就是把人碎割致死而已。所以愈到近代,凌迟的刀数愈少。延至本朝,五百刀就是最高刀数了。但能把这五百刀做完的,也是凤毛麟角。刑部大堂的刽子手,出于对这个古老而神圣的职业的敬重,还在一丝不苟地按照古老的规矩办事,到省、府、州、县,鱼龙混杂,从事此职业者多是一些地痞流氓,他们偷工减力,明明判了五百刀凌迟,能割上二三百刀已是不错,更多的是把人大卸八块,戳死拉倒。"《檀香刑》中赵甲的那个杰作——近乎完美的五百刀凌迟,莫言写得一波三折,荡气回肠,人一读,就浑身发冷。莫言在小说中用一句精辟的话概括道:

"中国什么都落后,但是刑罚是最先进的,中国人在这方面有特别的天才。让人忍受了最大痛苦才死去,这是中国的艺术,是中国政治的精髓……"

莫言的写作是乡土的写作,是寂寞孤独的宣泄,他有庄子一样丰沛的想象,背靠故乡,这曾产生蒲松龄和花妖狐媚的地方,农村乡土的神秘,在莫言看来,那些植物动物都有自己的灵魂,他的笔下是那些灵魂在歌唱。

莫言的长篇小说《生死疲劳》可以说是启发于《聊斋》里的《席方平》。《席方平》是一鬼故事,讲席父在阴司受豪强陷害被拷打,席方平愤赴阴司替父申冤,城隍、郡司、阎王殿一级级告上去,各级官吏都受贿,对席用尽酷刑。最后二郎神判案,将阎王殿大小受贿官员绳之以法。

莫言最早就是在中学课本里看到《席方平》的,他回忆道:"我大哥考上大学后,留给我很多书。其中一册中学语文课本里,有一篇蒲松龄的小说《席方平》。尽管我当时读这种文言小说很吃力,但反复地看,意思也大概明白。这篇小说给我留下了难以磨灭的印象。""《生死疲劳》一开始就写一个被冤杀的人,在地狱里遭受了各种酷刑后不屈服,在阎罗殿上与阎

莫言在瑞典学院发表获奖讲演

王爷据理力争。此人生前修桥补路，乐善好施，却遭到了土炮轰顶的悲惨下场。阎王爷不理睬他的申辩，强行送他脱胎转生，他先是变成一头驴，在人间生活十几年后，又轮回成一头牛，后来变成一头猪、一条狗、一只猴子，50年后，重新转生为大脑袋婴儿。这个故事的框架就是从《席方平》里学来的，我就是要用这种方式向文学前辈致敬。"

莫言在瑞典学院发表获奖的演讲《讲故事的人》，在结尾他讲了有寓意的三个故事，让人玩味不已，那我就选其中的两个故事放在后面，当做这篇文章的两个结尾，那也是一件有意思的事。

第一个结尾：哭

"20世纪60年代，我上小学三年级的时候，学校里组织我们去参观一个苦难展览，我们在老师的引领下放声大哭。为了能让老师看到我的表现，我舍不得擦去脸上的泪水。我看到有几位同学悄悄地将唾沫抹到脸上冒充泪水。我还看到一片真哭假哭的同学之间，有一位同学，脸上没有一滴泪，嘴巴里没有一点声音，也没有用手掩面。他睁着大眼看着我们，眼睛里流露出惊讶或者是困惑的神情。"

"事后，我向老师报告了这位同学的行为。为此，学校给了这位同学一个警告处分。多年之后，当我因自己的告密向老师忏悔时，老师说，那天来找他说这件事的，有十几个同学。这位同学十几年前就已去世，每当想起他，我就深感歉疚。这件事让我悟到一个道理，那就是：当众人都哭时，应该允许有的人不哭。当哭成为一种表演时，更应该允许有的人不哭。"

第二个结尾：罪与罚

"请允许我讲最后一个故事。这是许多年前我爷爷讲给我听的,有八个外出打工的泥瓦匠,为避一场暴雨,躲进了一座破庙。外边的雷声一阵紧似一阵,一个个的火球,在庙门外滚来滚去。空中似乎还有吱吱的龙叫声。众人都胆战心惊,面如土色。有一个人说:'我们八个人中,必定一个人干过伤天害理的坏事,谁干过坏事,就自己走出庙接受惩罚吧,免得让好人受到牵连。'自然没有人愿意出去。又有人提议道:'既然大家都不想出去,那我们就将自己的草帽往外抛吧,谁的草帽被刮出庙门,就说明谁干了坏事,那就请他出去接受惩罚。'"

"于是大家就将自己的草帽往庙门外抛,七个人的草帽被刮回了庙内,只有一个人的草帽被卷了出去。大家就催这个人出去受罚,他自然不愿出去,众人便将他抬起来扔出了庙门。故事结局我估计大家都猜到了——那个人被扔出庙门,那座破庙轰然倒塌。"

蔡公时：一个悲慨的背影

一个现在进行时的词：血未止

每次到济南访泉，我的脚总是不自觉地移动到趵突泉北路上的济南惨案纪念碑前，用手抚摩一下那凝固的时间：

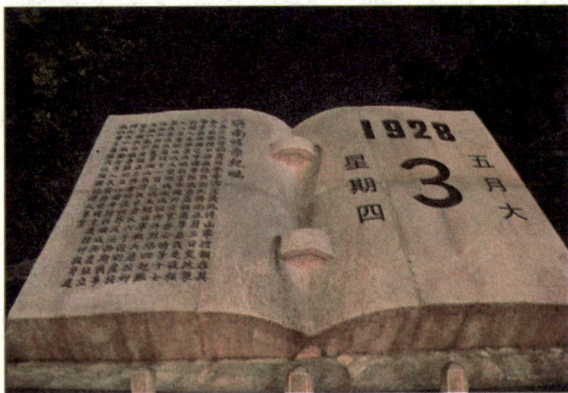

好像这个举止成了一种习惯，每次都是如此。不是单调不是重复，而只是一种虔敬，一种哀悼。

这是一本恒久打开的石雕书，历史就永远翻到了这一页，停止到了这一页，5月3日，对着这历史的节点，总是怀着一种揪心的激动，一种血沸于顶的紧张，当然内里混合着的更多的是一种悲慨、一种压抑。

我知道历史是常以血开头的，是以累累的白骨做构架的，时间能把血抹净吗？人们常把时间作为凝血剂，这只是一种主观有点孱弱的愿望而已，人们是否反思，那让我们心口流血的刀子呢，是否还在？刀子是否包裹起来？刀子是否还会跳出伤人？

　　记得小时候，玩弄刀子，手被割破，母亲就用棉白布给包裹一下，并且用化石猴粉敷在伤口上。后来手划破，还是如法炮制用化石猴粉敷在伤口上。童年也想到把刀子扔掉，但只是想象而已，人都有一种手握刀子的冲动。

　　对于伤口人们往往采取的方式是包扎，但是悖论出来了，如果那刀子还在，还时不时地亮出来，那伤口的愈合就是可疑的了，冷不丁那刀会划开伤口。

　　有的民族曾玩弄刀子，后来丢掉了刀子并最后选择的是忏悔，是把刀包起来，我说的是德意志民族。1970年12月7日，这是一个历史节点，正在波兰访问的联邦德国总理勃兰特在向华沙犹太人死难者纪念碑献花圈，当大家都肃穆致哀，突然令历史惊异的一幕出现了，勃兰特蓦地双膝下跪，在纪念碑前，他口里祈祷："上帝饶恕我们吧，愿苦难的灵魂得到安宁。"

　　勃兰特的双膝下跪使人们记住了这一刻，这一跪被称为"欧洲约一千年来最强烈的谢罪表现"，历史的眼眶湿润了，但当时也并非没有杂音，在西德国内出现了对勃兰特恶意的攻击，认为勃兰特此举有辱德意志民族的人格。

　　勃兰特觉得一个政治家面对的是历史，是时间的坐标，对那些如蛛丝恶意的攻讦，他并不感到羞耻，他说："谁愿意理解我，他就能理解我。"

　　有人曾写道："不必这样做的他，替所有必须这样做而没有下跪的人跪下了。"是的，勃兰特完全不必如此做，但他做了。在二次大战中，他是一名坚强的反法西斯战士，曾被希特勒下令开除国籍并追捕他，使他不得不亡命国外。

　　战后的勃兰特回到祖国，他积极地复兴自己受伤的国家。他面对历史在赎罪，他为自己的同胞、自己的民族所犯下的罪行而忏悔而谢罪。在一个不乏政治家做秀的时代，勃兰特的这一跪，让我们看到了对刀子伤人的真诚反省，他的道德良知告诉他，把刀子用黄油包起来，不再使它出来伤人。我们知道那场战争是一把刀，犹太人，奥斯维辛，焚尸炉，600万；南京大屠杀，30万的累累白骨。

　　二战结束了，但二战的账远远没有结清：一个民族跪下了，她却站起来了；一个民族在狡辩，这个民族还没有把刀子用白布包裹起来。没有裹起

蔡公时

来的刀子,让他的邻居时时感到寒光在眼前晃动。

但要知道刀子有时也会反噬的,就像两颗原子武器,一颗落在这个民族的头上,另一颗也落在这个民族头上。韩国人说这是天谴,"上天经常借人类之手惩罚人类的邪恶行为"。

这是一个死不认错的国家,这是一个死不认错的民族;对侵略历史的否认与抵赖,对杀戮他族事实的遮掩与狡辩。

我看到了蔡公时的眼神,这是铜像里射出的眼神,如电,他逼视着这段历史。我知道,他被日本人剜去双目,剜去双目的人的眼只是一个一个黑洞吗?历史不是一个黑洞,历史的眼光时时发出逼人的犀利。

在趵突泉公园的一角,辗转半个世纪才来到济南的蔡公时的铜像就站在那里,我每次和他的眼睛对视一下,只是短短三秒,然后就羞愧地低下,然后就绕到他的背后,看着他的背影思索。

这是最能透视最能追问本民族的眼睛,是亮在历史深处的一双眼睛哪。

蔡公时的眼睛显示的是寒光,人们一对接他的眼光,就像触电一样,立刻就唤醒自己内心的恐惧或者卑微,在民族危亡再一次到来的时候,你会如何,又当如何?也许唤起的是一种绝望后的奋争吧,是深深的对人类残杀的怜悯吧。

是啊,看到过被剜去眼睛的蔡公时的眼睛,你一辈子都摆脱不掉历史对你的逼视和追问。

我常想,应该把罗丹那样的雕塑家邀请来,重新来塑造一尊蔡公时的铜像,没有眼睛的铜像,只有黑洞洞的眼眶。

但那就是眼睛,整个身子,从额头到脚趾,从肩膀到胸膛,他的眼珠子,是这个民族的深重的苦难,这苦难一直阴郁地闪烁着,让我们翻滚颤栗。

记得陀思妥耶夫斯基说:"我只担心一件事,我怕我配不上自己所受的苦难。"是啊,我们这个民族所经受的苦难的深度,也许只有犹太人所比。我也是常说:"我只担心一件事,我怕我们民族配不上自己所受的苦难。"

一个民族,是应该在苦难中升华的,那是把苦难当做财富,但是,我有点失望,快百年了,一个民族又比蔡公时时代进步多少呢?我不是从物质而言,而是从精神的层面,在钓鱼岛事件嘈杂游行的时候,让人看到的是幼稚的义和团式的爱国主义和情绪化的民族主义,一场对日本人的游行,却失焦了,沦为了一场乱哄哄的窝里斗。我曾亲眼看到一个女生,左右屁股上有字:抗日。原本庄重的事件,变成了游戏。

我想这应该不是蔡公时们所乐见的。快百年了,这个民族还在低档次上徘徊,是谁说过这样的话:底层还是义和团,肉食者还是慈禧太后。

是啊,可怕的是这些义和团的子孙们,当自己民族的孩子喝下毒奶粉时,没有见他们抗议的影子;当自己民族小学女生被官员强奸时,没有见他们抗议的影子;当一个一个农民被碾压致死,当金钱能抵消良知,当金钱能让法律俯首,没有见他们抗议的影子;当得令"奉旨爱国"时,这些义和团的子孙像服了兴奋剂打了鸡血,将拳头和棍棒像李逵把板斧一路砍过去,砍向了身边的同胞。

日本人没有把划破我们伤口的刀子包裹起来,我们肌体的自然愈合的机能也蜕化了,一有风吹草动,我们民族的伤口和创面还在哗哗流血。蔡公时死后,于右任先生曾以十七言诗悼念:此鼻此耳,此仇此耻!呜呼!泰山之下血未止!

好个血未止,这是一句谶语,现在汩汩地流淌的不是水,不是泪,仍是血!

一个千年没有摆脱的耻:使节屡被辱

2013年,距离蔡公时殉国,被割鼻剜目八十五年之后的一个夏天,在黄昏,我又一次逡巡在他斑驳的铜像后面,去年8月份,国人反日的游行的呐喊犹在耳际。但这个黄昏是静谧的,阳光消去了威力,从树的缝隙间透过,照在蔡公时铜像上,我看到有几个人朝铜像鞠了躬就匆匆离去,这样也好,没人打搅他,也没人打搅我,我怀疑和平真的是在我们身边降临吗?

人们称蔡公时为现代持节被戕外交史上第一人。是的,在现代社会,一个外交官被侮辱被杀戮,这是一种耻辱,是对国际法的公然的践踏,也是大和民族的野蛮。但我们知道,在日本人眼里,中国人像蝼蚁一样,踩死就踩死,眼睛眨也不眨。其实这样的悲剧,这百年来,我们一次次经历,一次次被辱。

记得1903年,美国旧金山中国驻美公使馆陆军武官谭锦镛,因不堪忍受美国警察的殴辱,自杀身亡。当时的主持正义的世界舆论纷纷谴责美国当局违反国际法基本准则的野蛮行径。梁启超先生闻讯,拍案而起,他愤怒地大吼:"堂堂中国,受此侮辱,天理何容!"于是挥毫赋诗,悼逝者,抒愤懑,记耻辱,唤来者。

诗云:

> 丈夫可死不可辱,想见同胞尚武魂。
>
> 只惜轰轰好男子,不教流血到樱门。
>
> 国权坠落叹何及,来日方长亦可哀。
>
> 变到沙虫已天幸,惊心还有劫余灰。

谭锦镛原本是奉公使之命,于公历1903年8月13日(清光绪二十九年)从华盛顿来旧金山处理外交事务。公务毕,时近黄昏,他走在一座大桥上。一个美国警察与他擦身而过,见是中国人开口即是侮辱的语言:"中国人,黄猪!"并抬手掀掉他有顶戴的帽子用脚踢着戏弄:"哈哈,长辫子,猪尾巴!"受此凌辱,谭锦镛还是压抑着自己,拾起帽子,用英语说:"请先生自重,中国人也是人!""中国人是人?"这好像触怒美国警官,他尖叫着赏了谭锦镛一记耳光。可侮辱自己,不可侮辱母族,于是谭锦镛当即用拳头做了回敬。谁知,这警察吹响警笛,招来几个巡警,寡不敌众,他们将谭锦镛按倒在地,拳打脚踢,打完后,拖到桥下,将他的辫子缚在篱笆上示众,像公园里的动物被展览。美国警察对谭锦镛百般戏弄够了,然后,将他扣上手铐,押进旧金山警察局。

谭锦镛出示使馆武官证件后，美国警察依然傲慢地说："凡是中国人都得挨打，谁也破不了例!"折腾到深夜，一位当地华侨商人花钱疏通，谭锦镛才被释放。

弱国无外交，弱国的子民不如猪狗，不如动物园里的猴子，堂堂大清国的武官平白无故遭此凌辱，有何颜面见江东父老?一个男人，是最不能忍受如此的屈辱，否则则是窝囊废，于是谭锦镛走上高桥，投水自尽，那荡起的涟漪像一只只眼睛，未能瞑目，他以死警来醒世，写下了在近代外交史上百年沉重的一页。

我知道在何应钦与日本人谈判，拟签顶《何梅协定》的时候，有日本外交官使出流氓无赖的手段，把鞋子脱掉，放到谈判桌上，然后盘腿坐在椅子上，并不时地用佩刀敲打桌子，要求何应钦按照日方拟订的条约签字。何应钦没有应允，那日本人竟大发脾气，骂骂咧咧地出了门，没走几步，即解开裤带，不避周围众人，当院小便起来，当众侮辱何应钦。

其实，这样用墨写的历史远不如血写的多，就在十多年前，中国驻南联盟大使馆还被美国飞机所谓的误炸，那只是哄骗儿童的把戏。百年啦，这悲剧何曾离开过我们半步。

我们一直强调外交官的气节，这犹如强调女人的贞节，但如果这世间流氓一天不除，我们的气节就时时面临着被撕碎的危险。

当大家都赞扬持节云中的苏武牧羊的气节的时候，我记得济南饮虎池的子弟张承志写过一篇《杭盖怀李陵》，他给我们提供了另一个视角，从司马迁曾赌上男子身的李陵的角度写出了一种更深刻的悲剧。无疑苏武气节是值得褒扬的，人们常说 慷慨就义易，忍辱

蔡公时遇难地——原山东交涉署

负重难,有一种人在冰天雪地的等待中仍坚持着故国的信仰,日复一日年复一年,这是怎样的心志与担当?"苏武牧羊北海边,雪地又冰天,羁留十九年。渴饮血,饥吞毡,野幕夜孤眠。"在漫漫的雪中,在衰草连天的胡地胡天,不放弃信仰的汉家子。十九年,苏武根本没想着能够活着回到故乡,也不在乎朝廷是否还记挂着塞外的孤臣,耿耿长夜,白露横天,他心中秉持的是自己的道义和信仰,他手持的汉旌节可以磨断所有旌穗,但是大汉国的威仪不能受到半点侮辱,你可以敲碎我的骨,但碎了的骨头每一节写下的都是忠义与气节啊,汉家的铁骨是有金属回声的,当你掷在地上践踏的时候。

十九年,水无常形,逝者如斯,老了娘亲,死了皇帝,嫁了妻子,然苏武汉家节义却不随日夜而改易更张:"心存汉社稷,梦想旧家山,历尽难中难,节落尽未还。兀坐绝寒,时听胡笳耳声痛酸。群雁却南飞,家书欲寄谁。白发娘,倚柴扉,红妆守空帏,三更徒入梦,未卜安与危,心酸百念灰,大节仍不少亏。羝羊未乳,不道终得生随汉使归。"

其实李陵呢,当苏武归去还汉之前,李陵置酒送别,场面极为凄凉,苏武一走,李陵就再没有可说话的人,李陵赋诗曰:"径万里兮度沙幕,为君将兮奋匈奴。路穷绝兮矢刃摧,士众灭兮名已聩。老母已死,虽欲报恩将安归!"诗毕,二人相对而泣。

《诗品》将李陵的诗列为上品,说他是"其源出于《楚辞》。文多凄怆,怨者之流。陵,名家子,有殊才,生命不谐,声颓身丧。使陵不遭辛苦,其文亦何能至此!"李陵的辞多凄怆,抒写的是心中的愤懑,出身世家,才不世出,然而时也命也,名随身毁,身死异乡,如果不是命运如此坎凛,如此无常,那他的文气怎会郁结如此,扭曲如此呢?

正所谓诗必穷而后工,不平则鸣,或许就是源于此吧。诗圣杜甫称赞道:"李陵苏武是吾师"。

"知我罪我,其为春秋",把这句话送给李陵,恐怕是再恰当不过了。苏武走了,相传李陵曾有这样的诗句,那是和苏武对比的:

　　　　子归受荣,我留受辱。

张承志说得好,尤其是当一个人无家可归,朝廷执行不义的时候,叛变也许是悲壮的正道。

在历史的旋涡里,有时对一个人的评价不是一个"汉奸"所能涵盖了的啊,李陵身上有太多的纠结,大汉故国,军人的荣誉,家族的徽章,阴谋与算计,打击和陷害,匈奴的降将,汉家的贰臣。背叛背后的东西呢,有谁锱铢相较过里面的血泪和正当呢?李陵用尽一生的气力,在家与国,个人与朝廷的尖锐对立中,李陵该做怎样的选择。汉武帝在没有做任何调查的情况下,仅凭公孙敖的一面之词,就下令将李陵一家灭门,李陵的老母、妻子、子女和兄弟尽皆伏诛。李家原本世代忠良,现在却落了个"陇西士大夫以李氏为愧"的结局。家破人亡,身败名裂,李陵的最后一点退路,被朝廷断绝了,李陵最后的一丝希望的烛光被朝廷掐灭了。

古人说:一死易,不死难。我们说历史没有假设,如果当年李陵战死或者自尽,那历史必定改写,那又续写了李广的辉煌,成了一个千古英雄。如果,李陵死心塌地地归附了匈奴做"汉奸",那也少了终日承受良心煎熬的苦楚:

> 远托异国,昔人所悲。
>
> 望风怀想,能不依依。
>
> 身之穷困,独坐愁苦。
>
> 终日无睹,但见异类。
>
> 韦韝毳幕,以御风雨。
>
> 膻肉酪浆,以充饥渴。
>
> 举目言笑,谁与为欢!
>
> 胡地玄冰,边土惨裂。
>
> 凉秋九月,塞外草衰。
>
> 夜不能寐,侧耳远听。
>
> 胡笳互动,牧马悲鸣。
>
> 吟啸成群,边声四起。
>
> 晨坐听之,不觉泪下。

李陵是可悲的,是啊,当一个国家不把自己的子民当成一回事,那百姓

1928年济南惨案,被日军炮火毁坏的济南城西门瓮城城楼

的举止和冷漠可知。在第二次鸦片战争中,英国舰队突破虎门要塞,沿着珠江北上的时候,江两岸聚集了数以万计的当地居民。他们以冷漠的、十分平静的神情观看自己的朝廷与外夷的战事,好似在观看一场表演,当挂青龙黄旗的官船被击沉,清军纷纷跳水,两岸居民竟然发出像看马戏看到精彩处的嘘嘘声。英军统帅巴夏里目击此景,十分疑惑不解。然后问其买办何以致此,买办曰:国不知有民,民就不知有国。

我们冷静看历史就会明白,元朝的统治者祸害百姓,但出身于百姓且是汉人的朱元璋对百姓也好不到哪里去?然后又是异族的满人的铁蹄叩开山海关,血洗扬州嘉定,通过屠杀和高压,将征服和忠诚强加在百姓头上;于是在洋人到来的时候,与远方入侵的英人法人相比,那些满大人的合法性又在哪里?于是就有了战争打响的时候,老百姓冷漠地看清廷和洋人开战的一幕。兴,百姓苦;亡,百姓苦!

"国不知有民,民就不知有国。"国是他们的国,家是统治者的私产,与百姓无涉。朝廷从来不把老百姓当人看待,朝廷把百姓视作草芥,那么百姓就会把朝廷视为寇仇了,如此的国家,如此的朝廷,如此的官府,倒了,死了,与百姓的生活何干呢?

一个屡试不爽的规则:功名只在血中求

我看过蔡公时的书法,那是雄强的魏碑的路子,他写的临《石门颂》四条屏和《散氏盘盘》,都透着古拙。有历史记载:蔡公时,九江人,号痴公,少有学,慕陶五柳澹泊志,乃自号"栗里蔡郎"。学于广州,穷不能自给。公时善书,故日鬻字得口食。国父在广州,过其馆,甚爱其字,乃曰:"君欲学耶? 官耶?"对曰:"愿留学日本。"国父喜,资之甚厚。

这故事可以看出,蔡公时凭借自己的书法赢得了孙中山的喜爱,并资助其留学日本,当孙中山的最后时刻,"国父不能起,公时侍左右,进汤药候起居甚谨"。

本质上说,蔡公时是一个血涌于顶的有文人气的救国者。他多次追随孙中山举义,多次流亡,多次被追捕,在清后期这是把自己燃烧来换取民族前程的事业,但我们后人看得清,这些志士从不问自己献身的对象是否值得。也许,他们来不及追问,也不问该不该,就是凭着一腔子赤诚。他曾有吟哦黄花岗七十二烈士的诗句:"气节每于穷处现,功名都在死中求"。无乃这也是自况。

我见到蔡公时的一副魏碑对联:名道俱不朽,仁义垂无穷。

是啊,从来的传统的中国的志士仁人都把道义放在最重的位置,他们追求的是身前事,身后名。这道义,是指一个人对家国情怀的坚守,是仁爱,是正义。义者,是能舍敢舍,所谓的舍身取义是也。

这种义,是对国家的忠,对大众的爱,对脚下土地的眷顾与承诺。义的反义词是不义,不义是没有底线,只有利害的计较,没有是非的操守。道义是我们文化人格的底座,一个民族和一个人没有了道义的担当,那这样的民族是可鄙的,是龌龊的。

而这时,蔡公时出现了,他承担了一个传统文化塑造出来的"可杀不可辱"的典型。他被剜目割舌,犹大骂不止,这是一个志士最后留给世人的姿势,站立的身躯也许会被强暴的拳头打倒,但灵魂却会永远站立,被凌迟的肌肤下是坚硬的骨头。

为了还原"五三"惨案,我发现台湾作家张大春在《聆听父亲》中写到"五三"惨案,张大春祖籍山东济南张家"懋德堂",他给我们还原了许多当时的细节,让我们感受到当时的战争的气味:我奶奶开始抄经的那年五月,我二姑出世。由于日本人成天往济南城开炮,开得满世界乱响,老人们为了哄慰初生的小婴儿(当然也是为了哄慰自己),便不住地念叨:"不怕不

怕，大响嘛！大响嘛！不怕不怕。"我二姑于是有了小名：大响。那是日本人准备发动大规模侵略战争的试探。我奶奶她挺着大肚子招呼煮饭的朱伙计关上大门，不许任何人出入。"要变天了！这不是闹俚戏。"于是奶奶把张大春的父亲——还是七岁的孩子藏在地窖里。

张大春说，大约就在我爷爷往我奶奶身上撒下我二姑的种的前后——1927年7月25日，刚上任三个月的日本首相兼外相田中义一给宫内大臣一木喜德写了一封信，请后者代向日本天皇奏明积极攻打中国的策略，这个密本就是尔后闻名于世的《田中奏折》。田中奏折有一个基本想法：中国统一对日本不利。而田中更不希望中国统一在南京国民政府对北方各地军阀发起的一连串军事行动之下。因此，田中决定"以武力阻碍中国之统一"。他奏折中一部分的原文是："欲征服支那，必先征服满蒙；欲征服世界，必先征服支那。"

嫉妒中国即将被南京政府国民革命军蒋总司令统一的日本人决定扶植北方的军阀——濒临惨败的孙传芳，于是在我奶奶阵痛开始的那一天调派了为数三千的军队开赴济南近郊。5月3日，日军包围山东交涉公署，将交涉员蔡公时掳去，一刀割去他的左耳，两刀割去他的右耳，三刀割去他的鼻子。中国人称此为"五三"惨案。

张大春询问晚餐桌上喝着五加皮酒的父亲："'五三'惨案是怎么一回事？我那样问着的时候，满脑子想象的答案是多少士兵杀了多少士兵的战争细节——那是简陋的历史课本所不能提供的刺激场面。我父亲问我：怎么想起来问这个？我说：历史课本上提到济南发生'五三惨案'。我父亲'喔'了一声之后想了很久，终于慢条斯理地告诉我：他在地窖里出了水痘，日本鬼子到处开炮，我奶奶则亲手包了一板子蚕豆大小的饺子给他吃。'因为我那时候喉咙肿了，什么也咽不下，又想吃饺子。'我父亲说着哽了声、红了眼，随即落了泪，冲我用国语说了句：'我想我妈妈。'我母亲在旁边放下碗，说我父亲喝了酒净说废话。"

这细节是如此的饱满，这是当时百姓的真实的生活，在炮声下求生活。当蒋介石第二次北伐出师的时候，蔡公时也随蒋介石到了济南，国民政府任命他为战地政务委员会委员兼外交处主任、山东特派交涉员,主要职责是代表国民政府外交部处理战区的外交事宜。

谁也不知道,中国外交史上最悲惨的一幕将要上演,据史料载:

蔡公时是5月2日晚上9时到达济南车站的,3日早上,身着一身戎装的蔡公时,率领18名署员来到位于济南市经四路的山东交涉署开始办公。

上午10时许,交涉署外面枪炮声大作,署内随行人员人心惶惶。这时蔡公时安慰大家:"此乃日兵示威,不要紧,请大家安心办事。"

于是他就给日本领事馆打电话,对日军的非法行为提出质问,可电话线很快被日军切断。留学日本深知日本人习性的蔡公时立马意识到问题严重,于是急作三函,一封转呈蒋介石,一封给外交部部长黄郛,一封给战地委员会主席。但派出的外交信使,因日军的武装阻拦,三封公函一封都无法传递出去。

下午4时,日军二十余人冲进署内,要求在公署三楼架设小钢炮,轰击马路对面基督教医院内的北伐军,被蔡公时断然拒绝。

从下午6时起,为避免事态扩大,北伐军依蒋介石"暂时隐忍"令相继撤离济南商埠地区,与外界隔绝的交涉署人员没有得到通知,饿着肚子,饥肠辘辘地坚持办公至晚间9时。

进入夜间10时,枪声更密,蔡公时命部下归寝。

10时半,交涉署外捣门之声急如骤雨。门房进来报告,说有武装的日本兵在叫门,从门缝里看他们,凶神模样,似要生事。蔡公时严令门房坚守门户,切勿放入。未待蔡公时部署完毕,二十多名佩刀持枪的日军已破门而入,其中有两名军官、一名翻译。一进入署内,士兵即剪断电灯线,全署陷入一片黑暗,而日军皆携有手提探照灯和手电筒。交涉署人员被日本人的强光刺得睁不开眼。翻译说日军是为搜查枪械而来,因为上午有两名日兵在交涉署门口被打死,一定是交涉人员所为。

蔡公时交涉:"白天两个日本兵在交涉署门前系中流弹身亡,与本署无关。我们是外交官不带武器,没有搜查的必要。本人是交涉员,此事可由贵国领事馆约晤洽商。"

日本兵毫不理睬,声嘶力竭地喊着,你不配讲这些,不必多说,有枪械快拿出来!

交涉署皆文职人员,除蔡公时有一支自卫手枪,其他人员皆不佩武器。日军官当然知道常识,自卫手枪的射程是达不到大门口的,但还是没收了蔡公时的手枪,仍蛮横地要求非搜查不可。

蔡公时言辞慷慨:"若诸位定要搜查,就请便,如果搜不出,即应退出交涉署!"

谁知日军继而提出了更无理的要求,要将交涉署人员先行捆绑,蔡公时认为此举有辱国体,拒不接受。

日兵不由分说将蔡公时等人捆绑起来,并脱下上衣,有的连裤子也被脱去,然后用绳子将四人系在一起,集中在一个房间里。

日军官端坐在中间,命令蔡公时跪下认罪。蔡公时不从,并斥责日军"你就是杀了我,我也不能跪在侵略者的日本军阀面前。"

"你是说不愿跪下?"日本兵边说边将蔡公时旁边的庶务张麟书拖出来,残酷地割去耳鼻,问蔡公时:"怎么样?"

蔡公时怒不可遏地向日军提出严重抗议:"此系中国政府的外交机关,非军事战斗单位。诸位既不明了外交手续,一味蛮横无理,实非文明国所应有之为。如果你们还有什么疑问,可一起到日本领事馆去谈判。"最后,他号召全体署员:"大家没法,赴死可也!"

张庶务满脸是血,悲愤万状,破口大骂日本人。日本人朝他开了一枪,接着又用同样的手段杀死了另一个中国人,再问:"现在怎么样? 会跪下了吧?"

蔡公时站在那里,仍断然拒绝下跪。几名日军士兵冲上来,死死地按住他的背部,割他的鼻子,割他的耳朵,又用枪托将他的腿骨打断,蔡公时这才倒在地上。但他仍然挣扎着,大骂日本军阀,日军士兵就撬开他的嘴,割去了他的舌头,顿时蔡公时血肉模糊,惨不忍睹。另据《国民革命军战史初稿》记载:"日本人闻蔡公时痛骂后,更刀枪拳足一齐并下,复将诸人分三四组拽出屋外,执行枪决。依交涉署勤务兵张汉儒说,他于忙乱中由案上跌地，拾得剪刀，乘黑暗中剪断束缚，乘机逸出，奋勇登墙，连越四墙，始落一空地，适有一空水桶在，乃匿伏桶内。天明，张正无计逃出防线时，遥闻小车声远远而至，伸头探视，系一苦力推水者。俟其近前，张对之略述一日夜之经过，求为援救。苦力亦泪滢滢然，允为设法施救。张探衣袋时衫内尚有银币五角，以授苦力，易其短衫一件，更换血衣，始出桶外，冒推水者，同苦力拉车，绕道退出防线，即奔往各官署，报告蔡主任被难情形。"天公有眼，若没有张汉儒逃脱魔爪，那这段史实就堕入历史的黑暗，历史只承认记录下的东西，无论文字还是建筑、绘画，于是张汉儒的死里逃生方使这一惨案大白于天下：

"日军把蔡公时及庶务张麟书、参议姚成义、办事员周惠和等编为一组，将5人衣服全部剥下，蔡主任惟左脚尚留一袜。日军将他们拖到院外，横加鞭笞。"

"当时我也血流满面，虽痛至彻骨，犹念及蔡主任不知已作何形状。借日军手电得见诸人大半有耳无鼻或有鼻无耳，其状之惨几至今我昏厥。蔡主任被割去双耳，剜下双目后在极度痛楚中仍大声斥敌：'日人决意枪杀我等矣，惟此国耻，何时可雪？'他用九江口音喃喃地说：'不料我辈不死于枪林弹雨之中，而竟死于强暴倭奴之手！'同人闻言均悲愤不已，怒骂日军。日军疯狂几如野兽，用刺刀割出蔡公时的舌头，用枪托打断蔡的双腿。俄而枪声突起，余知蔡主任等已英勇就义。"

这是亲历者记述的一幕，我完整地转述在此，为历史存照，为弱国的外交被凌辱被伤害的那些无辜的人，不幸生为这柱有那么多所谓的四万万的芸芸众生存照，也为日本人在这片土地犯下的暴行存照！

日寇屠戮中方外交人员，唯恐暴行败露，激起国际公愤，于是在交涉署内焚尸灭迹，但他们在国际外交史上留下最血腥、最残暴的一页，是永远也抹不掉的！这就如鸟从天空划过，虽然没有了踪影，但鸟毕竟从天空划过，历史的良知从不缺席，正义虽然蹒跚，但正义无论来得多么迟缓，它最终必将到来。

这事件在蒋介石的心中留下了永久的痛，他在1928年5月3日的日记

中写道:"身受之耻,以五三为第一,倭寇与中华民族结不解之仇,亦由此而始也!"自此之后蒋在日记中坚持每日写上"雪耻"二字,直至终老。

让我们记住这些名字吧,在弱国外交被欺凌的情况下,他们喋血以死,用血洗亮了屈辱,但没有洗去屈辱:

蔡公时,48岁,战地政务委员兼外交处主任,山东公署交涉员,江西九江;

张鸿渐,参议科长,南京丹凤街54号3进;

姚成义,科员,安徽桐城羊子巷;

姚成仁,科员,安徽桐城羊子巷;

谭显章,科长,42岁,广东南海(北平西四兵马甸山门7号);

傅宝山,34岁,徐州北把子街陈复泰家;

黄继曾,36岁,徐州东乡毛庄;

张德福,32岁,湖南长沙(南昌皇殿侧44号);

陈端成,20岁,徐州城内古观音堂;

张麟书,28岁,九江内仓巷93号;

济南惨案纪念碑

刘文鼎,25岁,江西宜丰(南昌经堂巷12号);

姚志怀,22岁,江西南昌瓦子角原吉祥袜号分居山背村;

熊道存,38岁,江西九江赵家花园27号;

韩树椿,20岁,长清县城东乡更新里曹王庄铺(济南中大槐树103号);

王德禄,21岁,山东历城(济南圩门外27号);

王立泰,勤务兵,江都(下关俭德储蓄会仙女庙宜陵镇)和周惠和。

这些名字,在八十五年前,都是有体温,有声口的男子,大的不到五十岁,小的才二十,兴许还没有恋爱,还没有情人,为了北伐为了统一而流血。百年了,外交使节屡屡被戕,这就如一种巨大的民族悲情笼罩了历史:也许每一次的被戕,都使后死者坚信,被戕者的血不会白流,会浇灌出未来的强盛,每一次的被戕,都会被人祈祷这将换来我们民族的进步,但好像每一次的血都确乎白流,因为被戕者的名单自蔡公时下面还在继续,血还在流,时间仿佛就是停滞。

为了这个古老的国家,究竟还要流多少的血才会到头啊?有时在夜深人静的时候,真想醉歌一哭,涕泪合流,哭着民族之痛,哭着民族如何才能走过这道坎。

一个沉重的话题:怎样对待自己的英雄

一年曾到庐山旅游,顺势在看烟水亭,那时就看到了蔡公时留在"苍茫烟水间"的长联:

请看世局如棋,天演竞争,万国人情同剧里;

好向湖亭举酒,烟波浩渺,双峰剑影落樽前。

人们说,那是1908年,蔡公时自日本回国,6月6日,偕乡友张希之同登烟水亭,感时伤怀,心情十分低沉,写下了魏碑体长联。

"文革"期间,景点内的许多文人墨宝被当做"四旧",统统拉到甘棠公园烧掉,蔡公时烟水亭的这副木刻楹联也在其中。当时,执行烧"四旧"任务的人群中,有一名工人看到这么多珍贵的横幅、楹联要被毁掉,感到十分可惜,便偷偷地用铅笔和毛边纸,冒死将蔡公时的楹联一点点地摹下影子,然后放到家里的一个罐子里偷偷保存。

"文革"结束后，九江市恢复烟水亭景点，在一次征集文史资料时，终于有人将摹下蔡公时楹联的事说了出来。因风化多年，文博专家拿到这副作品时，已是一块块的毛边纸小碎片，人们于是一点一点地拼，结果拼出了一副完整的楹联，最后请雕刻名师执刀，雕刻了与原作一模一样的木质楹联，重新悬挂到烟水亭。后来人们不知冒死救下蔡公墨宝的那位工人在哪里，也不知道他还在不在人世。但是他做了一般人不敢做的事，这称得起奇迹和伟大。

没有伟大的人物出现的民族，是世界上最可怜的生物之群；有了伟大的人物，而不知拥护、爱戴、崇仰的国家，是没有希望的奴隶之邦。

礼失，求诸于野。这个无名的工人，也许不知道大的空泛的道理，他也没有受过蔡公时的恩惠，但他有超越那些癫狂时代毁灭文化薪火的伦理大义。当整个社会陷于狂热，陷于迷信，颠倒黑白，他用他朴素的举动，在自己心中为我们供奉了蔡公时，保存烈士的墨宝，使它不至于湮没于世间。要知道，在"文革"的癫狂中，许多人比他有高位有权势，有学问有修养，但那些人会掂量，会权衡哪头轻哪头重，那些人成了沉默的大多数，成了沉默的奴隶和羔羊。

是啊，我们怎样对待我们的英雄？这是一个沉重的话题。

发生在蔡公时身后的许多事，让我们知道我们这个民族的悲剧和坎坷。

如今，蔡公时的尸骨何处？是的，在意识形态变态的岁月，那些国民党抗战的英烈被隐遁了，雪藏了，我们只知道地雷战和地道战，不知血战台儿庄，也不知衡阳保卫战，在"文革"中，赵登禹的墓曾被红卫兵掘开，尸体被侮辱。

作为中国人，今天我想起在抗日战场上用血肉之躯抵抗了小日本的几千万中国先辈……我欲哭无泪，我想跪下叩一万个响头……却找不到他们的牌位！

我对那冒死藏下蔡公时墨宝的无名工人致以深深的一躬。

是啊，围绕蔡公时身后，曾发生诸多感人的故事。

　　我想到收养蔡公时女儿的查尔炽，蔡公时殉国时候，女儿才一岁，出生后就患脾疾，肚子肿胀很大。蔡夫人抱着女儿从南京来济南悼念丈夫，顺便让丈夫的好友查尔炽给女儿看病。

　　查尔炽曾任山东栖霞县县长，卸任后闲居济南。查与第一夫人费氏，生有儿子叫查禄昌。查尔炽在天津的兄长无子，按当时风俗，他只得把儿子过继给兄长。查在济南娶第二夫人李氏，未曾生育。查尔炽精通中医学，尤其擅长治疗儿科疾病。查尔炽见蔡公时女儿病情严重需要长期诊治，就提出收养她。蔡夫人考虑再三，即狠心托查尔炽抚养。他后来给女儿起名查学敏。在养父的精心调治下，病情逐渐好转。

　　后来查尔炽搬迁到天津。到天津后，对堂侄查禄百详述了抱养女儿的事情，并嘱咐他严守秘密，对人只说是李氏所生。后来查尔炽死掉，这个秘密一直就是个秘密。

　　然经过六十五年，这个蔡公时的骨血辗转北京、天津、锦州，查学敏走过很多地方，最终跟随丈夫来到济南，落户济南，仿佛冥冥中是蔡公时将他的女儿牵引至此，与他相伴！

　　但是我们还有诸多的遗憾，蔡公时的尸骨在哪里？也许已经归于虚无，我们纪念他，我们对着他的雕像，总有一丝的歉疚；也许，你说这是战乱，但我们民族应该承担的责任心和价值观呢？

　　一些人可流血，但不要一些流血的人流泪，他的铜像可以回家，我们可以迎回，我们何处去觅他的尸骨，还有徐悲鸿先生的那幅流逝的名作《蔡公时被难图》。

　　史载：蔡公时等17人殉难后，当时日军占领交涉公署、杀害交涉人员，深知杀害外交人员的后果，怕留下罪证，尸体进行了秘密掩埋。此时，国民革命军奉命撤离济南，未能顾及他们的尸体。当时，传言蔡公时等人的尸体就地掩埋在院内，有说尸骨早已被日兵浇上汽油焚烧了。1930年6月25日蔡夫人由上海启程赴济南。29日，曾担任国民革命军总司令部政治部副主任兼代主任的山东省教育厅厅长何思源等，陪同蔡夫人到原山东交涉员公署，当场挖土两尺，便发现了裹尸席子和捆缚的绳子以及不全的尸

体。后院中间,又掘出军用刀枪、套子镫、军衣十余件。在院西南之墙约一丈五尺的地方,掘土五寸,又见衣物、鞋帽、山东军用地图、烧而未化的头骨四只、脚手骨、肉炭等,从死者隐约可辨的血衣断片和附近挖掘的物品,断定是蔡公时遗骨。她随即找来一只大皮箱将尸骨全部装在一起,外面加以木板固定,然后,报告外交部恳请派员迎护。这一消息被济南惨案另一被害人张鸿渐的夫人何桂青得知后,也给外交部写信,称蔡夫人收理的尸骨,恐怕不止蔡公时一人之尸,请求政府明令禁止安葬,将烈士遗骨静候办理。后来,这箱尸骨运到南京外交部,放在了楼下地下室。日军侵占南京,国民政府撤退重庆时,外交部丢弃于地下室。日本投降后,国民政府还都南京,却发现放在外交部地下室内的一箱烈士骨骸不翼而飞,几十年来再无线索。据传南京沦陷后被入城搜索的日军发现,为毁灭日兵枪杀外交人员的证据,而再度销毁。还一种说法是,国民政府撤退后,小偷光顾外交部地下室偷走皮箱,发现是一箱骨头,便把箱子扔到了江中。

但是,在烈士殉国后的一些事实,却令人悲抑,烈士是不好当的,烈士为国捐躯,然而又有几人想到烈士的家又承担了多少的不幸。

烈士是有代价的,烈士得到了好名声,但只能在棺材里享用,而他们的妻子、儿女、父母呢,况这些烈士连尸骨也没有留下啊。

"五三"烈士殉难后,殉难家庭生计困难,国民政府根据标准和等级为遗属们进行了抚恤,海外捐款也给了一些补助,才得以勉强度日。在领取抚恤补助中有的竟遭遇了曲折和辛酸。

殉难参议张鸿渐原籍江宁,家住南京。财政部就把他的抚恤补助金转到原籍,由江宁县发放,其夫人何桂青几次赴江宁县领取,财务局出纳员王升礼把持不发。原来江宁县县长王尧看中了何桂青,图谋不轨,并且侮辱她,并指使出纳员不发她抚恤补助金,以此要挟,迫其就范。刚烈的何桂青忍无可忍,进行了告发,县长王尧和出纳员王升礼被撤职,方才领取到抚恤金。谭显章的遗妻徐煜珍也有类似的遭遇。财政部也把住在北平(北京)谭显章的抚恤金突然转给河北省大清县代发。徐煜珍往返大清县数次,分文未得到,不得已报经外交部转财政部,由北平(北京)发放。谭夫人一人拉扯着7个儿女艰难度日。

被难遗属领取慰问金时,被难人员姚志怀母亲姚燕氏与娘家侄子有一段官司。国民革命军北进时,蔡公时的勤务兵陈普远因怕危险没有去,陈的姑母姚燕氏听说后便把自己的儿子姚志怀冒名顶替其参加国民革命军。姚被害后,陈的家兄陈疏远领取了姚志远的抚恤金,此事被人检举后,两家引起纠纷,姚燕氏又通过外交部把名字进行变更,方才领取了抚恤慰问金。

我想蔡公时的女儿,被查尔炽抚养,这里面既有为历史抚孤的历史情怀,也有蔡夫人生活困顿的无奈吧。

再想想蔡公时铜像历经的坎坷,那铜像的眸子是应该流泪的吧,在新加坡"晚晴园·孙中山南洋纪念馆",那纪念馆的入口处,矗立着蔡公时的全身戎装铜像。

这尊由海外华侨捐款铸成的铜像,在新加坡存放了长达76年之久而没能还乡。

当时蔡公时在济南殉国的消息传到南洋,各地的华侨为之震惊。1928年5月17日,一千多名华侨代表在新加坡中华总商会举行大会,讨论通过了筹赈"济南惨案"的具体办法,并成立了"山东惨案筹赈会",推举陈嘉庚为主席。

筹赈会成立以后,受各界华侨之托,在德国订制了一尊蔡公时全身戎装铜像,于1930年铸成。陈嘉庚本打算将铜像运至济南,安放于蔡公时罹难地,因当时国内局势动荡而无法运达,只好暂时安放在新加坡的南益树胶厂内。1942年新加坡沦陷后,为避免被日军毁坏而将铜像埋在地下。1945年新加坡光复后,铜像才重见天日,后来一直存放在"晚晴园"内,由新加坡中华总商会负责保管。

陈嘉庚对蔡公时铜像一直非常关注。晚年,他将南益树胶厂交给侄子陈共存管理,并嘱咐陈共存寻找机会将铜像运至国内。

1957年,陈共存致函中国有关部门,表示要把铜像运至中国,但由于当时的政治气候而被婉拒。民族的英雄被这个国家拒绝,我的心蓦然感到

了一丝的寒意,这也许就是李陵背离的内在的缘由吧。

看一个民族对待自己的烈士就可看出这个民族的民族性,那些烈士丢掉了宝贵的头颅,我们一些人却丢掉了宝贵的一个民族的生存的价值观,也许在某些人看来,我们的烈士就如风中的枯草,早已化作了尘埃,归于了虚无,遗忘,遗忘成了习惯,遗忘成了基因与传统。没有记住耻辱的民族,没有记住昨天的民族,注定没有明天。

所幸的是,在2002年9月16日,新加坡《联合早报》上刊登了区如柏女士采写的报道——《埋在地下的烈士铜像》,披露了蔡公时铜像的历史由来。济南的有识之士获悉后,成立了专门机构,开始了长达四年之久的蔡公时铜像迎请之路。

我想我们迎请的不仅是一尊雕像,而是我们缝合断裂的历史,烈士应该得到他所应受的尊崇,历史是要求后人记忆,历史更要求后人承担。蔡公时的纪念馆和雕像不仅仅是文物,我们所做的也不仅仅是每年的5月3日的警报的拉响,我们要的是对这个民族的担当。如果只是每年的纪念日的献花致辞,那我们的历史的悲剧可能会再一次的降临。到了那时,也许又临着后人为我们的缺失抱恨的时候,谴责的时候。

建纪念馆不难,难的是守住民族的一口丹田气,历万劫而不改,不因朝代的更迭而消失,也不因一家一姓的统治而变质。这是一种朴素的爱,这不只是一个认识的问题,这是一个民族的DNA,这样的基因不因时代的迁移而变异而损耗,那才是烈士所欣慰所不后悔当初流血殉国的期许。

蔡公时铜像

我想，也许是现代人太聪明了，太圆滑了，现代人的参照太多，心眼活泛，诱惑也多，所谓的民族了家国了，所谓的道义和坚守啊，成了一种被嘲弄被亵玩的东西，思想被认为是一种负担，责任伦理被认为是一种傻子。放纵自己的肉体，放逐自己的灵魂。

现在的人，对过去的那些烈士的精神也少了一种虔敬和肃穆。其实几千年里，一些我们传统文化的养分和人生底座的关键词，是应该不变的，比如那些对国家的忠爱，九死而未悔的情怀。

这是我们应该坚守的，也是不能用以突破的，我想到在孔林里，在孔子的墓地旁有处景点，叫"子贡庐墓处"。孔子死后，学生子贡守墓六年，后人立碑颂之。子贡曾在孔子墓旁广楷树，后人便发明了"楷模"一词，来赞颂这位守护精神价值的圣徒。今天还能有人守护蔡公时的精神吗，在这个喧嚣的时代，还有愿意为神圣守灵而看家护院的人吗？

一个避不开的宿命

蔡公时用血写就了他的历史，而他留给我们后世血的启示录又是什么？会是什么？如果他的血，洒在大地上的血，能促使我们思索民族和国家的命运，那他的流血流得有价值；如果他的血最后悄无声息，曲终人散，花落春空，那将是最大的悲哀，无论对蔡公时，无论对我们，还是他流血的民族和历史。

一个民族的命运犹如一个人，中国百年来的飘荡颠簸，这里面有一个关键因素，有一个幽灵般如影随形摆脱不掉的梦魇：日本。

夫子云：德不孤，必有邻！但讽刺的是我们民族的不幸就是我们有了这样的一个邻居，日本近乎是中国发展的克星，近代以降，历史曾给我们民族两次重要的发展机遇，但都因日本的因素而中断。美国著名人类学家本尼迪克在其经典名著《菊与刀》就给我们描述了这样一个奇特的民族，一个东方岛国民族却综合了许多不可思议、相互矛盾的特点：他们既温和又残忍，既礼貌又野蛮，既温文尔雅、谦恭有礼，又嗜血好斗、杀戮无常；他们既喜欢温柔的花道和茶道，又极端钟爱冷酷无情的剑道和武士道。日本人做

事情非常精细,注重细节,在关键时候又酷爱冒险,有时候甚至可以毫不犹豫地将国家的命运放在赌桌上。

而现在我们中国,经过百年沧桑,再一次面临着新的机遇和转型,我非常喜欢唐德刚先生的"历史三峡论",他说中国历史在秦朝出现了第一次"大转型",由分封制转到郡县制,由公元前4世纪中叶商鞅变法开始,一直到汉武帝与昭帝之间(约公元前86年)才大致安定下来,前后转了二三百年之久,自此这一秦汉模式的中国政治、经济、文化制度,便一成不变地延续下来。及至清末,中国出现了第二次大转型,由帝国转为民国,用唐先生的话说便是:

"这第二次大转型是被迫的,也是死人如麻,极其痛苦的。这次惊涛骇浪的大转型,笔者试名之曰'历史三峡'。我们要通过这个可怕的三峡,大致也要历时两百年,自1840年开始,我们能在2040年通过三峡,享受点风平浪静的清福,就算是很幸运的了。如果历史出了偏差,政治军事走火入魔,则这条'历史三峡'还会无限期地延长下去,那我民族的苦日子就过不尽了。不过不论时间长短,历史三峡终必有通过的一日,这是个历史的必然。到那时'晴川历历汉阳树,芳草萋萋鹦鹉洲',我们在喝彩声中,就可扬帆直下,随大江东去,进入海阔天空的太平之洋了。"

但我们能顺利通过"历史三峡"吗?在我国由传统走向现代的历史上,曾经有过三次现代化的努力:一次是晚清政府迫于列强的侵扰所做的初步现代化尝试,洋务运动是其有成效的显例,但由于1894至1895年的中日甲午战争被日本强行打断了;第二次是民国政府的现代化努力,1928至1937年的黄金十年,国力开始上升,但又由于1937年日本军国主义的全面侵华战争,再一次被打断。

而今天,我们正在进行中的现代化建设的进程还远远没有完成呢,我想问一句:我们这次的现代化进程,还会被打断吗?还会被日本人打断吗?当这个话题出现在脑海的时候,惊得我夜半坐起,久久没有睡意,而坐等天明。

近来,日本人一次次借钓鱼岛挑事,这无疑又是一个圈套,我们切不可凭匹夫之勇,只有谋之深,才能立之久!老子说"勇于敢则杀,勇于不敢则活",虽然我们的国力和军力与清朝后期和民国相较,有了质的飞跃,且清朝后期中国的GDP约为日本的5倍,但中国军队却在1894～1895年的中日甲午战争中一败涂地。

现在的大和民族既变又没变,他们的狡蛮、阴、狠、远谋虑深没变,他们变的是包装,他们的丑恶和目的是被什么掩盖着的。熟读历史的人就会知道,往往在写满"仁义道德"的字缝里,有着"吃人"的血迹,而今谋国者切不可逞一时之气、长虚骄之气、凭血气之勇,那和甲午战争所谓的主战派自满轻敌瞧不起倭寇一样,最终在黄海大东沟买单,当时北洋水师5艘战舰被击沉,一千余名将士殉国。

我们看投入这次海战的中日舰队实力表:

军舰总数	鱼雷艇数	铁甲舰	半铁甲舰	重炮	轻炮	排水量
中国舰队 144	6	0		21	141	3.5万吨
日本舰队 120	1	2		11	209	4.1万吨

双方舰队的实力不相上下。北洋舰队的优势是铁甲舰和重炮较多,其中定远、镇远两艘主力舰无论装甲、吨位、火炮口径都是当时世界领先、远东一流的战舰。日本舰队的优势是舰速较快、机动性强。单纯从军力上看,中国舰队还略占优势,但海战的结局却是相反。北洋舰队被击沉5艘军舰,受到重创,而日本舰队未失一舰,只有几舰受伤。

黄海之战虽然失利,但相比还算是甲午战争中打得最好的一仗,其余大部分战役、战斗,要么一触即溃,要么望风而逃,根本不是武器优劣、装备好坏、兵员多寡的问题。

后来日军攻打辽东半岛,清政府经营二十多年,耗银数千万两的重要军事基地旅顺陷于敌手,大量船只、武器、装备、粮食被敌缴获。日军兽性发作,残忍地进行屠城,旅顺数万军民被杀害,全城仅有36人幸免于难。

屠杀的目睹者英国人阿伦在《旅顺落难记》一书中写道:"日军进城后,满路都是被杀者的尸体,竟辨不清路来。在一个池塘边,站满了日军,赶着一群老百姓,往池塘里跳。只见水里有断头的、腰斩的、穿胸的、破腹的,搅

作一团。有一个妇女抱着一个孩子浮出水面,正往岸边爬来,日本兵就用刺刀对准她当心扎了对穿。第二个就刺那个小孩,只见刺刀往上一挑,小孩就被挑在枪头上。在另一个地方,10个日本兵捉了许多逃难的中国人,把辫子联在一起,当枪靶子打。有的斩了一只手,有的割下一只耳朵,有的斩断一只脚,有的砍头。"1895年在旅顺建立的"万忠墓"碑文记下了日军的这场暴行:"光绪甲午十月(1894年11月)日本败盟,旅顺不守,官当商民男妇被难者计一万八百余名,忠骸火化,骨灰丛葬于此。"

这血的一幕,在1928年5月3日又在济南上演。

一个人和一个民族一样,既要有世俗的智慧,如狐狸,如商人,更要有理性的智慧,如哲人,如智者,在更高的层次上设计这个民族的路向。当年的清政府错误估计形式,开始改变洋务运动的韬光养晦的既定政策,与日本大打出手。一向被国人视作"蕞尔小国"的日本,竟然把庞然大物中华帝国打败了。败得那样惨。北洋舰队全军覆没,还要赔款白银2亿两,把台湾割让给日本,虽然台湾1945年归还中国,却埋下了"台独"的祸根。

在甲午年,只是短短几个月,清军被日本人打回了原形,洋务运动的神话成了美丽的幻影和泡沫。

义和团式装神弄鬼的战法,与忍得一时的雄才大略谋国者实是判如云泥。兵者,诡事也,谋国者要襟抱雄阔,以国家长远利益和百姓福祉为第一考量,所谓治大国如烹小鲜,是说治国者对国之重器要战战兢兢,如临深渊,如履薄冰,像在锅中烹制小鱼一样,稍一不慎,鱼就会烂!治国者对待国之重器且不可亵玩之儿戏之。

这百年来,我们的国家可以说是灾难深重:

什么样的悲剧没搬演过?

什么样的死亡没发生过?

什么样的饥饿没来临过?

什么样的圈套没被设计过?

什么样的战争没发生过?

什么样的苦胆没被这个民族强行吞咽过?

　　血也流过,谎言也看过,友谊也被利用过,承诺也曾背叛过,我们的心智应该成熟了。历史曾给我们民族以机会,1861年,中国在经历了两次鸦片战争,被打痛了打怕了,中国不仅丢尽了脸面,而且损失惨重,年轻的咸丰帝也在第二次鸦片战争结束后一命呜呼,于是知道再豪华的大厦也会倾覆,所谓天命是不存在的。山河将崩,九州幅裂,中华民族面临着被瓜分,打痛后终于醒悟了,于是开始学习西方,史称洋务新政。当时的中国明白了之所以在战争中失败,不是运气,不是正义非正义,而是技不如人,要想不挨打,只有走进丛林,按照"丛林法则"与列强共事,与狼共舞,强壮自己的爪牙,磨砺自己的胆子,与那些狮子虎豹们比肩。那以后的几十年间,大清国的面貌很快焕然一新,一派生机,自1860年起至1894年甲午战争失败终,前后达三十四年,中国的经济构成变了,近代化工业基础成型了,中国的政治架构尤其是法律、制度经过调适,也在慢慢向世界靠拢了。一个全新的中国转型也并非是一句虚言。

　　我们事后如果持之公允,就会知道那是拜洋务新政之赐,那些有远见有谋略的政治家们如曾国藩、左宗棠、李鸿章辈充分利用难得的几十年和平环境,最大限度减少外部冲突与损耗,韬光养晦,埋头恢复经济,发展实业,将一个古老的中国艰难地带向了近代国家,为后世发展奠定了基本的路向。

　　然而,就在中国依照自己的节奏按部就班行进时,幽灵日本出现了,迎头打乱了中国现代化的进程。

　　历史无法假设,假如中国在1894年不与日本大打出手,假如中国在那时听听北洋大臣李鸿章、兵部大臣孙毓汶等人的反战理由,听听国际上各大国对中日关系的看法,想尽一切办法避免战争,中国继续沿着中体西用的洋务新政的路子走下去,再假二十年,那时中国会是什么模样?

　　然而,历史无情。甲午战后,一切归零。中国又经历三十几年动荡,于1928年重建统一,开始新一轮现代化建设。

　　其实,我们看蔡公时被戕的济南惨案并不是一次日本人孤立的侵略和偶发暴行。从日本内阁会议确立侵华总政策,并武力推行既定国策的历史

进程来看,济南惨案正是"九一八"事变的序幕和预演。历史证明,济南惨案—九一八事变—七七事变—太平洋战争,正反映了日本军国主义实施分割满蒙、征服中国、兼并亚洲、称霸世界的这一征服计划的侵略历程。

七七事变,又是日本再次打断了中国现代化进程,使中国发展的黄金岁月戛然而止。八年殊死抵抗,中国付出了伤亡三千万人的巨大的生命代价、物质代价,日军铁蹄所至,生灵涂炭,屠刀所向,尸骨成山,战前开启的现代化进程也化为青烟一缕。

如今中国又到了历史发展的关键时刻,这时日本又站了出来!日本会不会第三次打断中国现代化进程?我无语,只能恸问苍茫大地,谁主沉浮?

其实,面对蔡公时铜像,时时感到他的追问,也时时感到历史的追问,综观蔡公时家族的命运,我总是感到一种神秘莫测的命运在里面,就像我们的国运,当你以为有转机的时候,忽然却180度的转弯,使人措手不及。

这里面有挣扎,有急流,最后应该是恺撒的归恺撒,上帝的归上帝,蔡公时的流血应该受到的尊崇,他的血留下的启示呢,这种悲剧是否会永远在我们民族终结呢?我想被剜去眼睛的他留给世人的目光是悲悯,是怒火,他体验了一个民族的苦难,他也给出了一个民族面临苦难的大义凛然。

这是我们民族的苦难担当者,这是我们民族的圣徒。他死掉了,他却又在注视着,他为罪恶见证,为5月3日历史的落难见证,让那些死去的冤魂在他这里得到安慰和祭奠。

其实我知道他的眼睛是被剜去的,那留下的空白,留给历史的罪恶来忏悔吧,留给那些让大敌当前却只关注自己皮毛的人忏悔吧。我知道,历史从来就不是空白的。但到文章结束的时候,我好像看到须髯飘飘的于右任先生,在丈二巨宣上,为蔡公时写的纪念词:"你看见吗?你记得吗?"这词如一把把利刃,闪着斑斓寒光,长啸而出,刺向我们,刺向苍茫,让人无法躲避!

风俗风味 之

故乡是一种容器，
故乡是收藏我们童年哭声的地方，
一石一础、一草一叶、井栏榆树，
那都是我们的见证，
那里勾留了我们的年轮，
涂抹了黄昏时我们读书的影子，
还有那塞满草的窗子，
当我们夜晚背诵课文的时候，
常仰着脖颈望着窗外的星空，
像是背诵着夜。
现在那里的夜还是那样纯净吗？
没有一丝的阴翳，
没有污染没有毁容。

舌底的山东

一

山东的吃,上可国宴,满汉全席的"汉",就是指的鲁菜;而下可普通百姓,就是煎饼大葱和馒头。官家可大快朵颐,百姓又可吃得额头流汗,一片喉咙响。

有人调侃说:孔子是一个吃货,舌头很刁,能辨分毫。夫子确实说过:食不厌精,脍不厌细。但也是一个挑剔的吃货:割不正不食!夫子教人食而有道、知礼、守节。半部《论语》可以治国,剩下的半部呢,那主要是谈吃。孔子关于国君赐食设食、君子依礼而食、民间饮食礼仪、膳食均衡搭配及其色、味、形、质、养、器的话语,这在《乡党篇》《为政篇》《八佾篇》《里仁篇》《雍也篇》《子罕篇》《卫灵公篇》《阳货篇》等比比皆是,尤以《乡党篇》较为集中。孔子当然不是在培训烹饪厨艺,而是在着眼"夫礼之初,始诸饮食",旨在揭示膳食礼仪承载的人际关系、伦理道德,追求"饮德食和,万邦同乐"的理想境界。由此,齐鲁餐饮被纳入了文化的行列,与整个民族文化同根同生,与哲学、艺术、伦理、道德等一道发挥着"修齐治平"的功能。

我常感慨孔子的那种对道与真理的情怀,夫子说:"君子谋道不谋食。耕也,馁在其中矣;学也,禄在其中矣。君子忧道不忧贫。"

《孟子·告子下》就有段问答,任国有一个人问孟子的弟子屋庐子几个尖锐的问题,屋庐子一时竟回答不出,只好跑去问老师。

任国的人问:"礼与食哪个重要?"屋庐子回答:"当然是礼。"任国人又问:"色与礼哪个重要?"屋庐子回答:"当然还是礼。"那人又问:"按照礼节求饭吃,却吃不上而饿死;不按礼节求饭吃,却吃上了饭,那么也一定要按礼节行事吗? 按亲迎礼娶亲,却娶不到妻子;不按亲迎礼,却能娶到妻子,那么也一定要行亲迎礼吗?"屋庐子不能回答,第二天就到邹国去,把问题告诉给孟子。

孟子说:"回答这个问题有什么困难呢? 不度量原来基础的高低,只比较它们的末端,那么寸把长的木块也能使它高过尖顶的高楼。金属比羽毛重,难道就是一只金属带钩和一车子羽毛相比来说的吗? 拿吃饭的重要问题同礼节的细小方面相比,何止是吃饭重要? 拿娶妻的重要问题同礼节的细小方面相比,何止是娶妻重要? 你去这样回答他:'扭住哥哥的胳膊夺他的饭吃,就能得到饭吃;不扭就得不到饭吃,那么就该扭他吗? 翻过东边人家的墙头,搂抱那家的闺女,就能得到妻子;不去搂抱,就得不到妻子,那么就该去搂抱吗?"

孟子这样的回答比附,实在是精到。

鲁菜是在儒家的中和思想体系内完善发展的,最能代表中国文化。

现在厨师界烹饪界常拜的两个人:伊尹、易牙,都是山东人。伊尹由厨入宰的经历,从史料记述中可知,伊尹先是当过奴隶的,幼年的时候寄养于庖人之家,得以学习烹饪之术,长大以后成为精通烹饪的大师,并由烹饪而通治国之道,说汤以至味,成为商汤心目中的智者贤者,被任用为相。

齐桓公是春秋五霸之一,他曾九次召集诸侯会盟,充任盟主达四十年之久,成为春秋时期最有实力的第一个盟主,但是晚年却信任三位奸臣,把自己饿死在宫禁之内。在管仲的晚年,那是齐桓公三十七年,管仲病重难起,齐桓公到他病榻前探望并询问国家未来之事。管仲交代说:"易牙、竖貂、开方这三个人绝不能接近和信任。"齐桓公问:"易牙把他亲生儿子烹了给寡人吃,表明他爱寡人超过爱他儿子,为什么不能信任?"管仲说:"人世

间亲情莫过于爱子,他对亲生儿子都敢下毒手,怎么会爱你国君!"齐桓公又问:"竖貂阉割自己的皮肉进宫侍候寡人,证明他爱寡人超过爱自己,为什么不能信任?"管仲说:"他对受之于父母的皮肉都不爱惜,怎么会爱你国君呢!"齐桓公再问:"卫国公子开方放弃太子之尊到我手下称臣,他父母死了也不回国奔丧,这表明他爱寡人超过爱父母,为什么不能信任?"管仲说:"人生在世,孝道为先。卫公子不当太子、不回国奔丧,证明他有更大的政治野心,这种人你还可以信任吗?"

其实,我们应该相信常识,一个连父子血缘都不顾忌的人,他的道德底线在哪里呢? 一个人和一个利益集团,如果把最基本的人伦都抛弃的话,那这样的人或利益集团是可疑的,似是伪善的,也是骗人的。

管仲死后,齐桓公迫于管仲的遗嘱和大臣的压力,不得不将易牙、竖貂、开方三人免职,但因长期听不到他们拍马奉承的肉麻话,感到非常难受,过了不久,又将这三人复职。

这三个佞臣里第一个就是易牙,现在还被尊为厨师的祖宗,与伊尹齐名,有名厨著就叫《易牙遗意》。传说他做的菜酸咸甘淡,美味适口,所以深得齐桓公赏识。易牙做菜的技艺很高,又好逢迎,当时,齐国与狄人在边境交流频繁,身有一技之长的狄人易牙便来到富庶而又开放的齐国。齐国这时正由管仲实行改革,以"明""贤"从乡里选拔优秀人才,易牙得以被选中,并给齐桓公当厨师。

作为一个厨师,易牙对于味道有惊人的鉴别力。传说当时某公问孔子:把不同的水加到一起,味道如何? 孔子道:即使将淄水、渑水两条河中的水混合起来,易牙也能够分辨出来。可见当时易牙的味觉特别敏感,厨技之高超,连孔子都倍加推崇。《临淄县志·人物志》也记载:"易牙善调五味,渑淄之水尝而知之。"孟子曰:"口之于味,有同嗜者也;易牙先得我口之所以嗜者也……至于味,天下期于易牙,是天下之口相似也。"(《孟子·告子上》)孟子也高度评价易牙调和的口味。

有道叫鱼腹藏羊肉的名菜,也是山东名菜,相传由易牙所创。北方水产以鲤鱼为最鲜,肉以羊肉为最鲜,此菜两鲜并用,互相搭配,成菜色泽光润,外酥里嫩,鲜美异常。我们注意到"鲜"字即由"鱼"和"羊"字合成。据说以名菜鱼腹藏羊肉而得鲜字是易牙创造的。

易牙把烹饪和医疗结合起来,创制食物疗养菜。有一次长卫姬生病了,易牙以食疗菜进献长卫姬,长卫姬食后病愈,易牙以此深受齐桓公和长卫姬赏识。

以厨艺干政,易牙并不是第一人。另一位"厨神"伊尹助商朝开国君主汤,伐夏朝君主桀。灭夏后,建立商王朝,汤尊他为阿衡,也就是相当于后来的宰相。即《史记·殷本纪》所说:伊尹"负鼎俎,以滋味说汤,致于王道"。伊尹初见商汤,就从调味开始,谈到各种美食,告诉商汤,要吃到这些美食,就要有良马,成为天子,而要成为天子,就必须施行仁道。伊尹与商汤的对话,就是烹饪史上最早的文献《本味篇》,后来收入《吕氏春秋》。同是干政,伊尹与易牙并无差异。伊尹辅佐了四位帝王,却没有易牙后期的表演。易牙虽有"杀子以适君",并参与发动政变,被后人所唾弃,但易牙作为厨艺的化身,已深深融入了中华民族源远流长的饮食文化中。

我们追溯一下历史,给我们的味觉以刺激,鲁菜有数千年的历史不可谓不极其久远。《尚书·禹贡》中载有"青州贡盐",说明至少在夏代山东已经用盐调味;远在《诗经》中已有食用黄河的鲂鱼和鲤鱼的记载,而今糖醋黄河鲤鱼仍然是鲁菜中的名品,可见其渊远。鲁菜系的雏形可以追溯到春秋战国时期。齐鲁两国自然条件得天独厚,尤其傍山靠海的齐国,凭借鱼盐铁之利,使齐桓公首成霸业。

秦汉时期,山东的经济空前繁荣,地主、富豪出则车马交错,居则琼台楼阁,过着"钟鸣鼎食,征歌选舞"的奢靡生活。根据《诸城前凉台庖厨画像》,可以看到上面挂满猪头、猪腿、鸡、兔、鱼等各种畜类、禽类、野味,下面有汲水、烧灶、劈柴、宰羊、杀猪、杀鸡、屠狗、切鱼、切肉、洗涤、搅拌、烤饼、烤肉串等各种忙碌烹调操作的人们。这幅画所描绘的场面之复杂,分工之精细,不啻烹饪操作的全过程,真可以和现代烹饪加工相媲美。北魏的《齐民要术》对黄河流域,主要是山东地区的烹调技术作了较为全面的总结,不但详细阐述了煎、烧、炒、煮、烤、蒸、腌、腊、炖、糟等烹调方法,还记载了"烤

鸭""烤乳猪"等名菜的制作方法。此书对鲁菜系的形成、发展有深远的影响。历经隋、唐、宋、金各代的提高和锤炼,鲁菜逐渐成为北方菜的代表,以至宋代山东的"北食店"久兴不衰。

在这漫长的岁月中,吴苞、崔浩、段文昌、段成式、公都或等,都是著名的烹饪高手或美食家,他们对鲁菜的发展都作出了重要的贡献。到元、明、清时期,鲁菜又有了新的发展。此时鲁菜大量进入宫廷,成为御膳的珍品,并在北方各地广泛流传。清高宗弘历曾八次驾临孔府,并在1771年第五次驾临孔府时,将女儿下嫁给孔子第72代孙孔宪培,同时赏赐一套"满汉宴,银质点铜锡仿古象形水火餐具"给孔府。这更促使鲁菜系中的奇葩"孔府菜"向高、精、尖方向发展。

古代没有味精、鸡精,鲁菜的味道全在于吊高汤,"唱戏的腔,厨子的汤",制汤是鲁菜一大特色,烹饪时讲求以汤代水,且有清汤、奶汤和红汤之分。每日里的天不明,餐馆以干贝、虾、金华火腿、老鸡鸭、大骨、猪蹄等二十几种主料在龙凤鼎熬制十几个小时,经沸煮、微煮,使主料鲜味溶于汤中的复杂过程。中间还有经过颇有些意思的"哨":将鸡脯肉和鸡腿肉分别用刀背砸成泥,分别倒入汤内,悬浮物便聚集在哨料上,澄清了汤汁。前者是"红哨",加酱油出糖色;后者是"清哨",味足清淡。如果将汤用大火熬,不加"哨",则为奶汤。

以此汤代水,无需添加鸡精、味精等食品添加剂,完全依靠汤来调味,这才是老鲁菜的传统风味。

鲁菜里有一名菜:"九转大肠",食材选用猪大肠的前两段,也就十几厘米,要想凑齐一盘菜,需要六七头猪。吃的时候要趁热,一口送进嘴里,酸、甜、苦、辣、咸"五味"皆有,令人称快。

在鲁菜中,曾有一道"干炸赤鳞鱼",需要使用生长于泰山山腰溪水中的赤鳞鱼作为原料进行烹饪,但是现在野生的赤鳞鱼,已经非常少了。有动物学家研究发现,这种鱼只生长在海拔270~800米的泰山山涧溪水中,也长不大,不超过二两。然而如今,野生的泰山赤鳞鱼少之又少,虽然已经有人开始尝试着人工养殖这种鱼,但是人工养殖的赤鳞鱼,其口感永远无

山东年糕

法与野生的相比，三十多度的气温，野生赤鳞鱼扔到地上一会儿就被晒化了。

如今野生的黄河鲤鱼、黄河刀鱼、黄河甲鱼、螃蟹等食材，在市场上已经很难见到了，取而代之的则是人工养殖的各种食材，这些食材无论是在口感还是在质量上，怎能与野生的相比？黄河鲤鱼终日里在黄河里生存，与激荡的黄河水搏击，使得黄河鲤鱼的肉质口感筋道，而现在的鲤鱼大多是在湖里人工养殖的，虽然肥美，但是口感却差了太多。

现在鲁菜有点堕落，这是令人痛心的事，堕落的还有人们的耐心精细和口味。现在美食家少了，挑剔的食客少了，厨师们也就开始应付事儿，这对于鲁菜的传承是一种伤害。

鲁菜大师王兴兰曾听师父讲过一个真实的故事："当时济南还没解放，一个食客在师父所在的饭馆吃饭，点了一个爆炒腰花，结果当时厨师偷懒，少颠了几下就把菜出锅了，结果食客尝了一口就发觉味道不对，立刻叫掌柜的来理论，把掌柜的吓得够呛。你可以想象一下，当时人们对于美食的要求是什么。"而如今，随着生活节奏的加快，人们对于菜品的要求不是高，而是快：现在大家去饭店吃饭，都希望自己点菜之后能快点上菜，至于菜的口味，大家的要求反而不是很多，所以很多要求现做的菜，厨师干脆就提前做好，或者做个半成品，等客人点的时候，稍微加热一下就端上桌了。

王兴兰每次去饭店吃饭，都曾有过类似的遭遇：点一份醋溜土豆丝，结果发现土豆丝是用擦丝器擦出来的。有时候她就找领班理论，但是结果大多是把菜退掉，或者换一个，有的人还觉得她有毛病，太挑剔。

王兴兰还记得自己第一次掌勺时的经历，当时的她还不到十六岁："我记得那时候是做一个清汤三鲜，按理说这个汤要做成淡茶汤色，能够让食

客们看到汤里的海参、虾仁和蹄筋。"但是由于紧张,在给汤上色的时候,王兴兰不小心让汤的颜色变得重了一些:"结果负责端菜的服务员一看颜色不对,都没有给食客端上桌,而是直接端到了饭店领导那里。"

食客的挑剔,饭店自身对于食品的严格要求,这一切的一切,或许正是构建起鲁菜的基石,然而如今的饭店里,挑剔的食客越来越少,自我要求严格的饭店更是寥寥无几,这也使得鲁菜逐渐走向没落。

二

食色,性也。吃是人权的第一要义。而出生在乡村的人都有一段苦涩的记忆,我的朋友庆盈写过自己偷吃的经历。那是他五六岁时,那时黄瓜对于贫穷的乡间孩子来说,十分稀罕。除非家里来了重要客人,平常在农家,黄瓜是难得一见的。那一年,他家里种了一架黄瓜,就几十根。从黄瓜秧爬架开始,庆盈几乎天天都到菜地里去瞅瞄。有一根黄瓜很早就出类拔萃地冒出了,它头上顶着鲜艳的黄花,身上披着嫩嫩的刺,浑身上下是一层油润润的绿,每次见到那招摇的黄瓜,仿佛都在诱惑着他流出口水。终于有一天忍不住,他便对只有一拃多长显然还没有长够个儿的黄瓜下了手,当时没敢把整只黄瓜都摘下来,而是只掰下了黄瓜的下半截,还傻傻地幻想这黄瓜能够继续再长大呢。过了几天,家里来了客人,母亲去菜地里摘那只黄瓜时,看到烂掉在瓜秧上的那半根黄瓜。

"1942年冬至1944年春,因为一场旱灾,我的故乡河南发生了吃的问题。"这是刘震云电影《一九四二》的开头。

1942年,太平洋战争进入第二年,中国抗日战争处于战略相持阶段。与此同时,河南发生了灾荒,千万民众背井离乡,流离失所。《一九四二》分两条线索展开:一条是逃荒路上的民众,表现他们的挣扎和痛苦,希望和愤怒;另一条是国民党政府,他们的无奈、冷漠和腐败。

电影里的每一个人都是被动和绝望的:财主(张国立扮演)出门的时候还有马车、粮食细软,一家几口,到潼关的时候,就只剩下他一个人了;官员们也是绝望的,河南省的省长李培基去找蒋介石反映灾情,还没开口,发现蒋介石面对的每一件事都比自己的严重得多。在天灾人祸面前,没有英雄,只有对命运的默默承受。

对于现在衣食无忧的观众们来说,可能很难体会电影中反映的饥饿:吃草根树皮;为了几两小米,就可以卖儿卖女;刚生完孩子的媳妇,五天滴米未进,刚闭上眼睛,婆婆趁媳妇的身体还没有凉,要给孙子喂奶;徐帆扮演的佃户的妻子,因为几块饼干就愿意出卖自己的肉体;亲人饿死了,也没有力气去悲伤,只能恨恨地说一句:"早死早超生,再托生别托生在这个地方。"有一句老话,"人为财死,鸟为食亡",在极度饥饿的情况下,人就只剩下动物性了。

在拍这部电影时,张国立为了这部电影减了24斤,徐帆减了10斤,连在片中扮演厨子的范伟都瘦了6斤。张国立的体会是:"人的尊严是从肚皮开始的。"徐帆说,靠演是演不出灾民的那种状态的,没有吃的以致精神恍惚的那种状态真的是靠饿出来的。

张涵予在片中扮演一个乡村牧师,他游走于乡村之间,告诉大家"当你有灾难的时候,主都会在你身边"。但是在逃荒的途中,他的信念破灭了,他亲眼看着一个小姑娘被炮弹击中,鲜血汩汩往外涌,当他请求上帝的帮助时,天上掉下来的是日本人的炸弹。于是他跑到蒂姆·罗宾斯扮演的梅甘神父面前,问:"这里发生的一切主知道吗?"梅甘神父说,这一切都是魔鬼干的。张涵予问:"上帝为什么总干不过魔鬼呢?那信他干嘛呀?!"

当时那场饥荒也蔓延到与河南一河之隔的山东,黄河的这边是山东的菏泽鄄城郓城曹县,黄河的那边是河南省的几个县:滑县、清丰、南乐、长垣。鲁西南的人称1942年为:"河西歉年"。而一些女人——在鲁西平原落户的河南女人,称谓则是河西娘们儿或西北溜子。即便现在我写这篇文字之时,我的家乡尚有许多蝗虫那年过来的女人,她们不是吃鲁西的井水和河水养大的,她们的口音对本地人来说有点陌生有点硬涩,但这并未妨碍她们把血汗和泪水抛在这儿生儿育女。我的一位堂嫂蝗虫那年落地仅八个月,就被父亲用紫花包袱裹住,抛在马村集的一个街角上,上面放一个沾满芝麻的烧饼。

　　马村,只是一个谦卑的对历史没有丝毫影响的村子,距我的老家什集只有六里路。它蹲坐于偏僻的平原深处,任何年代它都是沉默无闻,以土地、道路、谷子、炊烟拥护人们供养人们,让人们生存。多年前的一个黄昏有一手摇串铃的游方郎中,住进了马村的一个车马店铺里,洗脚,吃饼,和店主说酷吏毓贤的"站笼",每天囚犯的尸体从笼中拖出,久之,囚犯脖颈上的油垢在笼上竟有寸余。后来这一环节写进了一本长篇散文《老残游记》,铁云刘鹗写过的鲁西村落饱经风霜,现存的也仅是马村集与董家口,它们还仅仅是一个村落,和平原所有农村大同小异的村落,它们都同样拥有土地,同样拥有泥泞,同样沐栉过1942年的阳光与蝗灾。

　　关于蝗虫隐积的故事,已经遮蔽了许多年,它是我的父亲在暮年黄昏无意披露出来的,既骇人又真实淋漓,而今父亲已去世,躺在老家的土下,无词无言,我只想把这事记录在案,不增溢不改削。

　　需要说明的是,我父亲已经辞世,活了七十一岁,他在十四五岁的时候,确在一家肉铺当学徒。父亲说起时脸上满是曲折的辉煌,据我所知,焦记驴肉在鲁西平原的确辉煌,它至少有一百多年的历史。它所烹制涮煮驴肉的方法即便现在,在菏泽城里还流布着。

　　父亲说做学徒在1949年10月1日前是滞沉苦重的,从晨到晚,朝朝昏昏,除了洒扫庭除厅堂柜台剥驴皮洗涤下货之外,还要给老板和他的娘们沏茶送点心装烟袋剪指甲倒夜壶等等,不得有丝毫懈怠,稍有疏淡,轻者受皮肉之苦,重者卷起被褥辞回归家。

　　父亲开始回忆1942年,那一年的蝗虫是从河西蔓延而来。先是有一

插图

些与鲁西平原不同的口音的人乘着木船渡过河,当我长大来到城市,坐在阔大的大学图书馆读了许多书,我才明晓,蝗虫出现的上一年,豫北大旱,夏秋绝收,而鲁西平原上却收获了一些,后来蝗虫出现了。

父亲说,蝗虫一刹从河的那岸卷过来。当时是五月,麦子半熟,天蓦然一阴,对面不见人影,紧随嗡嗡之声,人们还未醒转过来,房上、树上、桌上、椅上,全是青青无定的蝗虫,沟渠河坡,麦秆上,草庵上也布紧了蝗虫。鸡不宿埘,曲蛇从砖罅爬出。许多老鼠蚂蚁也走出来,让人一下子心灵焦躁。

需要补充的是,蝗虫渡河的方式,这在父亲的回忆与叙述之外,几年之前,我曾到黄河的滩区小住,十几里宽阔的河面,在夕阳和我的眼目中混沌流下,黄河带着红色,像是烧起了,我想到了灼热的文森特·凡高的线条,在凡高的笔触与眼中,星空是旋转的,麦田是旋转的,甚至乌鸦、农鞋、太阳、马铃薯,我忽然悟到,这里面沉浮着一种呼唤,是灵魂呼唤着灵魂,生命迢递着生命,整个黄河燃起来的时候,充斥着、回旋着、奔跃着向前呼唤的时候,一个年过七旬的老艄工向我叙说了1942年的蝗虫。

蝗虫是在早晨齐集在对岸的,如土石如方木砌在那里。青青无定的蝗虫翅膀是不能搏击飞越黄河的。它在半空羽翅就累乏了,收拢了,如雨霰霏霏坠在河面上,没有呻唤,没有哀鸣,但日过午时,情形实有改观,大河里浮荡的树叶上枯枝上,渡河人的木船上,都匍匐着一层层匝匝的蝗虫。河西的麦子和树叶已在它的攒击咀嚼下,消化了,它们听到了鲁西平原深处的呼唤,它们充斥着、怒鸣着又拥挤着去寻找新的生路。

我们不能不佩服蝗虫的生命伟大和团结,当老船工坐在燃烧的夕阳下向我叙说蝗虫过河时的惊心动魄的一幕:单一的渡河方式失败了,蝗虫们开始自觉地纠合,互相撕咬着尾部,胶结着翅膀像皮球像石滚,只一刹,河的对岸有了成千上万的生命的皮球与生命的石滚,它们首首尾尾滚下河滩扑进河里,做最后的冲击。这时,黄河仿佛不流了,赤浊的水头缓缓地扬起着,整个一条大川长河此刻全部变成了那片激动的青青无定的颜色。那些生命的球有的刚到中流就解体了,抑或是体积愈来愈小,等到了这岸,圆圆的球变成了一坨馒头或小小巴掌,涉河到岸的百不存一,一连三日,天数的

球体滚滚从对岸到此岸,向有炊烟和庄稼的地方进发。

蝗虫又一次和人类较量,又一次走向了历史的纵深处,史书的一个页码。我想起了法人都德在《磨坊书简》中描写的那些可怕的蝗虫到来的场面,人们拿棍棒、叉子、连枷,以及铜锅、圆盆、煨罐,有的吹海螺,有的吹猎号,据说只要掀起一种巨大的响声,强烈地振动空气,就足以赶走蝗虫,阻止它们降落,然而,它们还是来了:

"在热气蒸腾的天空中,但见一朵云从天际向这边移动,黄澄澄的,密密麻麻的,看去像是一片由冰粒凝成的云,还挟带着狂风咆哮在万木丛中的吼声。这就是蝗虫,它们彼此间互相依傍,凭着它们伸开的干燥的翅膀,成群结队地飞翔,尽管我们大声吼叫,做出种种努力,但这块云总是继续前进,在地面上撒下一大片阴影。顷刻间,这片云早已飞临我们头顶上了,不过一秒钟,它们边缘出现了一根线条,一道裂缝。犹如初春时节骤然而来的雨滴,其中若干支已经分散开来,一只只看得很清楚,全是红黄的,紧接着,整块云爆裂开了,一阵由昆虫组成的冰雹哗啦哗啦地倾盆而下。一望无际的原野布满了蝗虫,全是粗壮的蝗虫,大到有如指头。"

父亲还是在焦记肉铺里,平原上的人面对着铺天盖地的蝗虫束手无策。关地庙、土地庙、娘娘庙,凡是有神灵泥塑的地方,必有香烛袅绕。村庄里有人在地边燃起篝火,有人在地边掘起大坑,最终屠杀得精疲力竭,杀得愈厉害,蝗虫也愈多。

保长的锣声响在村镇上,不知什么时候,人们盖起了一个几块砖的小庙,曰"蚂蚱庙",供奉起来一个和蔼慈眉的老头,称为"蚂蚱爷",锣声响过了,人们到蚂蚱庙敬神灵去了。乌压压的人们用膝盖接触大地,向神灵讨救。

平原里的人们凭着他们悠长的人生经验和智慧,凭着理喻不清的直觉和想当然,他们坚定地信服这和日本人有关,时当1942,平原上还耸有许多日本人的炮楼。可不能小觑了天意,日本人来啦,蝗虫也来啦,来啦就来啦,不能杀,只能敬,平原上的人们又一次陷入了生存的困顿和迷茫。

一连三日,鲁西平原上不见炊烟,一揭锅盖,蝗虫便充满了各家各户的铁锅、炒锅、饭碗、水瓢。

冬储的粮食用尽了，麦子在黄熟的前奏中被蝗虫扫荡殆空，大批的饥民从河的彼岸向鲁西涌来。在一个冬夜，我曾在父亲的脚边听他说过一件事，在本地人吃东西稍不注意的目光下，饥民会把你手中的食物一抓而去，你追赶他扭打他唾骂他，他一如既往地跑，在逐奔的过程中，他把馍头塞进口里，抑或一下一下往上面唾唾液抹鼻涕。然后站下，把沾着他温度和液体的食物还你，你只好无可奈何了。人一旦还原到和动物一样，在感觉里只有一片饥饿，那时他的灵魂里只会投下阴影、仇恨。唯利是图而丧失尊贵和地位，也就没有朴素和自尊而言了。许多年轻的女人留下来了。一篮馍头、一袋谷子和几个铜板就可换回可以生殖的女人，延续烟火，而她的男人或父兄还千恩万谢感激你把她们收留了。

我的堂嫂那时才10个月，被她的父亲抛在了马村集的街面上，上面放着一个沾满芝麻的烧饼，从早晨一直到傍晚，有几只狗逡巡她光顾她，最后黄昏里家家掌灯的时候被一户稍有储蓄的人家抱走了。到了20世纪70年代(相隔三十年)她的几个长兄涉河而来找她寻她，找到了马村集找到了什集，兄长立在檐下，堂嫂死活不认兄长，她说，你们饿不死，为何独独把我抛弃?

写到这里，我要接触最是触痛父亲心里的一件事，蝗虫飞走了，但它们留下来的是一种什么样的惨相:没有了一片树叶，没有了一株麦子，树的种类——榆树、槐树，只能从一些光秃秃的枝丫和姿态加以辨认，没有生气，没有麦子飘动，而麦子却是土地的标志和生命。蝗虫去了，父亲仍是随着师傅做活，他一直是对他的师傅奉若神明。一天夜里，他去汤锅上送柴，杀了驴剥了皮，大块大块的驴肉就放在大锅里，下面架上木柴煮，最后配料——这是学徒不能知晓的秘方，这个时候，学徒不能走近汤锅，父亲的活就是不停地搬送木柴，父亲说，你很难想象那煮驴的铁锅有多大，两个有生命的驴子可以直直停在里面。

事情就发生在蝗虫过去的那几天夜里，看锅的师傅吃酒醺睡，他把佐料一一制好，吩嘱父亲子时放到锅里，子时以前只要文火不要急柴。父亲

坐在灶前木墩上,不敢有半点怠懈,锅里的肉味不断地飘出来,使父亲有点意乱神迷。

过了半夜,父亲的眼睑开始沉坠,就站在锅边,迷迷怔怔地把佐料一把把掷进沸腾的汤锅,蓦然他像听见火焰中有嘤嘤的女人的低泣,揉揉眼,仄耳细听,只是木柴的咔咔。这时,他看见了在一团团的水汽里似乎并不像驴肉在吱吱地响着,确然,有很长时间父亲忘记了困倦。

父亲说,蝗虫过后,人们觉到焦家驴肉香得格外特别,那时饿毙扑地的河西人在村街上沟路旁比比林林,有的土掩了,有的被乌鸦啄去。我总怀疑那水汽里的真实,然而父亲故去了,我总忆得他床前茫然的目光,一片怆然。

烹食人肉,史不绝书,《通鉴纪事本末》中曾载:(建元八年,五月)邺中大饥,人相食,故赵宫人被食净。在历史上,女人特别的不幸,仿佛被戮被杀和被吃,都是女人的义务,同一书中载:(后汉隐帝乾祐二年五月)长安城中食尽,取妇女、幼稚为军粮,日什数而给之,每犒军,辄屠奴万人,如羊豕法。

山村小酒坊

206

而一日，我翻检纪昀《阅微草堂笔记》卷八的《如是我闻》有一记载，不只包孕耻辱血泪，也有一些可歌可泣的愚昧和文化桎梏的可怕了：

明季，河北五省皆大饥，直屠人鬻肉，官弗能禁，有客在德州景州间，入逆旅午餐，见少妇裸体伏俎上，绷其手足方汲水洗涤。恐怖战悚之状，不可忍视，客心悯恻倍价赎之，释其缚，助之著衣，手触其乳。少妇弗色然曰："感君再生，终身贱役无所悔，然为婢媵则可，为妾媵则必不可，吾惟不肯事二夫，故鬻诸此也，若何遽轻薄也？"解衣掷地，仍裸体伏俎上，回复目受屠，屠者恨之，生割其股肉一脔，哀号而已，终无悔意。

历史上此种事件何其之多，罄竹难书，你感慨历史上的饥馑、蝗虫与灾年，你也唏嘘此妇人之刚烈愚氓可风，自《左传》，自《国风》，自浩浩皇皇的《二十五史》，竹帛的，纸页的，横竖排的蝗虫有多少？旱魃有多少？兵燹有多少？冤魂有多少？脚下的土壤埋藏得太厚太深，很多的东西像蝗虫来了又去了，令人一直无法弄得明晓。离开父亲回忆蝗虫的事已经好些日子，而今父亲故去了，我读到《阅微草堂·如是我闻》才悟，蝗虫不是可悲的，可悲的是历史频频出现的蝗虫一样密集又像蝗虫一样斗狠撕扯肢腹，大嚼其肉的一些现象，也须我将以一辈子索解其中的谜障了。

三

我父亲是乡间的一个厨子，我们那里叫焗匠，面泡、丸子、凉粉、羊肉汤样样会做。父亲在做凉粉时，讲究用水，父亲说要用天水，不能用井里的水，每到深夜，父亲就到村后的河里去挑水，那凉粉出来，人们都说筋道。

我的家乡离黄河只二十公里，属于鲁西南平原，那里的人喜欢吃羊肉狗肉驴肉牛肉。我还记得20世纪70年代，农村还是生产队，每个生产队都会有个牛屋，养牛啊驴啊的，农忙过后的秋冬季节，特别是冬日，有雪的时候，很多的人都聚到牛屋，可以拿麦秸或者豆秸烤火，在烤火的时候，牛们静静地看人。

有年秋天生产队要宰牛了，我端着一个用荆条编的篮子去领我们家应

得的一份。在牛屋里,我见到了那最后的牛,就像玉米那样,就像蔬菜那样,成熟了,瓜熟蒂落了。人们开始用寒光砍伐它,收割它,使它们成为养分继续苗壮人类而后肥活泥土。那牛太老了,老得在自己耕过千百遍的泥土上不会迈步了,操刀人趋步在前扳着犄角,牛尾下的队长推搡着它的尖瘦如刀的屁股,把它推倒在屠案上。

杀牛。杀牛。当时我也是和别的孩子一样狂叫着,为了一点肉润滑一下贪婪的带皱折的胃肠。倒在屠案上的牛倒是清楚了自己最终的结局,它深塌的两眼,就像植物里含有水分那样,潸然吐出浊稠的老泪,然而它不甘,它也知道自己在血戮中寻不到公正,它把俯就在屠案上的头颅高高昂起,望着灰蒙深沉的苍天,哞哞孤鸣。

哞哞的牛声很沉闷,悲壮有力,充盈着死的哀伤,我发现人类在这时胆怯了,屠手沉滞,孩子屏息,时间一下冷固,人们感觉到了纷尘凡世的依恋与渴望,而对极乐世界无疑满怀了质疑和绝望。

屠夫的刀终是下去了,血光一闪,那牛又是一声长哞,两只深陷的眼还是瞪着灰蒙深沉的苍天,泪流汩汩而下。

然而在屠夫简洁熟练撕剥牛皮的时候,那些牛栏里关着的牛们,却突然同声长号,然后扯断了缰绳,撞坏了牛栏,前拥后呼,疯狂地奔出村庄,它们不再沉默,不再稳重,一下子变得那么发狠有脾气。牛们长号着,呼喊着,在平原碰撞飞溅,一个村庄的牛撞翻了栅栏,十个村庄的牛撞翻了栅栏,苍穹之下,无数的牛立在平原的河坡上,扬起脖颈面天长哞,宛如全世界的汽笛在这个时刻为一个逝去的伟人哀悼。

时间过去之后,我常思索着这撼动心魄的场面,冥顽的苍穹之下,确实蕴存着某种神秘的东西。人类,不要忽视最卑微的生命,即使蝼蚁、树叶、残枝,它也有着灵光和性致。牛被驯服了,但力量没有被驯服,坚硬的犄角没有被驯服,然而这些牛们在宏唱汽轮机歌声的时候,又折回到屠案边,它们绕着血污的牛皮、犄角,渐尔卧下去,像一片褐色的石头,后来这些石头又移回了牛屋。

我的家乡现在有一样山东名吃:什集烧羊肉,那是选鲁西青山羊,特别是十斤以下的青山羊更是肉中精品。制作时用土井里的水,把肉中的血水泡净,然后,用丁香、肉扣、花椒等十余种大料配方,消除肉的腥气味。煮羊肉要用铁锅,用木柴猛火煮,待水沸腾后,再用细火慢慢煮至半夜。在平原的深处,凡是集镇,皆有羊肉汤锅,旁边是烧饼炉子或者水煎包子,或者大饼或者馒头卖。

有的人不吃羊肉,专啃羊头,吃羊的脑和眼珠。袁枚所作《随园食单》中关于羊头也有如下记载:"羊头毛要去净;如去不净,用火烧之。洗净切开,煮烂去骨。"《清稗类钞》也有类似描写:"煮羊头,毛去净,切开煮烂去骨,其口内老皮俱去尽……取老肥母鸡汤煮之。"

啃羊头,那特别是冬天,是一种享受。小时候,我常见父亲煮羊头,有时和羊肉一块煮,有时单独煮,将羊头洗净,刷牙、洗眼、掏耳、刷脸皮,放进铁锅煮烂,捞出控汤,冷却后拆头骨、取羊脑、挖眼球,将两脸子、舌头分开。切羊头肉是要手艺的活儿,用宽薄的片刀,斜坡着切,片出的羊脸,薄而透亮,洒上佐料,入口清香软嫩,味道独特。过去的冬天晚上,乡村里小贩身背荆条圆筐,手提一盏马灯,有的吆喝"买焦花生",有的吆喝"热羊头肉来!"

那是冬夜里的美味下酒菜。

现在回老家,最享受的还是几个朋友坐在汤锅前,每人捧上一个热腾腾的羊头时,好像所有的人间的烦恼都消尽了。啃羊头的次序有讲究,先啃羊腮肉,再啃羊颌骨肉,然后吃羊舌,吃羊眼,最后是吃羊脑,羊头骨预先已用小锤砸过,使劲一掰便把羊脑掰出来。白嫩嫩的羊脑,没进任何材料味,吃起来更是纯正自然,而且补脑补骨壮阳,所以,啃羊头最主要的还是吃羊脑。

我父亲是1994年初去世的,那正是农历的冬天,当时儿子四岁,我是从北京大学骨干教师班赶回的,那已经是父亲脑溢血躺在病床上,后来,父亲去世了。当父亲去世三周年的时候,儿子开始上小学,能写简单的作文,他有一段文字就是怀念爷爷给他从老家送羊头吃,说是补脑子,当时我收入窘迫,父亲常从老家骑着自行车,或者搭乘乡间公共汽车来我所在的学

山东油炸馓子

校看我和儿子。

我们家族有个遗传，年轻的时候，人都好流鼻血，特别是冬天，有一年冬天，我几乎天天鼻孔常常流血如注。四处求医问药也未能奏效。一日，父亲从乡下到城里看我，虽然一半是为了我的儿子，他说躺在床上，总睡不着觉，眼睁睁地总听见我儿子的声音一遍遍热热地唤他，从一家的房檐，滚到另一家房檐。父亲讲，他年轻的时候鼻子也常常流血，后来煎点茅根就康康宁宁地恢复了。

父亲走了，吃过午饭看看孙子把羊头放下就搭车回去了。而我仍坚持在寒冬的城里一遍遍地穿梭：抽血、验血、听诊、会诊。夜里常常失眠，常常看到老家的讲台、楝树、碾盘，常常听见搓苞谷的声音传来，一声一声，像老牛迟钝的牙齿在反复咀嚼。

天亮了，又是一晌一晌地上班下班，周周复复地打发着病了的岁月。学校里的同事结婚宴酒请客，碍于情面，我抱着病体踏车前往，还未走出单位，就看见了父亲。已七十岁的父亲，戴着褐色的农村老头常戴的羊毛制成的棉帽，摇摇晃晃地走来。

可等我归来的时候，父亲就要走了，由于住房的紧缺，父亲不在我这里过夜，匆匆而来匆匆而去。每次到来，他总提着些羊头、花生或是弄些玉米棒子，鼓鼓胀胀的一包。当父亲打开他那破旧的提包时，我觉得亲情一下子从包里溢了出来，包容了我，吞噬了我，我还没有离开那片印满我父兄脚印、手印、哭声和鼾声的土地，我还能时时触摸着她的体香和她的收获。

我把父亲送去车站的路上，父亲坐在我的自行车后，一遍一遍地叮嘱我：鼻子出血，以后少喝点酒，要照顾好儿子……

从车站回到家中,我看见父亲捎来了茅根。晚上,就着灯光我坐在炉前,看着砂锅煎沸着一条条从乡下河坡沟地里掏来的茅根……

从藏在平原折皱里的乡间小站下汽车后,我知道,父亲还要步行二三里的路程才能到家。在冬日里的寒冷薄暮中,父亲摇摇晃晃地走着。空旷无垠的荒野上,黄土的道路蜿蜒曲折,一位孤独的老人,渐渐融进那片暮霭中……

那次去车站的路上,我才得知前些日子,父亲因雪天路滑跌了一跤,手指红肿疼痛,可他还是坚持着在河坡里刨了茅根送到城里。雪天里,年已七十的父亲,在河坡里扒出一片一片的空地,一件棉袄、一顶帽子,父亲一下一下甩着抓钩为儿子刨着煎药的茅根,露出的松软黄壤上,茅草一片金黄……

四

生老病死,吃喝拉撒,这是人一生必须面对的,我的老家的人和动物植物一样,都是安静的自然的子民,春天就发青,夏天就铺张,秋天就删繁就简,冬天就肃穆。那里的人天黑了就睡觉,天明了就爬起劳碌,一年十二个月,春暖花开、冬霜雪雨,天冷了,就像动物长了绒穿起了夹袄棉衣,天热了,就换起了单衣单裤,实在热了就把单衣也脱下,露出本色的皮肤。大自然就是手势就是指挥棒,连生老病死也都是如此遵守规矩。

生,又怎么样呢? 生下来,就养着,能长多大那是看造化,长大就长大,长不大也随他去,不往心里搁。

老了,那就是牙掉了,只能吃豆腐猪血;老了,那即是眼花了,眼花了就不看;老了,那就是耳聋了,耳聋了,听不见屋檐下的麻雀,那也听不到媳妇的骂,心里更清。病,也是自然不过的,如庄稼结了疤痢,出了腻虫,叶子耷拉了,说不定一场雨,那腻虫就死了,病就好了;病不好那就熬,与病和谐相处。

死,那确实是万不得已的事,一个德高望重的人死了,一个胡同哭,一个村庄哭,十里八乡哭;那也有孬死了的,死了也不算完,还要被骂"这狗日

的祸害,终于蹬腿了"。人,活着就穿二尺布;人,死了就占木镇镇后面席那样一片地。

人,活着就要干活劳作,乡村很少有游手好闲的职业。小的时候曾想学琴书或者说书,能逃避挖河打坝的劳苦,能到公社文化站也不错,可以搜集革命故事,走到哪里都很光荣。我曾看到一个搜集革命故事的叫李振义的大高个儿,整日骑着自行车,单找那些老头老太太拉呱,无论麦收还是农闲,有时好客的村民到了上午就待客,就端出过节才有的白面给他烙饼,还能喝上红糖水和桑叶做的茶。虽然农村那种带有苦味的茶水,还有满是茶垢的茶碗茶壶让李振义皱着眉头,但等他吃过饭,抹着嘴,推着自行车走出村子的时候,他上车的样子就像孕妇那样笨拙。人们看到都说:这狗日的活不孬,又吃多了,看那熊肚子,像怀孕。

李振义头戴宽边草帽,骑在自行车上,自行车在乡间穿行,他的肩头挎着一个军用挎包,上面印着五角星和"为人民服务",且军用包的带子上挂的是一个白的搪瓷缸,也是印着五角星和"为人民服务",那军用包和搪瓷缸随着自行车的颠簸,手掌似的拍打着他的屁股。

小时,我曾跟着他的自行车跑很久,然后自己回来,整个眉头都是汗。一人走在田间小道上,我的鞋吧嗒吧嗒,故意把那些小道上的土弄得尘土飞扬,仿佛是在梦幻里。

那些年的春天,多少人家都是吃地瓜干做的馍,喝的是地瓜干做的稀粥糊涂,所谓的菜就是辣椒。一个冬天是如此,一个春天也都是如此,顿顿如此,吃地瓜多了就爱放屁,有时夜里村庄放露天电影,屁就一个个响。在教室里,记得老师在讲《纪念白求恩》,老师问:白求恩的精神是什么精神?一个同学站起来回答,还未张口,嗵地一声。大家笑了。

大家在苦熬,学校里的孩子嘴角起泡,其实能喝上稀粥也算好人家了,稀粥越来越稀,大家知道憋尿,说尿一泡尿,肚子里稀粥也跟着出来了。家家都是喝稀粥,早晨一次,晚上一次,除掉孩子上学的人家上午做地瓜馍,往往没活干的人家,全家人家都躺在床上睡觉,大家一动也不动,睡得大家腰疼,那时也只是在床上伸懒腰。

插 图

大人就盼着春天挖河修河堤，这里离黄河近，出河工，可以吃上玉米面的馒头面条，可以吃辣萝卜、辣椒、粉条。

挖河就像打仗，一个村子几十辆地排车或者拖拉机排成长龙，满载着椽木、铁锹、草席、被褥，民工们像麻雀攀坐在车上。十八岁才刚够资格出工的小伙子则欢快，挖河不仅为家里分忧挣工分，而且可以证明自己是成人了，还可以出外见见世面，但对于大人来说就没有这么简单，走的时候总有牵牵挂挂。有一天队里把地排车装好就要开拔，队长看留根磨蹭，有点魂不守舍，系地排车的绳子系得松松垮垮，就破口骂起来："留根，小子，你的魂丢家里啦不是?"留根不在乎地笑笑，说我有个事忘了给媳妇交代，一会儿就回来。

天到中午了，留根回到家，见堂屋里没有媳妇，听见灶屋里有和面的声音，还没踏进，就闻见一股奇异的有着地瓜面和女人身体散发的气味。媳妇正一耸一耸地和面，他悄悄地从后面搂着媳妇，手摸着她胸脯上的纽扣一个一个解开了，粗布衫子裂开，媳妇有面的手也没闲着，一下子伸到留根的腰际，摸着细腰带的活捆儿一拉就松开了，宽腰裤子自动掉到脚面。两个人在灶屋的柴草上浑身着了魔似的抽搐起来，扭动起来，留根就结巴着不住地叫起来："媳妇，挖河去，三十天不回来! 媳妇……"

等留根觉得后面被谁踹了一下，媳妇一看，队长站在身后，一提裤子就折身起来。队长说:留根好了，你就是破坏毛主席一定要把黄河的事情办好的坏分子，要批斗你。

挖河可不是轻活，挖河的民工如军队一样管理，一个生产队在一起，就像一家人，在一个锅里涮勺子，在一个窝棚里住，挖同一个河段，上工收工

都要吹号。那时挖河筑堤没有任何机械化的工具，挖泥用的铁锨，锨头窄长，一锨泥足有百十斤重；运送河泥的有的是排车，还有的是肩挑人抬。黄河大堤上，成千上万的窝棚，绵延数十里，高音喇叭里播放着震耳欲聋的革命歌曲。有时候冬天也挖河，那主要是清理河道的淤泥，为了在上冻前完成清淤，上面天天都要下指标，要求必须限时完成。因此，大家都是顶着星星去上工，披着月亮回窝棚。民工们干活就像一头牛，千斤重的泥车拉起来，低着头向前赶，来来回回不知多少趟，一天也不知跑了多少路程，起早贪黑，渴了就喝河水，饿了就啃自带的玉米面饼子，一天干下来，身子骨都散了架，坐在河滩上休息一会儿，坐下去了就不想再爬起来。一天河工干下来，累得腰都直不起来，晚上躺在用草打的地铺上，腰疼，背疼，脚疼，左右动弹不得。然而，第二天还得硬着头皮照样上工。

如果是冬季，西北风嗖嗖地刮着，就像刀子割一般难受。那时候，人们身上只穿薄薄的衣服，脚上套双单鞋，总是湿漉漉的带着冰碴子，走起路来，哐愣哐愣的，脚被鞋磨出血泡来，是常有的事，经风一吹，水再一泡，脚面肿老高。有时为了赶工期，还打起了车轮战，白天干，晚上干，常常两天一夜得不到休息，把人们累得都筋疲力尽，困得不想吃，不想喝，连走路都会打着瞌睡。

挖河是十分辛苦的，那种苦的程度，至今老家里的人说起来嘴骨都打颤。不过挖河也有挖河的好处，那就是能吃饱，偶尔菜上还能漂点油星和肉片，这在当时可以说是过年，规矩是到了地方，认领了工段，大伙忙着搭窝棚砌锅灶，然后的第一顿饭是炸面泡。

挖河的队伍里啥人都有，做饭是必不可少的，队长说：我知道大家心里最想的是什么，就是吃，吃面泡，但心急吃不了热豆腐。

夜里十二点了，队伍才安顿好，大家都等着吃河工的第一顿饭，厨师已经在面盆里摔面泡面，锅里的油在冒青烟。

队长说：面泡还得半小时，我给大家炒个腰花。

大家嚎起来：用啥炒？用你的嘴炒！

队长说：看在大家跟我出来挖河，你们想吃什么，就给你们炒什么。你

山东糖瓜

们想吃醋溜白菜,就吃醋溜白菜,想吃辣子鸡,就吃辣子鸡,现在开始了,但有个规矩。

大家问:啥规矩?

队长说:我炒菜的时候,不能放屁,一放屁,菜就不香了。

大家说:我们都把腚夹紧,不让那里漏气。

队长说:好,我先给留根炒个辣子鸡。

留根说:我想吃腰花!

队长说:妈的,你还想吃老天爷,今天没买着腰花,集上没卖的,就炒辣子鸡。

大家说:辣子鸡、辣子鸡。

队长说:首先要抓鸡,看哪个肥,抓住用刀往脖子上一抹,然后把鸡往院子里一扔,让小鸡先扑拉一下,这样肉丝嫩,然后烧开一锅水褪毛。

留根说:太慢,辣子鸡啥时能熟?

别急,我这就剁鸡块,辣子鸡的鸡不能太瘦,瘦了不香,也不能太肥,肥了要腻味,剁的鸡块要匀称,如大枣。好,把刀磨好了,案板拿过来,锅里放上棉油,放上姜末、葱花、花椒。

放肉不?

别慌!

等锅里的油冒黑烟,然后把鸡块倒进去。

然后呢？

然后，呲地一下，冒出白烟，鸡块一下子沾着热锅就半熟了。然后放上辣椒，要放朝天椒。

最后呢？

最后用锅铲子使劲翻。队长说着，一直吞口水，那时窝棚里一阵喉咙响，一阵口水声。

快出锅了，要先拿筷子尝尝咸淡。

一会儿，队长给留根炒了辣子鸡，然后大家竖起耳朵，一会儿队长给大家把糖醋里脊上来了，然后红烧肉上来了。

最后大家提议队长，面泡已经炸好了，弄个凉菜。

队长说，那就弄面泡黄瓜，队长嘴里让留根剥蒜捣蒜，让二小买酱油和醋，让满囤刷盘子。

面泡上来了，大家还沉浸在队长的炒菜里，满满一面盆的面炸出来的面泡，如小山堆放在两个秫秸编的筐子里，大家看着队长，队长说吃，只见一双双手，都伸进去，只一刹那，两筐子面泡下去一半，人们的嘴里塞的面泡像一个个患了疖腮，鼓鼓的。

啊，真香。

留根说了一句：奶奶的，恁香。

然后就没有了动静，也不见他的喉咙响，只见白眼珠在放大，队长说：瞎菜烂的家伙，噎着了？

大家拍拍留根，一动不动，嘴里塞着面泡，鼓鼓的如疖腮，口水流了一衣裳。就这样，吃面泡的留根头一歪就过去了，再也没有醒来。

河工结束了，队长给上级汇报工伤，要求给留根补助，上级要理由，大家说：香死了，还要啥理由？

现在饥饿已经远离了我们，但是精神的饥饿却时时向我袭来，我开始了一种追寻和跋涉，离开故土，离开熟悉的乡音和那些熟悉的食物，其实人的胃是有记忆的，在某个地方久了，就养成了一种顽固的吃喝的偏好。

老家山东有句话：千里做官，为了吃穿。如今我到了岭南，最痛苦的是

找不到馒头吃,那些超市的馒头,和老家的比起来,我称之为"伪馒头",只有馒头的形,没有那种母亲蒸出的乡土味,那种口感。小时候常看母亲揉面蒸馒头,在和面盆里用双拳揣揉。小时也常到馒头作坊里看热闹,木头的案板上放置着大面团,两个壮汉骑跨在粗大、光滑的木杠两端,不停地压揉。这种方法做出的馒头,也叫"杠子馒头",掰开蒸熟的杠子馒头,看到里面是一层一层的叠加,充满小麦原本的味道。

人说,人的嘴和胃是非常刁的,讲究原配,真的是这样吗?这令我到底惦记故乡的吃食了。

哑孩

平原的人死掉,向来注重厚葬,生前窝窝囊囊,却对死后的埋葬十分注重。人在世间跟跄了那么多年,苍老了,疲惫了,就找一处安歇的处所,棺木是最后沉睡的寝地,有时还要请石匠做一方石碑。但是,我的父亲死掉,就没有这样的待遇了,父亲怕火葬,于是就在夜间偷偷地埋掉,只是堆上一抔土,作为清明或除夕烧纸钱、后人洒泪的标记。然而从父亲堆积的坟向远方望去,在父亲的坟左几十步的地方却有一矮矮的石碑,显得奢侈。乡间,1949年后的乡间,墓地上有石碑,是一种特异和荣光。石碑上镌着魏碑"义士哑孩",透出一股苍哀破败。

我父亲是做面饭的生意人,在这黄壤平原的深处,背负着辙迹和晨昏赶路,夏日凉粉,冬季丸子,或是红辣椒熬制的羊肉汤。中华人民共和国成立前,他就在我们的集镇——什集的一个隔首哨街糊口。

父亲告诉我,日本人"放弃"前("放弃"这个文雅的词,我在小时听了许多,我们那里的老年人说指1945年的8月15日,日本人投降),在什集的西北角,离集镇半里的地方修了一座营房和一座炮楼,住着一个班的日本人和十几个中国人,炮楼下,是菏泽通往郭城的官道,炮楼外挖了一个壤沟,沟里注满了水,水里常漂些死狗死猫,日本人在天黑前就撤吊桥,天明前再放吊桥。

那营房里的中国人,也是什集四周的人,多是家穷出来吃粮当兵,也知道为日本人做事尴尬,所以对街面上的人也就客客气气。记得小时候,我们住的隔两家的邻居,和我父亲年龄相差无几、喊我父亲三叔的人,就在炮楼当过兵。我和他的女儿都在镇里的小学读书,记忆里他晚上一直咳嗽,还一直哎哟哎哟地喊,死的时候,他女儿才十岁。记得他女儿穿着蒙上白布的鞋子来上学,一进破败的教室,怯怯地偎在门口,有好长时间,老师不再让她站起来回答问题。

当兵的中国人,有时很无聊,都是一些青壮年,夏季的晚上,登上炮楼的楼顶,脱光军装,把步枪挂在直直挺立的生殖器上,看谁的生殖器能承重,比赛。有时还在枪上放上子弹,那做汉奸的邻居,人们说他的最厉害,那上面挂一支三八式的步枪,再放上装满子弹的子弹袋,也不下垂。

父亲说,炮楼里的二十几号人的吃喝,是离什集东南五里王坊的王士臣操持的。王士臣也是走街赶会的生意人,烧一手好菜,只一样白菜,王士臣就能做出一百零八道不重复的花样,有烧炒炖熘爆煎炸,酸甜咸淡,随口调制。什集镇方圆几十里的红白喜事做寿生孩子请满月,王师傅是头号招牌,他往那里一戳,主人的面子档次就上去了,好像全家的荣誉都在王师傅的菜肴上。王师傅不收人钱,临行的时候,就包一块方方正正的红烧肉,然后把锃亮的刀用油乎乎的布裹起,安步当车地走人,而随行的是一个年方十岁的哑巴(当儿子看待的徒弟),手里捧着师傅的宜兴紫砂茶壶,囊囊地跟在后面。

父亲说王师傅的宜兴紫砂壶好,夏季壶里的茶三天三夜也不馊,还说壶里长了茶山。我想这可能是茶的结晶如珊瑚之类,父亲说是茶山,如山的模样,就盘在那壶里,而壶的容积也不小,奇哉!

哑孩没有名字,王士臣喊他哑孩,别人也喊他哑孩。日本人来之前,王师傅风雪天赶会,在一个雪窝里捡到一个两三岁的小人,浑身上下一片白,只有一双黑眼睛在冰雪里闪动。王师傅把孩子放到赶会的还有灰烬的锅架子下,孩子身上的雪水滴答了一路,到了家里,雪水才化完,王师傅把孩子的衣服脱掉,放入被窝,三天三夜,那孩子才醒。

王师傅唤他,一字不应,但孩子的眼睛告诉了王师傅,这是一个哑巴。

王师傅带了哑孩来到了日本人的营房和炮楼,为那些人做饭。为首的日本人,来自日本列岛的山口县,文文静静的,戴一副眼镜,人们叫他桥本,

是学生出身,但随身的一把军刀和一条纯种的如牛镇大的狼狗,使人感到了一股戾气和不祥。桥本对汉学颇精通,他从什集的老中医秀才石远来那里借明版的《金瓶梅》看。到了中秋,他让王师傅备好菜,烙上石远来爱吃的葱花千层饼,让哑孩送到,然后,桥本就和石远来聊起《黄帝内经》,说起阴阳辩证。老中医就慢慢地应付。父亲说石远来是菏泽城以北黄河以南最有名的先生,日本人来的时候,都八十岁了。老中医非常喜欢哑孩,每次哑孩来,老中医就拿冰糖、甜的甘草和枸杞给哑孩,冰糖哑孩留着,甘草和枸杞就送给王师傅。

桥本有时也和王师傅喝酒,是纯正的日本清酒,王师傅嫌淡,就让哑孩到什集隅首的酒店打烧酒,小小的一茶碗,王师傅仰脖就灌掉。桥本有时就唱日本的歌《君之代》,声音细细的,人们感到那声音怪怪的。大意为"生活在天皇时代,它能千代万代繁荣永存,就像岩石一样永恒,连岩石上的青苔也是如此。"哑孩听不懂,也听不见,师傅听得见,但听不懂,师傅和哑孩都看到,桥本唱着唱着就流泪。这个时候,王师傅就起来走开,哑孩见师傅走开也像尾巴似的跟着师傅走了。

师傅就去伺候桥本的那条狼狗,哑孩看狼狗温顺地在师傅的手下吃着特意烧炙的牛肉,那是一条俊秀的狗,也是令人生畏、砭人骨髓的狗,直矗一对尖尖棱棱的耳朵,还有那扫帚似的尾巴和一双惨绿而放射凛凛寒光的眼睛。

桥本非常珍爱这狗,特意为它做了狗舍,每天早晨出操的时候,那狗也在后面跟着,既操练兵,也操练

插 图

狗。那时师傅也起来了，哑孩开始劈柴烧火，然后就到井台提水扫地。

谁知，一天黄昏，师傅在喂狗时，一根骨头卡在了狗的喉咙里，欲吐不能，欲咽不得，有哽在喉的狼狗痛楚地呜呜叫着，像是哀号又像是求救。其时桥本正在饮酒，师傅直觉着麻烦要来了，唤哑孩拿醋往狗嘴里灌。狼狗挣扎着，后爪抓地前爪立起，两眼由绿到红，痛楚满布的脸上闪烁的是凶光，当师傅在灌醋的时候，那狼狗就急急地一下子吞住了师傅的手。

这时不知哑孩从哪里拿起一根劈柴，顺势就往狼狗的臀部狠狠敲去，狼狗"嗷"地叫了一声放开了师傅，骨头也随即吐了出来，满嘴的血滴在什集的土地上，狗趁势准备向哑孩扑去，像要撕掉人的筋骨和灵魂。

黄昏在那时凝滞了，桥本橐橐地出来了。

他看到了师傅血淋淋的手、地上的劈柴和狗吐出的牛骨。

桥本两眼由红到狐疑，他走到狼狗的跟前，用手抚慰着狗，那狗先是不敢靠近，用恐惧的目光张望着师傅。"你的怎么的对它？"桥本伸出手来想摸狗的头，没有想到，那狗突然像人一样立起，回转过头，露出了尖锋锐利的牙齿，向师傅扑去！

师傅和哑孩眼睛里布满恐惧。桥本吹起了哨子，然后就回到屋里，扎上武装带，穿上马靴，挂上了军刀，狼狗呜咽呜咽地叫着，像是控诉。

大家刚吃完晚饭，听到集合的哨子，都急匆匆地跑出去集合，日本人和汉奸惊恐地看着两眼发红的桥本。桥本一改往日的文雅，他看到一个日本兵集合时速度慢了一点，踏响马靴气势汹汹地走到那日本兵跟前，两个响亮的耳光，在黄昏里，像爆竹一样炸开！

"八嘎，蠢猪！"那个日本兵脸上木呆呆的，头在桥本的手下像拨浪鼓般机械地左右摇摆。然后，桥本说了一句日语，就从队列里出来了两个日本兵，把王师傅架起，刹那间，王师傅被吊在了出操的单杠上。哑孩用手比画着哇哇向师傅扑去，想解下师傅臂膀上的绳子，日本兵一脚踢得哑孩在几步外的沙土里，跌得很响。

桥本走到离师傅几十米的地方，脸朝着师傅，微笑着举起了匣枪。

"看，支那人，左脑壳！"

　　"啪!"枪响了,桥本的匣枪很脆很响,震得炮楼上的蝙蝠扑扑地旋飞。人们想,王师傅完了,那时,杀掉一个中国人,像屠掉一只狗。

　　可是枪响了,王师傅还是那样被吊着,眼睛惊恐地看着哑孩,光光的脑袋,只左耳有花生大的凹痕在滴血。

　　桥本是像猫对待耗子般拿人作弄? 还是真的把活人做靶子?

　　这时桥本的手又举起了,他瞄向王师傅的右脑壳,扣动了扳机。

　　还是很脆很响的一声枪响。但是王师傅只右耳有花生大的凹痕在滴血。

　　像是到了高潮或结尾,队列中的日本人高举双臂高呼"班崽!"(日语:万岁)。

　　桥本满意地一挥手,然后马靴一并,转身回到炮楼。王士臣被卸下了,王师傅的命保住了,但经那一吓,就卧在了床上,再没能起来。

　　父亲说,王士臣虽然是厨子,整日与刀和火打交道,但胆子奇小,过年时连炮仗都不敢放。

　　王士臣又活了七天,天天拉肚子,哑孩为师傅刮屎端尿,肚子拉到最后是流脓血。老中医石远来医得了病却医不得命,最后还是束手。王师傅看着哑孩熬的汤药,只是摇头,最后哑孩跪下,师傅仍是未动,哑孩天天为师傅煎药,盛满药的碗在师傅床前摆放了一串。

　　师傅死掉了,师傅家里的人把尸体拉走,草草埋了,让不能瞑目的一个灵魂在平原的黄土里下葬了。炮楼的厨房里只剩下了哑孩,孤单单做好饭,就站在厨房的门口,向吊过师傅的单杠望去,一连几天,哑孩都是这样的神情。

　　后来,整个炮楼的日本人全身发乌、口吐白沫痛苦地死去,桥本和他的狗也死了。

　　哑孩自己把自己吊在了那个单杠上,像是一个大大的感叹号,也是一个问号。这是1945年春天的事,离日本人"放弃"还有半年的时间,那时麦子开始扬花。

　　八十岁的老中医石远来把哑孩埋掉了,用一只木匣子,他称哑孩叫小

义士,在石碑的背面,石远来先生用遒劲苍老的魏碑写了一段话:

小义士哑孩,不知籍里,不知名号,亦不知其祖宗世谱,只知遇师傅王士臣雪中,厨师王师傅活之,其奉师如父,灶下烧火,饭余烹茶,勤谨数年如一日。然日人寇我,与师傅王颠沛流荡,虎口寄生,虽年方十龄,一身弱骨,但不颤慑于强人恶手,当师傅受辱死,以师傅辱为自己辱,不独私于生命,毅然投毒于荼毒我民族之倭寇。此亦快哉!生命岂以长短论乎?吾悬壶济世活人多矣,然耄年回首,每叹枉掷如许粟麦菜蔬,大义面前,吾有亏也,小义士,小义士,挽我乡与民族于不堕。

呜呼!故国神州,人不分老幼,地不分南北,如此毒杀倭寇者,有几人欤?

每次到父亲的墓地,我总是用手抚去这墓碑的杂草与牛羊的粪迹,父亲去世有年,墓草苍黄,父亲是亲见过哑孩的,父亲曾亲手为哑孩成殓。父亲说老中医石远来对流泪的成殓的人说,不要把泪珠滴在哑孩的身上,那样,哑孩归去的路上,就走得不安稳。

韭花灿烂入肺腑

一、风雅所钟，正在此物

花可食，往往连着的是风雅，而父亲作为一个农人，却有食韭花的嗜好。

秋天了，那是诗情勃郁的时候，也是最见人性情放旷的季节，屈原有餐菊的先例，陶渊明更是绝尘潇洒，不遑多让。《续晋阳秋》记陶潜九月九日无酒，于宅边东篱菊丛中，摘盈把雏菊，坐其花侧，好像是菜已备好，在等待主题。果然未几，望见一白衣人至，是刺史王宏送酒也。于是在菊丛就酌，后归而踉跄去。陶公把大把大把的菊花当酒肴吞食，实在是绿色得紧豪放得紧。陶公有豪气，不独南山为友与嶙峋怪石相看不厌，从他不屑为斗米折腰挂冠而去里。龚自珍灵眼就觑出了二分梁父一分骚来，陶公也终不脱烟火气与肝火气，有时就让人心疑，陶老是否是死于肝硬化，以酒浇胸中块垒，那浇不下的东西慢慢就会郁积成如豆如拳的结石，把他最终硌死在东晋。

父亲是乡间不通文墨的农夫，一字不识，不是攀附风雅之辈。旧历的年三十午间他央着村人写对联，见红纸上描有墨黑的梅骨竹节之类，就如蛇咬腿弯一般，嚷着"那不行那不行"，如若红纸上黑字写有猪马那些家畜乃至羊牛的那些蹄脚，那就低头俯首致意，一副餍足的模样。

其实乡间也多有腹中贮满诗意之人，董桥就曾在街头古玩铺觅得一枚闲章，曰：我是个村郎，只合篷窗茅屋梅花帐！这村郎，肚子里有些牛羊的嘶叫炊烟的袅荡，也定贮了些墨水和蛙声，但这村郎和父亲不相类。

父亲和韭花相守的是一种口味，是一种乡俗，到了秋深，泥土培植的老农的味蕾就找韭花,就如雨珠子落在那天蓝的瓦上,才找到了归宿和安稳,找到了生存的意义。

二、秋天踩着韭花

在我的印象里,韭花的白莹,如秋夜的星搁浅在银河。那种纯净的白,让人觉得是雪漂浮在苍茫的土地上和田埂上,也像是露珠。父亲秋晨到田野去总挽着腿,把裤腿挽起,父亲粗糙的大腿青筋蜿蜒,那些蚯蚓般的青筋生怕把那些露珠碰落,总找些田地里的缝隙走,那韭花就如星子在秋天挤压得稠密。

那种诱人的质感,那种清气,好像贴住人的视觉搅动。我们能感到乡间农人的喉咙的蠕动,父亲的喉咙的蠕动,那些喉咙一排排跟着蠕动。韭花的香,是一种传承的香啊,如兄弟手足,代代贴着我们土地生长,陪伴着温情乡野。

是啊,到秋来了,好像是父亲口中的寻常一句话,就把韭花逗开了。父亲是禁不得对韭花一年的牵肠挂肚念兹在兹的挂念的,躺在床上听秋风在户外嚷着来访,如故人一般,父亲就腾身坐起,好像是秋风捎来了什么消息:哦,韭花开了。

果然,那地里菜畦里的韭菜花,紧紧密密,交头接耳,肩并肩,手扯手,浮动在一片墨绿之上,一根一根绿色苔茎上,鸡心状的花骨朵儿,状如米粒,近看似银,远看如雪。

我看到了父亲眼中的火,那是积攒了一年的,终于等来的燃烧,好像就是一只羊的样子,把脖颈伸进韭菜地里,对着那些韭花猛扑过去,大嚼一顿。或者也如羊,依偎着心爱的草躺一会儿,眯着眼深呼吸,四蹄朝上,那是一种安恬,那是一种娴静。

秋天踩着韭花来了,一朵花也就如人一样吗?也想出头的日子?也想热闹的时辰。

那些菜畦里的韭菜,秀气如兰叶的纷披,恰如毛笔里兰叶撇从米芾砚

台移出，等待着一茬茬地割去，毫无怨怼。到了秋天，韭菜伸出条枝，开出几瓣的细碎，看她们努力向上的姿势，那些白花的白，好像是有成斤的重，她们要给农人的家的生活更多一些更多一些晶莹，就如农村屋顶上的月光一样，好像格外比城里的大方，那成吨的月光，厚度丈量不了的月光，都倾倒在乡村里。

小时候，时常梦到猫在月光下的屋脊上叫春，那北斗七星的把柄正好翘着猫的尾巴，猫的尾巴上不知道是月光还是露水。往往那时，我就被尿憋醒了。

自己的小鸡鸡上也开始冒水。

三、杨少师一帖

近日吾习字，从米芾入手，但捻笔比跟着父亲在地里拿锄头还别扭，也许，父亲的DNA给我的遗传是握锄头的手。小时候看父亲在田间锄地，那锄头幻化如飞，贴着土，把草斩草除根而不伤庄稼分毫，父亲割韭菜有一绝，不是镰刀，也非铲子，而是用碎的碗片，这样割韭菜没有铁腥气，父亲割韭菜时，在离地面二指的地方，碗片下去，那韭菜的茬子上突突冒出水珠子，如人的血，父亲就赶紧用草木灰小心地覆上，如乡间的郎中给人包扎受伤的手指。草木灰的功效如创可贴，没有什么受伤是不可愈合的。

韭花不止是开在土地上的，韭花也绽放在风雅的书法史上。龚乃保《冶城蔬谱》说："山中佳味，首称春初早韭。……秋日花亦入馔，杨少师一帖，足为生色。"

杨少师一帖，杨凝式《韭花帖》也。五代大书法家杨凝式，某秋日午睡醒来，腹中辘辘打鼓，最是友人此时送来韭菜花，杨以之蘸羊肉吃，那味便逗引其抒写的欲望，于是提笔复札以示感激，那封信便是独步书坛的《韭花帖》："昼寝乍兴，辗饥正甚，忽蒙简翰，猥赐盘飧，当一叶报秋之初，乃韭花逞味之始，助其肥羜，实谓珍馐，充腹之余，铭肌载切，谨修状陈谢，伏惟鉴察。"

传世的《韭花帖》，最有名的其实就这两句："当一叶报秋之初，乃韭花逗味之始"。中间着一逞能的逞字,境界全出矣,秋天一来,杨疯子(杨凝式)就来劲了,好像人间饿鬼一般,饥来难忍,让界外人看他那对韭花匆匆饕餮未及细品的孩子气。其实孩子气最好,一个人不必活得太板滞严肃,好不容易见到了好吃的韭花,那种欣喜和欢娱或者激动都是允许的。白色粉碟盛一点韭青,一朱箸配搭一银羹,再有墨香环绕发际口齿,真是满室雅致皆咀嚼喉咙响可矣。

我最心仪的米芾,是眼高于顶的狂徒,对二王,对颜真卿、柳公权也常以白眼相加,大言恶札品评,但米老独对杨疯子低眉心折,说杨如横风斜面,落纸烟云,淋漓快目,天真烂漫,纵逸类颜鲁公争座位帖。

于是在书法史上,韭花,如村妇们鬓插斜斜的桂花,鲜艳了人眼,充塞了口鼻。

四、韭花灿烂入肺腑

父亲有一锡制的酒壶,乡下叫哑壶。这壶的好是盛酒后放在口袋里,里面的酒随着体温就能温好,即使壶口倒垂也不洒。要是想喝了,就用嘴哑一下。

喝酒人的事业多有讲究,下酒必有佐酒的菜肴,鲁迅笔下的茴香豆是和孔乙己相联系的,如若没有了茴香豆,那孔乙己还不知减色几多。一般的文人多嗜酒,那下酒物也不可少,人说金圣叹因哭庙案被处死,临刑前,儿子询问父亲有何遗嘱,金圣叹叫他们附耳过来,告诉他们下酒的秘诀,悄声说:"花生米与五香豆腐干同嚼,有火腿味道,千万不要让那些刽子手知道,免得他们大发其横财。"然后慨然就戮,一道白光过处,金圣叹人头落地。那头颅滚出数丈,从耳内抛出两个纸团,监斩官将纸团打开一看,一纸团上写的是"好"字,另一纸团上写的是"痛"字。

在喝酒上,我继承了父亲的衣钵,但没继承父亲喝酒的时间长度。父亲从年少时赶集上会做面饭生意,常常忙起来顾不得吃一口饭,那就抽空喝一口酒,那时父亲就不讲究下酒菜,到了韭菜花下来的季节,在秋冬的空暇里,父亲就着韭花慢慢下酒,那是一种如土地收获后的沉醉,满口酒香,

满口韭香。

我平素嗜好不多,动心处唯酒,即使患了胃病的日子,在病榻上曾写有:曾经豪饮看空盅,坐中顾盼为谁雄? 那神态也妙。见酒即动心,无论村醪还是佳酿。记得《孟子·公孙丑上》有句"如此则心动乎否",金圣叹在科考场上写道:"空山穷谷之中,黄金万两;露白葭苍而外,有美一人,试问夫子动心否乎? 曰:动动动动动动动动动……动心也"。一连九个"动"字。夫子亚圣不是说"四十不动心"嘛。

动心是正常,就像父亲见了韭花,那是一种痴,人无痴不好玩。有人说:美女而不淫便是泥美人,英雄而不荡乃是死英雄。色不可寡情,情亦不可无色。一个泥胎的美女,冰冷拒人,无媚态,少诡谲,如无论厅堂,无论厨房甚至床上死人一个,这样的人你会爱怜吗?

父亲对韭花也有着对妖娆女子的深情,到了韭花时节,他就早早到地里,小心把韭花一朵朵采摘。那是二十四节气的白露过后,乡间的韭花互相吆喝了一声,于是银银白白的韭花来了,如童话一样,好像在行走了一春一夏,到了秋深终于走进了父亲的肺腑。

小时候,曾听姥娘说,天上的一个星星落了,地上就有一个人不在了,我常把韭花看做一个个的星星,他们也是一个个灵魂呢,他们进了父亲的肺腑,是否能回到天上?

父亲采摘韭花,是把连托举韭花的"长筳"一块采回去的。到家,父亲把韭花小心择下,绿色的"长筳"就给我编玲珑的小笼子、小房子,那些草本的亭台楼阁父亲说大了给我盛媳妇。父亲把韭花用井水反复洗了,然后静待水分控干,就用中药的碾子把韭花碾碎烂了,然后把几根秋黄瓜去皮,切得碎碎的,再放入盐和姜等佐料,搅匀,封坛,十来天后就可食用了。

五、灵魂

我一直以为韭花是有灵魂的,即使现在我还一直疑惑怎么白色的韭花,一做成菜了却成了那种醉人的翠绿?我想,大概是韭花呈现给人们的不止是好的口感,还有就是它们在粉身碎骨后,回返到她们原型的一种愿望。我知道曹濮平原里有这样的说法，说的是人死里了，人的魂要把生前留下的脚印一个个都捡起来，把生平经过的路再走一遍，最后走回母腹走回子宫，那原先的一切是有遗存的有记忆的，你走过的路线都还在，你从八十岁开步走向七十岁六十岁五十岁……从十岁八岁走向两岁一岁婴孩，人们说无论你的脚印原先是踏在车中船中，无论是站在桥上路上，无论是行在街头巷尾，脚印永远不减。纵然桥已坍了，船已沉了，路已翻修铺上柏油，河岸已变成水坝，一旦你的魂重到，你的脚印自会一个一个浮上来迎接你。

是否在进入父亲的肺腑时候的韭花也有如此的轮回呢？

如今，父亲逝去多年，我又去问谁呢？（写毕于煎制中药后，内有两味中药，曰黄连，曰厚朴）

谁的故乡不沉沦

一

曾看到过一幅照片，一个农民在被拆迁房子的瓦砾上跌坐，茫然吃着午饭，只是一个馒头和一棵大葱，那模样是我久在风雨暴晒下才有的酱色的父兄，这是一幅为"农村上楼"而配发的照片。看到这个片子，看到一片狼籍，像是涌动起莫名的风雨飘絮的黍离之情，只觉得无边的乡村在沉沦，或者说一点点坍塌一点点沦陷，真的有点出离愤怒。

多少乡村在哭泣！多少乡村被连根拔起，乡村成了一种空间漂浮。我看到报道：一场让农民"上楼"的行动，正在全国二十多个省市进行，拆村并居，无数村庄正从中国广袤的土地上消失，无数农民正在"被上楼"。

乡土的中国，故乡的中国真的转换这么快？我对某些举止向来是不惮于恶意来揣测的，不错，乡村是需要引导的，农民是需要引导的，但一夜之间，从土地里不再种出庄稼而种出了高楼，这是农民的狭隘所到达不了的，在农民没有意愿的情形下，是否有的人对土地别有图谋？城市化是人的市民化，而不是土地的城市化楼房化。

农民被上楼，就如镰刀割下了谷子，这不是一次收割的事件而是一个精神的事件。有人说这世界消失，方式不是一声巨响，而是一声呜咽，我想镰刀碰到谷穗是呜咽，谷子倒下时也是呜咽，推土机的巨响、脚手架的巨响、龙门吊的巨响，他们听不到故乡的呜咽。农历没有了，节气没有了，一种生活方式一种生存伦理被改造了。

古人有揠苗助长的话头，也有夜雨剪春韭的诗意，但乡村的消失证明着一种东西：故乡的脆弱，美的危险，土地不再为农人服务，土地开始为GDP服务；没有了故乡的人是无根的，离开了地气的脚步注定是走不稳，跟跟跄跄的。

有一成语叫背井离乡，背是背离，这是孩子都能理解的，但我宁愿理解背为背负，一个背负着故乡井水的人是有底气的，无论走到哪里都有故乡井水的滋润，有故乡作依靠。记得，在一次文人雅集的酒桌上，有个人问我："你的眼睛为何这样亮？"我说那是故乡的水井！"你的头上隐隐像有什么东西，那是什么呢？"也许，是我醉酒的缘故，我回答：那是故乡的屋檐。友人愣住了，不知如何回答，他有点黯然然后醉了，他说，他没有故乡的屋檐，然后就伏在桌子上呜呜大哭起来。

故乡是一个人的血地，你离开了那空间那地址，你离不开那里蒸腾的气场、那里的细节，虽然时光的流逝和空间的隔阻，但"任它草堆也好，破窑也好，你儿时放摇篮的地方，便是你死后最好的葬身之所。"台湾把故乡叫做原乡，作家钟离和说"原乡人的血，只有回到原乡，他的血才能停止沸腾"，真是透到了骨髓，彻骨彻肤。

但原乡在哪里？即使你千里迢迢回到放摇篮的地方，但拆迁的速度，要比你的脚步快几倍，在某些趾高气扬者烟灰的弹落的瞬间，无论老房子无论老城墙，都会谈笑间樯橹早已灰飞烟灭，故乡小桥的容颜你无法再睹物思情，没有铜雀台可以锁住那也叫小乔的恋人，即是铜雀台也会被拆迁成瓦砾。你有的不只是乡愁，而是目睹故乡的凌迟、故乡的死亡。

我想，拆迁的那仅仅是一座座老屋吗？拆迁的是那些有形的表面的东西，那融入人生的部分呢？那故乡的气味呢？要是再向人

回答三十年前的故乡,你准会遇到听众的不解,因为你的斜阳流水,你的蛙鸣溪头荠菜早已无有踪影,大家以为你在说谎,说不曾存在的诗意,说你的梦呓。拆迁的巨响,它不仅仅伤到了我们的骨头,它给我们不能指认故乡的人一种暗伤在咯血,你看不到那血丝,你感到那虚空,那是一种大地的整体失忆和乡村历史的短路。

故乡是一种容器,故乡是收藏我们童年哭声的地方,一石一础、一草一叶、井栏榆树,那都是我们的见证,那里勾留了我们的年轮,涂抹了黄昏时我们读书的影子,还有那塞满草的窗子,当我们夜晚背诵课文的时候,常仰着脖颈望着窗外的星空,像是背诵着夜。现在那里的夜还是那样纯净吗?没有一丝的阴翳,没有污染,没有毁容。

我知道故乡之故,是旧的意思,衣不如新人不如故,但家还是老的好。但当下一切唯新是尚,人们喜新厌旧,不再喜欢原配的故乡。现在城市的家是没有光阴刻痕的,没有记忆的负载,没有积淀,没有历史,这样的家,就是为你提供一张床供你安眠,给你一片空间供你息身,这样的家,是名词,不是动词,没有让你冲动让你念想的精神成分。

人们说故乡现在已被穿上了制服,你的和他的,他的和你的,没有了个性,互相模仿,互相雷同。楼房是一样的,猫眼是一样的,这种批量生产的所谓的乡村,这样的地方还能称之为故乡吗?那牵动我们心灵抒情的攒动的河水,那林子间白色的如棉布的雾帐,那货郎的鼓子,那如旧照片一样发黄的夕阳,好像如今成了梦幻,成了失踪。(写到这里,有网友"知了的秋天"留言:只记得故乡原貌的淳朴风貌,却忘了小巷土路的坑洼、没有排水设施的泥泞、用柴火煤炭烧水做饭时的烟熏火燎呛人口鼻,用电的不便接水的不便上厕所的不便。城市化乃是大势所趋,但城市化中保留地方特色确应注意。让农民享受现代化成果不应是空话。)

我想说,我不反对现代化,我反对的是过度和对故乡的损伤,我是怀念一种乡村的精神质地、一种氛围和一套完整的乡野价值观,那种安恬,那种惬意。故乡是我们生命的一部分,也是我们人类历史的保姆,她提供的是一种见证,是我们的童年。而现代化现在成了一种不容商榷的规则,顺我者昌逆我者亡,有着罚民吊罪讨伐一切的权利。

过去那种低碳的生活,那乡村的牛粪和泥泞,曾是我发誓逃离的,那不是矫情,当走过了人生,当失去了故乡,当看到沉沦的故乡,失去了的才知道珍重。现在城市的人手不能提物,肩不能负重,腿不能远足,心灵逼仄如蜗牛。城市里没有牛粪,但城市里也没有可以仰望星空的精神屋顶,对城里人来说失去牛粪也许不是失去营养,但失去星光,人类的夜晚该是多么的黯然,说白了,故乡伦理给我们的是一种精神的守护,是一种恩养。

在我们人生的路上,应该有故乡。

二

故乡是美学,故乡不是经济学。有些是可以用数字计算的,有些则无法计量。

乡愁是不可用数字换算的,但故乡的土地可以丈量;故乡的芬芳不可丈量,但故乡的花朵可以点数;炊烟不可丈量,但故乡的烟囱可以点数;可丈量可点数的能被钞票收购,不可丈量的也就失去了生命力开始隐形。

曾有美的传说,说人死后,他的魂魄要把生前留在世间的脚印都重新捡起来,把生平经过的路再走一遭,到阴间交差。无论是乘过的船,走过的板桥,无论是泥泞的雪雨土路,无论老屋的檐下,那些脚印都会在某个你看不到的地方封存。纵然板桥的梁木已经朽腐,纵然船已经沉入河底樯橹无影,纵然土路已被铺上了柏油垫上了石子,即使那河水枯干,渡口无存,但魂魄一旦重访,那过去留存的脚印自会一个一个走出与主人相见。

我想这也许是一个思乡人打造的美的童话,说明一个泊荡在外的异乡人,对故乡总有一种搁不下的念想,生不能还乡,死也要还乡,如不捡回脚印,就会成了孤魂野鬼,在野外啾啾,享受不到牲醴,享受不到香烟。

说起来,这是一种美轮美奂的逆向倒流,是从老年向中年、向青年、向少年、向童年的回溯,最后,返回到故乡的草垛土炕,返回到母亲的子宫,返回到缘起。当放学的路上,你的脚印浮现时,正是七岁,小嘛小儿郎,背着那书包上学堂,不怕太阳晒,也不怕那风雨狂,只怕先生骂我懒哪,没有学

问呀,无颜见爹娘,朗里格朗里呀朗格里格朗,这随脚印倏然醒来的儿歌,记得你的七岁;当第一次脸红的脚印浮现,正是十五岁,在草垛旁,你看到了姑娘的乳房在衣襟凸显;在挥别家乡的渡口,那脚印浮现了,你二十五岁,你挥去的是炊烟,挥不去的是母亲送别的白发边的草棒;还有,还有很多的脚印,脚印多了,就成了路。

其实故乡就是一种依靠,也是一种收藏,她永远站在我们记忆的深处,召唤我们灵魂柔软的部分,让我们在夜深人静的时候反顾来路,反顾我们血脉的上游。

曾记得一个台湾老兵的故事。说刻骨铭心的思乡者,把一装着故乡土的玻璃瓶子弄丢了,他的魂魄也随之丢弃了,老兵住院,什么样的医术也疗救不了他这种思乡的痛。他的事传播开来,人们同情他,给他送来各种各样的土,特别是一研究生翻找资料,在实验室里,为老兵配制了家乡的土。研究生说:用科学来看,配制的土才是真正华北平原的黄土。研究生在配土的时候特别多放了一点盐分,用以配出老兵家人在这土地上所流过的汗水。但细心的老兵呢?看出了黄土是用色素染成的!他说平原的土,是可以用比例配制的,但故乡的土,是不可以用实验室来配制的,那些童年的声音留在土里的,那些炊烟留在土里的,那些牛羊的哞叫,怎能够配制出?土的颜色可以用色素,那些情感蛊惑的元素,怎能用一克两克的色素配制呢?

老兵说什么好?他感激那些人,为他送各种各样土的人,他感激那研究生,老兵最后说,这一瓶配出的黄土里面缺一样要紧的东西。当初,妈妈把黄土放在白纸上摊开低下头去审视的时候,有两滴眼泪落在土里,这一大瓶里却没有!

是啊,那半瓶黄土里有祖父和父亲的汗,有母亲的泪。母亲有胃病,长年吃中西大药房的胃药,母亲亲手把土装在空玻璃瓶里。在老兵的家乡,玻璃瓶也是好东西。母亲把土摊在白纸上,戴好老花镜看过、拣过,弄得干干净净,才往瓶子里装。老兵带着这个瓶子走过七个省,最后越过台湾海峡。

我不知道这个老兵最后的所终,但我知道揪心的是灵魂还乡,被毁容整容后的故乡,灵魂能顺当回返吗? 她能找到胡同口遥望的母亲吗?

当故乡变成了一个词汇,当这个词汇没有了具体所指而被抽空,就像阿房宫只是一个词,地面上没有了廊腰缦回,檐牙高啄,没有了负栋之柱,多于南亩之农夫,没有架梁之椽,多于机上之工女,这样的阿房宫是否叫阿房宫? 阿房宫这样的词汇是贫血的,没有了人的声口,没有了活的内容,如果故乡也是如此,这样的故乡也就是死掉的了。

当毁容的故乡只留下一个名头时,这样的故乡也是半死不活的,我要追问当故乡被毁容,你的魂魄还能找到过去的印记吗? 门前的石墩没有了,记忆的原址没有了;老屋的燕巢没有了,睹物思情的指示没有了;家族的墓地没有了,祭奠就成了十字路口随风飘扬的纸灰。这时你面对的不是"儿童相见不相识,笑问客从何处来"的诗意尴尬,而是看不到故乡遗容的那种孝子的锥心之痛。

祭祀无日,哀痛不已!

毁容的故乡与记忆完全不符了,但故乡不能忘记;故乡可以忘记,但童年的记忆不能忘记。故乡不仅仅是地名:三棵树,也许那是祖辈的记忆,当初移民的时候就有三棵树;刘举人庄,当初村子里就走出了举人,成为后辈的炫耀;观上呢,也许村子当初就在道观的旁边;九女集呢,是一个老太有九个女儿而叫的村庄?

我知道在故乡整容的时候,人也有因退化而整容,祖籍是父辈走出的故乡的印记,却是履历中的死的文字,不再是炊烟和泥腥的土味。我的故乡是什集,是明初移民,十家人家聚居而成了集市,提到什集,我的脑海闪回的是炒焦花生的沙土,还有冬夜啃羊头的热腾腾的气与噼啪的木柴的炸响,但对出生在城里的儿子,什集只是一个词,没有了体温,没有了那种几百年的生活的和暖与安详,什集的"什"字,本来念什(shí),是古代十字的大写,儿子也许会念"什么"的什(shén),不是一字读音的差异,是一种文化符号的转变,是一种故乡变成了异乡,是另一种物质,是地点异化成了虚空,是名词变成了虚词变成了反问句式:什么?

好像在不友好地审视!

我知道现在有的人为了加薪为了提干,在私下篡改履历、年龄和学历,这也算是别样的整容吧,不知道这些整容的独在异乡为异客的人要走回故乡,碰到整容的故乡,怎样和那片土地对视,都是赝品,都是一样的货色,都是失去了本色的家伙。那真是近乡情更怯,不敢问来人。

三

故乡在沉沦,有的乡村虽躲过了拆迁,但也是精神沦陷,年轻人走了,土地荒芜了,村子里多的是暮年的老人和留守的孩童。这些暮年和儿童是否能抵抗住故乡的沦陷,我是持怀疑态度的。农民是弱势,农民的父和母和农民的孩子,一老一童更是弱势,若是现在还乡,鬓毛未衰的你就会看到故乡一方面是苍颜,一方面是毁容。

读到过一首诗:村里的动物越来越少/村里的童年越来越少/原来的童年有狗陪着/狗当童年的影子/原来的童年当牛的影子/跟着牛到处阅读青草阅读蝴蝶/村小学由五间教室减少到两间/最后村小学取消任何一间教室/这个村和那个村还加一个村/拼成一个小学/三个村共用一个童年/三个村的动物越来越少/消失的还在继续消失/陪伴童年的狗牛比童年的数量似乎更少/动物越来越孤独/童年越来越单调

现在的乡村再也没有了牛耕地,也没有了猪圈,多的是狗,也许世相变化太快,现在要人仗狗势,让强悍的生灵来看家护院,来陪伴老弱病残。我想,如果我们失去故乡,给我们留下的是一代人的痛,而要是失去童年呢,这些孩子从小就接受流浪和孤独,那我们就失去了明天,因为明天是孩子们的。

插 图

　　"没有故乡的人是不幸的,有故乡而又不幸遭遇人为的失去,这是一种双重的不幸。"虽然生养我的故乡依然存在,但她最终也难逃那逐渐蔓延的乡土的沦陷。其实故乡还在,母亲去世经年,早就断了还乡的愿望,在母亲在的时候,我就曾体悟到失去老家的痛苦。我说的是我的母亲,在母亲的晚年,我曾把母亲接到所谓的城里,在我居住的三楼上,母亲如囚徒,这样的楼房,没有了土地平旷,屋舍俨然,没有良田美池桑竹之属,没有阡陌交通,没有鸡犬相闻。这样的楼房春天与燕子毁约,不再接纳这玄鸟,即使回到毁容的故乡呢? 燕子也是旧巢无觅处了。母亲在这钢筋水泥里,如牢笼,邻居变成了猫眼里的瞭望,门是安全门,窗是防盗网。贼是难入,人却难出。

　　有一次在我下班回家走到楼下,蓦然一惊,看到了母亲在窗口的茫然的眼神。母亲在张望,囚犯每天还有放风的时候,母亲一月半月也没有到楼下挪动半步,楼的雷同使母亲惧怕,怕走出家属楼,再也分不出子丑寅卯的差异,找不回返回的路。

　　秋天了,母亲说,在楼里,听不到一丝老家的声音,老家该掰棒子了吧? 我知道暮年的母亲寂寞了,过去城里的街头还有人卖蝈蝈,而今这风景也绝迹了。我走出城市很远,在野草蔓生的瓦砾间捉到了几只促织,夜间,就放到母亲的房间,蟋蟀入我床下,促织一叫,我所住的楼房好像安静了,多好的秋声,天地间好像一下在肃穆寥廓了。

　　但我知道这是对故乡秋天的模拟,是故乡秋的赝品。

　　故乡沉沦了,蟋蟀淅淅沥沥的鸣叫也成了绝响。我不知道蟋蟀到城里的感受,但看到街头的一棵棵被移栽的大树,那些委顿的焦黄的树枝,看到那些打着点滴的树,那些吊瓶满身的树,如五花大绑,我哭了。

　　老家的村口也曾有几株明代的柿子树,有四百年的历史,但前几年被一些树贩子连根移走了,说是上万块钱。就如吹灯拔蜡,老家的历史记忆成了空缺。有一年,我回老家为母亲上坟,看到移走留下的大大的树坑,如枯干的泪眼,无助无望。我童年留恋的柿子树,老家的指示物种和地标,那曾荫庇故乡多年的古树没有了,只剩下裸露的斑驳的树根。

　　我心里一阵揪痛,我想到台湾老兵的故事,如果他的灵魂还乡,他走到

村庄看不到母亲曾在村口眺望的柿子树,那将会上演怎样的情景?

我看到很多脱离故土进城的古树,由于水土不服而死掉,我曾想写一篇大树的悼亡词,看到那机声隆隆中的大树被移栽进城,真想对着街头喊一声:停!

让他们回到他们的故乡去!

让他们回到他们的本源,给乡间的鸟兽以栖息。

我想到《伊耆氏蜡辞》用作悼亡词给那些大树最恰如其分:土反其宅,水归其壑。昆虫毋作,草木归其泽!(土回到你的地方去/水回到你的沟里去/虫不要吃我的庄稼/草木回到你的河边去。)

我想那昆虫就是那些树贩子吧?移栽进城的大树和没有故乡的人一样,是痛苦的,整日煎之熬之。

在韩国,超市货架上出售大米的时候,如若袋子上印着"身土不二"的字样,则价格要昂贵不少。身土不二? 是的,身土不二,这是一个深植中国的外来词。她强调一株树也好,一根草也好,一枝一叶,还是一个人,最好不要离开自己的土壤,一个人的身子骨不能与生存的土地分离,吃本地产的食粮,才有利于身心。

中国有句话:一方水土养一方人。其实,水土是有脾性的,她不是什么人都养的,只有故乡的水土才养人。故乡除了给你生物的DNA,还有精神的DNA,这看不见的DNA序列的排列有排他性。

四

没有故乡的人,没有根基,没有身世。

叶赛宁说:我抵达故乡,我即胜利!

归去来兮,田园将芜,胡不归? 是千年前的陶潜在时空外呼唤如今疲惫的心灵吗?

其实对沉沦的故乡来讲,连荒芜也不配,只是一片钢筋水泥的狰狞。

我看不见灵魂的归路,

我只隐约听见灵魂,灵魂的巨响,灵魂的呜咽!